CARL FRIEDMAN

1952 als Carolina geboren, trägt den männlichen Vornamen zur Erinnerung an einen Gefährten ihres Vaters, der das Konzentrationslager nicht überlebte. Sie arbeitet als Kolumnistin und freie Schriftstellerin in Amsterdam. Ihre Werke »Vater« und »Zwei Koffer«, die von jüdischen Menschen in Holland und Belgien erzählen, wurden 1995 und 1998 verfilmt.

DIE BRIGITTE-EDITION
ERLESEN VON ELKE HEIDENREICH

BAND XV

CARL FRIEDMAN

Vater/Zwei Koffer

CARL FRIEDMAN

Vater / Zwei Koffer

DIE BRIGITTE-EDITION

CARL FRIEDMAN

Vater

Erzählung

Aus dem Niederländischen von

Marlene Müller-Haas

DIE BRIGITTE-EDITION

»Als ich jung war, wollte ich mich für das,
was mein Vater erleben mußte, rächen.
Aber was ist Rache? Man kann sich nicht rächen,
man darf sich nicht rächen.
Unfreiheit könnte man mit Freiheit beantworten.
Und Lieblosigkeit? Mit Liebe, denke ich.«

CARL FRIEDMAN

Für meinen Sohn Aron

Lager

Er spricht den Namen niemals aus. Es kann Trebibor, Majdawitz, Soblinka oder Birkenhausen geheißen haben. Er spricht vom »Lager«, als hätte es nur ein einziges gegeben,

»Nach dem Krieg«, sagt er, »habe ich einen Film über das Lager gesehen. Gefangene schlugen sich zum Frühstück ein Ei in die Pfanne.« Er schlägt sich mit der flachen Hand an die Stirn. »Ein Frühstücksei!« sagt er schrill. »Im Lager!«

Das Lager ist also ein Ort, an dem keine Eier gebraten werden.

Weit mehr noch als ein Ort ist das Lager ein Zustand. »Ich habe Lager gehabt«, sagt er. Darin unterscheidet er sich von uns. Wir hatten Windpocken und Röteln. Und Simon hat, nachdem er vom Baum gefallen war, wochenlang mit einer Gehirnerschütterung im Bett gelegen.

Aber Lager haben wir noch nicht bekommen.

Aus Bequemlichkeit läßt er meist das Partizip weg. Dann sagt er: »Ich habe Lager«, als ob der Zustand noch andauere. Und eigentlich ist das auch so. Er hat immer noch Lager, vor allem im Gesicht. Weniger in der Nase oder den Ohren, obwohl die dafür groß genug sind, sondern in den Augen.

Im Zoo habe ich einen Wolf mit solchen Augen gesehen. Er lief in seinem Käfig auf und ab, vom Gitter zur Rückwand, von der Wand zum Gitter, von dort wieder zurück. Ich beobachtete ihn lange durch die Stäbe.

Besorgt machte ich mich auf die Suche nach Max und Simon. Beim Affenfelsen hingen sie über dem Geländer und lachten über einen Pavian, der mit Kieselsteinen warf.

»Kommt doch mal mit zum Wolf«, sagte ich, aber sie zeigten kein Interesse. Erst als ich zu weinen anfing, war Max widerstrebend bereit, mir zu folgen.

»Und«, fragte er gelangweilt, als wir zusammen vor dem Wolfskäfig standen, »was ist denn mit dem Vieh los?«

»Er hat Lager!« schluchzte ich. Max warf einen Blick durch die Gitterstäbe.

»Unmöglich«, sagte er, »Wölfe haben kein Lager.« Dann zog er mich an der Hand und schleppte mich zu den Affen.

Als meine Mutter zu Hause meine tränennassen Wangen sah und nach dem Grund für meinen Kummer forschte, zog Max die Schultern hoch.

»Die ist noch zu klein für den Zoo.«

Hübsch

Max trinkt aus einer Pfütze. Er liegt bäuchlings im Matsch und saugt mit einem Strohhalm braunes Wasser.

»Wie schmeckt es denn?« fragen wir ungeduldig. Aber er schließt hochmütig die Augen und saugt weiter.

»Du Schmutzfink!« ruft meine Mutter aus der Ferne. »Davon wirst du krank!«

Wir müssen alle heim, auch Simon und ich, obwohl wir noch gar nicht probiert hatten.

Abends klagt Max, ihm sei schlecht. Er hält sich den Bauch und stöhnt: »Ich hab Regenwürmer verschluckt, ich spüre, wie sie kriechen!«

Lager bekommt man nicht davon, daß man aus Pfützen trinkt. Man bekommt kein Lager, wenn man ohne Jacke draußen spielt oder wenn man sich nie die Hände wäscht. Ich weiß nicht, wovon oder warum mein Vater Lager hat. Ich glaube, er hat es, weil er anders ist als die meisten Leute, die ich kenne. Weil er anders ist, ist auch meine Mutter anders. Und weil sie beide anders sind, sind Max, Simon und ich anders als normale Kinder. Zu Hause fällt das nicht auf, aber in der Schule.

»Ein Herr, der fliegt!« lacht die Lehrerin und beugt sich über meine Zeichnung.

»Er fliegt nicht«, sage ich, »er hängt. Schau nur, er ist tot, seine Zunge ist blau. Und diese Gefangenen da müssen ihn zur Strafe anschauen. Mein Vater steht auch dabei, hier, der mit den großen Ohren.«

»Schön«, sagt die Lehrerin.

»Überhaupt nicht schön«, sage ich. »Sie haben nämlich Hunger, und jetzt müssen sie ganz lange auf ihre Suppe warten.« Aber sie ist schon zum nächsten Tisch weitergelaufen.

»Zwei Wichtelmännchen auf einem Pilz«, ruft sie aus und klatscht in die Hände. »Das ist jetzt aber hübsch!«

Grimmig kratze ich tiefe Striche über meine Zeichnung und drehe das Papier um. Was ist denn so hübsch an ein paar Wichtelmännern? Ich male viel mehr als zwei: fünf im Schnee und noch einen hoch oben im Wachturm.

Appell

Er hat Lager nicht nur im Gesicht, sondern auch in den Fingern, die häufig nervös auf den Tischrand trommeln oder auf die Armlehnen seines Stuhls.

Und in den Füßen hat er Lager. Mitten in der Nacht gleiten sie aus dem Bett und nehmen ihn mit sich, die Treppe hinunter, den Gang entlang. Weit weg hören wir ihn Türen öffnen und schließen; hinter keiner findet er die Ruhe, nach der er sucht. »Bist du heute nacht wieder herumgegeistert?« fragt Mutter, als wir beim Frühstück sitzen. Er nickt. Sie legt ihre Hand auf die seine. »Jochel«, sagt sie, »Jochel.«

Manchmal macht er uns mit seinem Herumgeistern hellwach. Dann laufen wir im Schlafanzug nach unten, um ihm Gesellschaft zu leisten. Er bewegt sich in kleinen Kreisen, während wir ihn vom Diwan aus beobachten. Sobald Mutter eintritt, bleibt er stehen.

»Ich halte euch alle vom Schlaf ab«, murmelt er. Sie reibt sich die Augen und seufzt.

»Ach was«, sagt sie, »du bist am Leben, das ist das Wichtigste. Von mir aus darfst du nachts auf dem Dach tanzen.«

Er neigt sich zu ihr, sie drückt ihre Stirn in die Höhlung seiner Nasenwurzel. Ihre Gesichter schieben sich wie Teile eines Puzzles ineinander.

Eines Nachts läßt Gepolter Simon und mich hochschrecken. Gemeinsam schauen wir nach. Die Lampe auf dem Treppenabsatz brennt; wir stehen auf dem kalten Linoleum und blinzeln ins Licht. Die Tür zum großen Schlafzimmer steht offen. Drinnen liegt Vater auf dem Boden. Seine Augenbraue blutet. Max und Mutter knien bei ihm. »Nimm du seinen anderen Arm«, sagt meine Mutter, »sonst fällt er wieder gegen den Schrank.« Sie zerren ihn hoch. Sobald er steht, nimmt er Haltung an und führt die Hand zum Kopf.

»Mützen ab«, flüstert er. Er läßt den Arm an der Seite herabfallen und reißt ihn erneut hoch. *»Mützen auf.«* Jetzt hat er Blut an den Fingern.

»Nein, Jochel.« Mutter faßt ihn bei den Schultern. Max hüpft wie ein Hündchen um die beiden herum.

»Die Glocke hat zum Appell geläutet«, sagt Vater mit einer Stimme, die ich nicht an ihm kenne.

»Hier gibt es keine Glocke«, sagt Mutter und schiebt ihn zum Bett, »du bist zu Hause, bei mir.«

Als er auf der Bettkante sitzt, dreht sie sich – ohne ihn loszulassen – um und sagt: »Es ist gut, geht jetzt schlafen.«

Tief unter der Decke fange ich an zu weinen.

»Hab keine Angst«, sagt Simon, »das ist nicht echt. Papa hat alles geträumt, die Glocke und den Appell.«

»Und das Blut?« frage ich durch einen kleinen Spalt. »Ist das Blut auch geträumt?«

Es kommt keine Antwort.

Mahlzeit

»Das ist jetzt schon dein dritter Teller«, sagt Mutter zu Max. »Denk dran, laß noch ein bißchen Platz für die Kirschen!« Er nickt.

»Ich schaffe mindestens ein Kilo, so großen Hunger hab ich.«

»Du?« lacht Vater. »Du weißt ja nicht mal, was Hunger ist.«

»Doch«, entrüstet sich Max, »das ist, wenn dir der Magen knurrt.« Vater schüttelt den Kopf.

»Wenn du wirklich Hunger hast, dann heißt das nicht mehr knurren, sondern nagen. Du bist innen ganz leer und so schlaff wie ein Ballon, aus dem die Luft raus ist.« Seine Augen werden durchscheinend. »Das begreift ihr nicht«, sagt er. »Wir hatten Arbeitstage, die dauerten zwölf Stunden und länger, und alles, was wir bekamen, war Rübensuppe und ein Stück Brot. Die Suppe bestand aus trübem Wasser, in das sich kein Rübenstückchen gewagt hätte. Oben auf der Suppe schwamm manchmal irgend etwas Undefinierbares.

Diese Suppe wurde von Sigismund dem Schläger ausgeteilt. Sigi war Pole und viel stärker als wir. Er hatte im Lager kein Gramm abgenommen. Jeden Tag behielt er etwas von unserer Suppe zurück und tauschte es gegen Zigaretten. Damit kaufte er Brot, Gulasch, Decken. Er trug sogar wollene Unterwäsche.

An seinem Hosengürtel hing eine riesige Eisenkelle, mit der er die Suppe in unsere Näpfe schöpfte. Neulingen, die sich über die Qualität der Suppe zu beklagen wagten, schlug er mit seiner Kelle den Schädel zu Brei. Während er auf den blutigen Haufen zeigte, rief er hinterhältig: *›Seid froh, jetzt habt ihr Fleisch dazu!‹*«

»Und wieviel Brot hast du gekriegt?« fragt Simon.

Vater öffnet über den Tellern und den leeren Schüsseln die Hand und greift in die Luft. Zwischen Zeigefinger und Daumen ist ein schmales Nichts.

»Soviel«, sagt er, »und später noch weniger. Es wurde aus Mehl gebacken, das mit Stroh und Sägemehl vermischt war.«

»Sägemehl?« Simon verzieht angewidert das Gesicht. »Wie das von Jonas?«

Jonas ist unser Hamster. Jede Woche bestreut Max den Käfigboden mit frischem Sägemehl.

»Ihr versteht das nicht«, sagt Vater.

Er steht auf, aber über dem Tisch bleibt geisterhaft die Brotration in der Luft schweben. Ich schaue hin und empfinde einen ohnmächtigen Haß auf die Kirschen, die meine Mutter austeilt.

Haben wir es gut.

SS

Meine Mutter klebt über das Waschbecken ein Stück Pappe, auf das sie mit großen roten Buchstaben geschrieben hat: ZÄHNE PUTZEN! Mich beeindruckt ganz besonders das Ausrufezeichen.

»Wie sag ich's meinem Kind?« sagt Vater spöttisch. Die Hände in den Hosentaschen, steht er in der Badezimmertür.

»Gutes Schuhwerk und ein gesundes Gebiß sind die Ecksteine unserer Gesellschaft«, sagt Mutter.

»Das kann schon sein, aber müssen wir deshalb unbedingt Schilder an die Wand hängen?«

»Wenn ich Lust dazu habe«, wehrt sie sich.

»Morgen bekommst du vielleicht Lust, noch ein paar andere daneben zu hängen, zum Beispiel: *Bad und Desinfektion* oder: *Sauber sein ist deine Pflicht.*«

»Wie geschmacklos«, sagt Mutter. Sie zieht die Pappe von der Wand und läuft weg.

»Nun?« sagt er zu mir. »Mußt du dir nicht die Zähne putzen? *Mach schnell!*« Er lacht.

»Es war ein schönes Schild«, sage ich ernsthaft, während ich Zahnpasta auf meine Zahnbürste drükke. Wie um das Schild postum zu ehren, putze ich alle Kanten und Ecken meiner Zähne.

Als ich den Mund gespült habe und mich umdrehe, sehe ich Vater auf dem Treppenabsatz rastlos auf und ab gehen. »Wenn sich die *SS*-ler im Lager langweilten«, erzählt er, »rissen sie einem x-beliebigen Gefangenen die Mütze vom Kopf und warfen sie hoch in den Stacheldraht. ›Geh und hol deine Mütze‹, riefen sie dann, ›oder du kriegst eine Kugel in den Rücken!‹«

Ich nicke. Auf bloßen Füßen gehe ich zum Schlafzimmer. Simon schläft bei Freunden, sein Bett ist schrecklich leer. Und Max darf aufbleiben, weil er der Älteste ist. Sobald ich unter der Decke liege, erscheint Vaters Kopf in der Tür.

»Aber der Stacheldraht stand unter Hochspannung«, sagt er. »So was kann sich nur die *SS* ausdenken.«

Obwohl Mutter mich zugedeckt hat, kann ich nicht einschlafen. Ich setze mich auf Simons Bett, das unter dem Fenster steht. Leise schiebe ich die Gardinen zur Seite. Draußen geht der Wind. Wolken mit Drachenrücken jagen einander am Himmel nach. Max sagt, daß der Weltraum unendlich ist und es unzählig viele Sterne gibt. Selbst wenn man sie sein Leben lang ununterbrochen zählt, ohne zu essen oder zu schlafen oder aufs Klo zu gehen, wird man nie damit fertig.

Ich sitze auf Simons Bett und schaue in den Himmel. Das Schwarz ist schwärzer als sonst, es saugt mich beinahe auf. Max sagt, daß es nachts anderswo auf der Welt Tag ist. Aber was hat man davon? So was kann sich nur die *SS* ausdenken. Und das mit den Sternen auch.

Auf und davon

Es ist Samstag. Wir sitzen beim Frühstück. Vater ißt morgens nie etwas, hat aber genug zu tun. Er trinkt Kaffee, raucht Zigaretten und erzählt Geschichten. Wir hören zu. Das paßt gut, denn mit vollem Mund spricht man nicht, sagt Mutter.

»Manchmal träume ich noch davon«, sagt er grimmig. »Dann baue ich in einer einzigen Nacht diese ganze verfluchte Fabrik vom ersten bis zum letzten Stein mit meinen eigenen Händen auf. Damals hätte ich das fertiggebracht. Man hat alles gemacht, sogar das Undenkbare. Man war ein Werkzeug, ein Ding, *Reichseigentum.* Sobald man zu schwach war, um im vorgeschriebenen Tempo zu arbeiten, sobald man diese armselige Brotration nicht mehr wert zu sein schien, schickten sie einen in Pension – daß du mich auch richtig verstehst! – auf immer und ewig unter die Erde. Das hielt ich mir immer vor Augen, keinen Moment ließ ich meine Aufmerksamkeit erlahmen.

Das *Arbeitskommando*, zu dem ich gehörte, bestand größtenteils aus Ärzten, Rechtsanwälten und anderen Männern, die in ihrem Leben noch nie mit den Händen gearbeitet hatten. Kein Tag ging ohne Unfälle vorüber, vor allem, als wir am Dach arbeiteten. Über eine schmale Bohle, die schräg an der Hauswand lehnte, mußten wir schwere Betonbalken nach oben tragen. In Gruppen von je sechs Personen gingen wir nach oben, wie die Hühner. Wenn einer strauchelte, verloren auch die anderen das Gleichgewicht, und alle schlugen hart auf den Boden auf. Wer sich nicht schon beim Aufprall alle Knochen gebrochen hatte, dem wurde von der *SS* sachkundig geholfen.

In diesem *Kommando* entdeckte ich eines Tages einen alten Freund aus meiner Studienzeit. Seine Eltern waren steinreich gewesen, und ich hatte immer seine alten Anzüge aufgetragen, in denen ich auch noch nach Jahren eine gute Figur machte. Ich war froh, ein bekanntes Gesicht zu sehen. Wir hatten bei denselben Professoren die Prüfungen abgelegt, wir hatten mit denselben Mädchen getanzt, und nun trachteten uns dieselben *SS*-ler nach dem Leben. Wenn das keine Schicksalsgemeinschaft war.

Ich ging auf ihn zu, um ihm die Hand zu schütteln.

›Jacques!‹ sagte ich. Aber er verbarg sich hinter einem Haufen Splitt.

›Wer sind Sie?‹ sagte er. ›Ich habe Angst vor Ihnen.‹

Von einem Tschechen aus seinem Block hörte ich, daß er kurz nach seiner Ankunft im Lager vollkommen den Verstand verloren hatte.«

»Und später?« fragt Simon hoffnungsvoll. »Fiel ihm dann wieder ein, wer du warst?«

»Nein, er hat mich nie wiedererkannt. Ich wollte ihn auch nicht bedrängen. Wenn ihn jemand ansprach, begann er vor Angst zu zittern. Wenigstens habe ich versucht, ein bißchen in seiner Nähe zu bleiben, soweit die Umstände das zuließen.

Genützt hat das nichts. In einem unbewachten Augenblick gelang es ihm, aufs Dach zu klettern. Wir, auf der Erde, bekamen ihn erst zu Gesicht, als es zu spät war. Wir sahen gerade noch, wie er einen kleinen Anlauf nahm und über die Traufe sprang.«

Vater schiebt den Stuhl zurück und setzt sich in Trab. Dabei breitet er die Arme weit aus.

»So sprang er vom Dach, wie ein Vogel, der mit den Flügeln schlägt. Er sah Charlie Chaplin verdammt ähnlich. Sofort schossen einige *SS*-ler auf ihn, und er fiel senkrecht vom Himmel.« Mit hochgereckten Armen bleibt er mitten im Zimmer stehen. »Und merkwürdigerweise«, sagt er und schaut zur Decke, »denke ich bis auf den heutigen Tag: Wenn sie ihn nicht getroffen hätten, wäre er wahrscheinlich weggeflogen. *Auf und davon.*«

Übung

Im Lager hat er ein Messer gemacht. Es liegt beim restlichen Besteck in der Schublade, wird aber nie benutzt. Es ist kein gewöhnliches Messer: Es glänzt nicht, und die verkratzte Klinge ist an der stumpfen Seite krumm. Dieses Messer unterscheidet sich jedoch von den anderen Messern vor allem dadurch, daß es eine Geschichte hat.

»Ich habe es aus Flugzeugstahl gemacht«, erzählt Vater. »Monatelang war ich damit beschäftigt.«

»Durftet ihr Messer haben?« fragt Max.

»Natürlich durften wir keine Messer haben, was denkst du denn. Ich mußte heimlich daran arbeiten, wenn die *SS* nicht hinschaute. Das tat ich in der Fabrik, denn dort hatten wir Werkzeug. Den Griff habe ich mit der Fräsmaschine gemacht, aber die Klinge feilte ich mit der Hand. Nachdem das Messer fertig war, trug ich es ständig bei mir. Da mußte man ganz schön geschickt sein, wir wurden nämlich jeden Abend von den Wachen durchsucht.«

Er springt auf und bleibt mit hocherhobenen Armen stocksteif stehen, als ob ein unsichtbarer *SS*-Mann seinen Körper abtasten würde.

»Sie fühlten überall, außer unter den Achseln. Ich ließ also das Messer in meinen Ärmel gleiten und sorgte dafür, daß es in der Achselhöhle hängen blieb.«

»Haben sie es nie gefunden?« fragt Simon.

»Wenn sie es gefunden hätten, gäbe es mich jetzt nicht mehr. Sie waren nicht dumm, ihnen war schon klar, daß ein Gefangener kein Messer macht, um damit sein Butterbrot zu streichen. Das Ende des Kriegs zeichnete sich ab, die Rote Armee rückte näher. Ich war davon überzeugt, daß sie uns noch im letzten Augenblick – die Befreiung vor Augen – ermorden würden, und ich machte mich auf das Schlimmste gefaßt.«

»Hast du damit *SS*-ler getötet?« fragt Max begierig.

»Mit dem Messer?« sagt Vater leise. »Nein, nicht mit dem Messer.« Es klingt geheimnisvoll und bedrohlich. Wir möchten noch viel mehr hören, aber Mutter gibt uns keine Gelegenheit dazu.

Am darauffolgenden Nachmittag nimmt Max das Messer mit zum Bahndamm. Er sagt, wir müßten damit üben. Abwechselnd strecken wir die Arme in die Luft, aber sobald wir das Messer in den Ärmel gleiten lassen, rutscht es durch unsere Kleider ins Gras. Nur Max kann es schließlich ein paar Sekunden lang in der Achselhöhle halten.

»Man muß die ganze Zeit denken: Es darf nicht fallen, es darf nicht fallen!« erklärt er. »Man muß denken: Wenn es fällt, werden sie mich erschießen oder vergasen. Versucht es mal, es hilft!« Wir versuchen es, aber das Messer ist zu schnell für uns.

»Ich will nicht vergast werden!« ruft Simon empört und tritt nach dem Messer. Max hebt es auf.

»Seht ihr die Kratzer?« fragt er. »Ganz früher haben die Menschen Waffen aus Feuersteinen gemacht. Die haben auch so ausgesehen.« Er streichelt mit dem Zeigefinger über die Schneide. »Das ist ein Messer aus der Steinzeit.«

Eichmann

»Hast du einen komischen Vater«, kichert Nellie. Sie schaut mich fragend an, aber ich weiche ihrem Blick aus. Was soll ich schon sagen? Sie weiß nichts von Hunger oder von der *SS*. Wörter wie *Baracke, Latrine* oder *Krematorium* haben für sie keine Bedeutung. Sie spricht eine andere Sprache.

Nellies Vater hat kein Lager, er hat ein Fahrrad, auf dem fährt er zur Fabrik, die Stullenbüchse auf dem Gepäckträger festgeschnallt.

Nellies Mutter trägt immer karierte Pantoffeln. Sie hebt kaum die Füße, sie gleitet wie auf Schlittschuhen dahin. Sie zieht ihre Bahnen durch die Küche, denn in der Küche wohnt sie, zwischen schmutzigen Tellern und der Flickwäsche. Sie scheint immer böse zu sein, nicht nur auf uns, sondern auf die Töpfe, die Kaffeekanne und die ganze Welt. In einer kleinen Schale auf dem Spültisch liegt ihr Gebiß. Das steckt sie nur sonntags in den Mund, wenn sie in die Kirche geht.

»Ihr habt doch einen Fernseher?« sagt sie, als ich nach der Schule an der Hintertür frage, ob Nellie zu Hause ist. »Dann schaut ihr doch bestimmt auch Eichmann.« Ihr feindseliger Ton macht mich nervös, ich richte meinen Blick starr auf den Fußabstreifer. »Weißt du nicht, wer Eichmann ist?«

Grimmig gleitet sie hin und her. Unterwegs schiebt sie mit viel Lärm einen Stuhl unter den Tisch und dreht an den Schaltern des Herds.

»Dieser Mann ist ein Tier! Er sitzt nicht umsonst in einem Glaskäfig. Ich möchte ihn am liebsten tottrampeln, den Schuft!« Sie wischt sich die Hände umständlich an der Schürze ab. »Wir haben es gestern mit eigenen Augen im Fernsehen gesehen. Sie haben lauter Juden in einen Lastwagen gesteckt, und als der zu fahren anfing, strömte Gas hinein. Dann sind sie alle erstickt. Ein ganz kleines Hündchen war auch dabei, das hat schrecklich gejault. Das Hündchen haben sie auch in das Auto geschmissen.«

Sie hebt die Arme, um es vorzumachen, stößt sich aber an einem Wandschrank.

»Da bleibt einem doch der Verstand stehen!« ruft sie, den zahnlosen Mund weit aufgerissen. »Was hat so ein Hündchen denn Schlimmes getan? Ein Hündchen ist doch kein Jude?« Hinter ihrem Rücken schneidet Nellie Grimassen.

»Ach du bist es? Kommst du zum Spielen?«

»Nein«, sage ich, »nein, ich muß nach Hause.«

Meine Kniestrümpfe rutschen, aber ich renne trotzdem weiter. Als ich ins Zimmer stürme, ist der Fernsehapparat eingeschaltet. Auf dem Bildschirm sehe ich den Glaskäfig. Dort sitzt ein Mann mit Stirnglatze und Brille. Er spricht in ein Mikrophon. Er sieht nicht wie ein Tier aus, sondern ähnelt Herrn Klerkx, der manchmal unsere Lehrerin vertritt und uns zu Beginn der Stunde singen läßt: *»Heißa, ihr Blümlein, schlaft ihr denn noch?«*

»Das soll der Eichmann sein?« sage ich enttäuscht. »Er sieht gar nicht so gemein aus, eher wie Herr Klerkx aus unserer Schule.« Vater nickt.

»Er sieht dem Postboten und dem Bäcker ähnlich. Der Postbote bringt Briefe, der Bäcker backt Brot, und Eichmann hat ganze Völkerstämme in die Gaskammer gesteckt. Er hat einfach seine Arbeit gemacht, wie die anderen auch ihre Arbeit machen. Es kann einem davon speiübel werden.«

»Warum siehst du es dir dann an?«

»Weil ich es begreifen will. Aber ich begreife es jetzt noch weniger als damals.«

»Nellies Mutter sagt, daß sie ihn tottrampeln möchte.« Vater lacht plötzlich los.

»Mit den verschlissenen Pantoffeln, in denen sie immer rumläuft?«

Er zündet sich eine Zigarette an.

»Es gibt noch mehr von der Sorte, die das möchten«, sagt er. »Die Zeitung steht voll davon: lauter Leserbriefe von Menschen, die sich anbieten, Eichmann zu töten. Jetzt, wo er wehrlos ist, jetzt, wo man ihn wirklich unter der Spitze eines alten Pantoffels zertreten könnte. Ein ganzes Heer von Freiwilligen. Wo waren denn die Helden, als wir sie nötig hatten? Ich verstehe es immer weniger.«

Wald

Vater hat einen Gebrauchtwagen gekauft. Einen roten Austin mit schwarzem Dach und schwarzer Motorhaube. Mit seiner runden Vorderfront sieht er freundlich aus, wie die Autos in den Zeichentrickfilmen, die denken und sprechen können. »Das ist doch kein Auto«, spotten die Kinder aus unserer Straße, »das ist eine Kaffeemühle.«

»Ihr hättet einen Opel nehmen müssen«, sagt unser Nachbarjunge.

»Mein Vater kauft doch keine deutschen Sachen«, murmelt Max. Ich verstehe nicht, weshalb er sich schämt.

Am Sonntagmorgen dürfen Simon und ich zu einer kleinen Spritztour mitkommen. Der Himmel ist blau, wir sitzen auf der Rückbank. Vater fährt zu einem Entenweiher vor der Stadt. Dort gibt es eine Brücke. Von dort lassen wir altes Brot zwischen den Gitterstäben hinunterfallen.

Später gondeln wir noch ein bißchen herum, über Sandwege, an Wiesen voller staubiger Kühe vorbei. Vater summt. Plötzlich fährt er langsamer. Er beugt das Gesicht zur Windschutzscheibe und bremst. Rechts neben dem Weg ist ein Wassergraben. Auf der anderen Seite beginnt ein schmaler von Strauchwerk überwucherter Pfad.

»Ein schöner Wald«, sagt er. Wir nicken. Er schnalzt mit der Zunge. »Ein schöner Wald, ideal zum Flüchten. So dicht und tief. Hier finden sie dich nie, keine Chance.«

Er steigt aus. Wir bleiben sitzen und schauen zu, wie er über den Graben springt. Dann verschluckt ihn der Wald.

»Was macht er nur?« fragt sich Simon beunruhigt.

»Ganz einfach«, sage ich, »nur ein bißchen flüchten.« Simon dreht die Fensterscheibe herunter.

»Ich höre überhaupt nichts. Nur Vögel.«

»Flüchten kann man nicht hören«, flüstere ich. »Flüchten muß man ganz leise, sonst funktioniert es nicht.«

»Und was wird aus uns?« sagt er.

Ich stecke den Daumen in den Mund. Was versteht Simon schon davon? Weit weg, hinter dem dichten Laub, rennt Vater. In seinem Haar hängen kleine Zweige und Käfer. Vielleicht kommt er erst in der Dunkelheit zurück, mit zerrissenen Kleidern. »Ein herrlicher Wald!« ruft er dann, verschwitzt und außer Atem.

Aber da ist er schon. Er keucht nicht einmal.

»Für euch«, sagt er. Durch das Fenster steckt er uns eine Handvoll schwarze Brombeeren hin.

»Zum Glück haben sie dich nicht gefunden«, seufze ich, während er Anstalten macht, das Auto anzulassen. Überrascht schaut er sich um.

»Wer?«

Pink

Ich habe Nellies Vater noch nie singen gehört. Wahrscheinlich weiß er nicht einmal, wie man das macht.

Vater singt jeden Abend. Nach dem Essen, wenn wir einer nach dem anderen aufstehen, bleibt er am Tisch sitzen. Er öffnet ein wenig den Mund und wiegt sich hin und her, als ob er von weit unten seine Stimme hochpumpt. Erst nach einer kleinen Weile kommt der Ton.

Wir verstehen seine Lieder nicht. Er hat sie von seinen Schicksalsgefährten aus allen Teilen Europas gelernt, die mit ihm eine Baracke oder eine Pritsche geteilt haben oder vielleicht ein Stück Brot. Sie sind tot, sie sagen nichts mehr, und sie können ihn nicht mehr hören. Und doch singt er für sie. Die langgezogenen slawischen Vokale wehen zwar über unsere Köpfe, aber sie sind nicht für uns bestimmt.

Eines Nachmittags finden Simon und ich unten am Bahndamm im Gras einen gefleckten Kater. Er kann nicht mehr laufen. Als wir ihn streicheln, spüren wir durch sein Fell das Rückgrat. Simon holt beim Gemüsehändler einen Karton, in dem wir das Tier, jeder an seiner Seite, nach Hause tragen können.

»Was sollen wir mit ihm?« sagt Mutter. »Man kann nicht das Leid der ganzen Welt auf seine Schultern nehmen.«

Wir wissen nicht, was Leid ist.

»Darf er bleiben?«

»Bis es ihm besser geht«, sagt sie.

Wir nennen ihn Pink. Vater hat eine Schwäche für Pink.

»Er sieht aus wie ich, als ich zurückkam. Ich war so mager, daß ich die Beine nicht mehr vom Boden heben konnte. Wenn ein Kieselstein im Weg lag, mußte ich um ihn herum gehen.«

Pink kommt schnell zu Kräften. Beim Abendessen sitzt er schräg hinter Vater auf der Fensterbank und läßt sich von ihm mit Fleisch- oder Fischstückchen füttern.

Später, wenn Vater seine Lieder singt, schmiegt sich Pink an seine Brust und schlägt ihm innig die Vorderpfoten um den Hals. In dieser Haltung bleibt er hängen, und sein Schnurren klingt wie ein Außenbordmotor.

Zum Glück hat Vater jetzt Pink, der mehr begreift, als wir je werden fassen können.

Rotkäppchen

Es ist ein brütend heißer Sommerabend. Wir sitzen im Dunkeln im Garten und machen »Reitende Engelchen«. Geduldig drehen wir einen Stock über den glühenden Schlacken eines abgebrannten Feuers. Um jedes Stockende ist ein Stückchen Brotteig gewickelt. Wenn sie gar sind, essen wir diese Stückchen mit Butter und Zucker. Max macht die schönsten Engelchen, meine sehen zerknittert aus.

»Erzähl doch eine Geschichte«, bittet Simon.

Vater braucht nicht lange nachzudenken.

»In der Nähe des Ortes, an dem wir damals die Fabrik bauten«, sagt er, »begann ein Wald. Tagsüber warf ich heimliche Blicke dorthin, und nachts, auf meiner Pritsche, dachte ich mir die wildesten Fluchtpläne aus. Wenn ich erst einmal unbemerkt diesen Wald erreichen könnte, redete ich mir ein, dann würde ich es schon schaffen.

Nicht lange danach kam mir zu Ohren, daß mein rettender Wald keine dreißig Meter tief war. Direkt dahinter befand sich der *Hundenzwinger*, in dem die Hunde abgerichtet wurden. Stellt euch vor, ich hätte entkommen können. Dann wäre ich diesen blutrünstigen Bestien direkt in die Zähne gelaufen!

Denn Bestien waren es, das müßt ihr mir glauben. Ich habe sie manches Mal einen Gefangenen zerreißen sehen. Entkräftet wie wir waren, konnten wir nichts gegen diese Biester ausrichten. Sie bekamen auch besseres Essen als wir, eine Art Kuchen aus gepreßten Knochen und Blut. Dieses Zeug war nicht sehr fest, und es zerbröckelte häufig während des

Transports. Der Bruch wurde auf eine Müllhalde am Waldrand vom Wagen gekippt.

Wir waren verrückt danach. Während einige von uns die *SS-Posten* ablenkten, zum Beispiel, indem sie eine Ladung Steine fallen ließen, krochen andere auf dem Bauch zur Müllkippe, um Hundekuchen zu sammeln. Das war für alle Beteiligten gefährlich. Wer Steine fallen ließ, bekam gnadenlos eine Tracht *Prügel.* Auf Diebstahl stand der Galgen. Abwechselnd übernahmen wir die eine oder die andere Aufgabe.

Das gestohlene Hundefutter verbargen wir in leeren Suppenkesseln, die am Abend mit uns ins Lager zurückgebracht wurden. Wir warfen auch Zweige, Kiefernzapfen, Eicheln in die Kessel, alles, was nur einigermaßen brennbar war, um den Ofen in der Baracke anheizen zu können.

Wenn wir abends abmarschierten, waren die Kessel randvoll. Wir sorgten dafür, daß die stärksten Gefangenen, das heißt, diejenigen, die am wenigsten geschwächt waren, unterwegs ihre Kräfte schonten. Kurz vor unserer Rückkehr ins Lager übernahmen sie die schweren Kessel, denn nur sie schafften es, nonchalant damit zu schlenkern, als ob sie leer wären. Das geschah zur festlichen Musik des Lagerorchesters am Tor, durch das wir jeden Abend wie verlorene Söhne unseren Einzug hielten.

In der Baracke angekommen, heizten wir den kleinen Ofen voll auf und mischten das Hundefutter mit Wasser. Es war durch und durch verdorben, der Schimmel schwamm in dicken Flocken oben auf der Brühe. Sobald es zu kochen anfing, jagte einen der Gestank aus der Baracke.

Jeder bekam eine Portion davon in seine Eßschale.

Zwischen zwei Bissen hielt ich meinen Napf eine Armlänge von mir weg, um mich nicht zu übergeben. Dann fragte ich mich, weshalb ich für so eine Pampe mein Leben aufs Spiel gesetzt hatte.«

»Das ist doch keine Geschichte«, murrt Simon enttäuscht, »das ist doch echt.«

»Willst du eine Geschichte? Kannst du haben!« sagt Vater. »Rotkäppchen geht mit seinem Körbchen durch den Wald. Da springt auf einmal ein böser Hund aus dem *Hundenzwinger* hervor. Guten Tag, Rotkäppchen, wo gehst du hin? Ich gehe zu meiner Großmutter, sagt Rotkäppchen. Die liegt mit Flecktyphus im *Revier.*«

»Nein«, sagt Simon, »so auch nicht.«

Heimweh

Wenn er seine Lieder singt, ist es, als ob ihm das Lager fehle. Was kann man am Lager vermissen? Er hatte dort zwar Freunde, aber mit denen mußte er die meiste Zeit Steine schleppen und schwere Schubkarren schieben. Vater hatte noch nie zuvor eine Fabrik gebaut, und ich glaube, daß er so schnell nicht mit einer zweiten anfängt, denn er stöhnt immer noch darüber.

Abends, in der Baracke, spielte er mit Alex Schach. »Die Schachfiguren machten wir aus gestohlenen Kartoffeln«, erzählt er. »Wenn man lange genug auf einer Kartoffel kaut, bekommt man eine weiche Masse, die mehr oder weniger knetbar ist.«

Alex war ein Zahnarzt aus Berlin. Vor dem Krieg war die SA in seine Praxis eingedrungen. Sie hatte alles kurz und klein geschlagen und Alex zu Boden geworfen. *»Du bist aber Zahnarzt, was?«* sagten sie. *»Da werden wir dir mal Arbeit geben.«* Und dann stellten sie sich mit ihren Stiefeln auf sein Gesicht. Seitdem hatte Alex einen schiefen Kiefer und nur noch ein paar Zähne.

Alex und Vater schmiedeten großartige Pläne. Auf kleinen Papierfetzen entwarfen sie gemeinsam ein besonderes Motorrad. Sie nahmen sich vor, das Lager zu überleben und nach Brasilien zu emigrieren, um dort ihr Motorrad in den Handel zu bringen und reich zu werden. Warum nach Brasilien? Ich weiß es nicht, vielleicht ist das ein gutes Land für Motorräder. Es ist ja auch egal, denn Alex hielt sich nicht an die

Verabredung. Er starb lange vor der Befreiung im *Revier* an Flecktyphus.

Freunde fand man im Lager selten. Aber es wimmelte von Feinden.

»Ich habe mehr *Prügel* von Polen als von Deutschen bekommen«, erzählt Vater.

»Waren denn die Polen keine Gefangenen?« fragt Max.

»Schon, aber sie taten alles, um sich bei der *SS* einzuschmeicheln. Es waren Speichellecker, genau wie die Ukrainer. Für eine Extraportion Suppe hätten sie sogar ihre besten Kameraden totgeknüppelt.«

Mutter sieht ihn scharf an.

»So etwas darfst du nicht sagen.«

»Was darf ich nicht sagen?«

»Daß die Polen und Ukrainer schlecht waren. Du mußt sagen: Die Polen, die ich gekannt habe, die Ukrainer, die ich getroffen habe.«

Vater ballt die Fäuste auf der Tischkante.

»Ja«, schnauzt er, »nimm diesen Abschaum auch noch in Schutz!«

Als sich seine Hände entspannen, beginnen sie zu zittern. Kurz darauf beben auch seine Schultern und die Wangen. Vielleicht vermißt er seine Feinde noch am allermeisten.

Pfadfinderei

Am Mittwochnachmittag kommt Nellie nicht zum Spielen. Dann geht sie zu den Wölflingen. Wenn sie ihre Brote aufgegessen hat, zieht sie ihre Uniform an. Der Rock und die Bluse gefallen mir nicht, aber die Strümpfe sind bildschön. Sie haben an der Seite eine kleine Troddel. Wenn Nellie ihre Uniform trägt, sieht sie anders aus und benimmt sich auch anders.

»Guck mal«, sage ich. Oben auf meinen Kreisel habe ich mit farbiger Kreide Ringe gemalt, die ineinanderfließen, wenn er sich schnell dreht.

»Ich hab jetzt keine Zeit«, sagt Nellie, »ich muß zu den Wölflingen.« Im Vorbeigehen stößt sie meinen Kreisel mit dem Fuß in den Rinnstein.

»Was machst du denn dort?« rufe ich und laufe ihr nach. Sie dreht sich um und zuckt mit den Achseln. »Lieder singen, Spuren lesen, alles mögliche. Du mußt deine Mutter fragen, ob du auch Mitglied werden darfst, es kostet fast nichts.«

»Darf ich Mitglied bei den Wölflingen werden?« frage ich abends. »Nellie ist auch dabei, es kostet fast nichts.«

»Kommt gar nicht in Frage«, sagt Mutter, »und wenn du noch Geld dazu bekämst.«

»Aber das sind doch die mit den Liedern und dem Spurenlesen«, dränge ich weiter.

»Bei so was machen wir nicht mit. Lieder kannst du auch zu Hause singen. Und Fährten suchen ist was für Bluthunde.«

Vater schaut auf.

»Was ist das denn?« will er wissen.

»So eine Art Pfadfinder«, antwortet sie.

Er schlägt sein Buch zu.

»Lange vor dem Krieg«, sagt er zu mir, »habe ich mal einen Sommer lang auf der Insel Terschelling gezeltet. Immer wenn ich mit meinem Fernglas auszog, um Vögel zu beobachten, sah ich Jungen von der *Hitlerjugend*. Sie machten am Strand Gefechtsübungen. Und mit wem übten sie? Mit niederländischen Pfadfindern! Stramme Kerle, Seit an Seit, sehr gemütlich. *Entrollt die Fahnen, blutgetränkt!*« Er streichelt meine Wange. »Und bei so was willst du Mitglied werden?«

»Es war nur wegen der Troddeln«, murmele ich.

»Ich darf nicht zu den Wölflingen«, erzähle ich am nächsten Tag Nellie.

»Schade«, sagt sie, »da entgeht dir aber vieles: Filme und Schnitzeljagd zum Beispiel. Und Lager.«

»Lager?« wiederhole ich mit großen Augen.

Er hört sie aus weiter Entfernung. Ich weiß nicht, wie er das macht. Im Zimmer spielt das Radio, und draußen fahren Züge vorbei, aber er sieht vom Buch auf und läuft auf die Straße. Wir rennen ihm auf den Socken hinterher.

Laut rufend zieht eine Schar wilder Gänse über uns hinweg. Wir sehen ihnen nach, bis sie unsichtbar geworden sind, und lehnen uns schwindlig an die Vorderfront des Hauses. Vater schwankt nicht. Breitbeinig bleibt er stehen und späht in die Höhe, lange nachdem die Gänse verschwunden sind. Dann geht er hinein. Er küßt meine Mutter und lacht.

»Warum rufen die Gänse?« fragt Simon.

»Weil niemand es ihnen verbieten kann«, sagt Vater.

»Und was rufen sie?«

»Sie rufen: Wir gehen, wohin wir wollen, wir gehen, wohin wir wollen!«

Mutter schüttelt den Kopf.

»Die Gänse rufen, weil sie sonst von der Richtung abkommen oder in der Luft aufeinanderprallen«, korrigiert sie.

Vaters Antwort gefällt uns besser. Auf dem Sofa schmiegen wir uns ganz dicht an ihn. »Im Lager sah man im Herbst auch Gänse«, erzählt er. »Sie flogen in der Morgendämmerung über uns weg, beim *Zählappell*. Dabei wurden wir auf dem Sammelplatz von der *SS* gezählt, nicht einmal, sondern zehn-, zwanzigmal. Weil die Zahl der Gefangenen nicht stimmte oder um uns zu quälen. Stundenlang mußten wir strammstehen, hungrig und halb erfroren. Wenn dann so eine Schar Gänse über dir vorüberzog, dachtest du: Vielleicht kommt einmal der Tag, an dem ich genauso frei sein werde wie sie. Diesen Glauben mußte man sich erhalten, trotz jeder Unterdrückung.«

Er trommelt mit den Fingern auf seinen Knien.

»Aber manchmal konnte man auch daran verzweifeln, daß alles seinen gewohnten Gang ging. Daß die Gänse über uns zogen, daß das Gras wuchs, daß die Sonne aufging und daß die Erde sich weiterdrehte, als ob nichts geschehen wäre.« Er seufzt. »Sogar ein Maulwurf unter der Erde und die Läuse auf meinem Kopf hatten mehr Freiheit als ich.« Simon nickt.

»Wenn du ein Maulwurf gewesen wärst, hättest du einen Gang aus dem Lager graben können!« sagt er aufgeregt.

Im Klassenzimmer hängt eine Wandtafel, auf der steht: *In Feld und Wald*. Darauf sind eine Menge Tiere abgebildet. Es gibt auch einen Maulwurf, schwarz, mit Haaren auf der Nase. Er hat lange rosa Finger an seinen Vorderpfoten, die Menschenhänden ähneln.

»Haben Maulwürfe keine Ohren?« frage ich.

»Doch«, sagt die Lehrerin, »aber sie sind so klein, daß du sie nicht sehen kannst. Große Ohren wären beim Graben im Weg. Ein Maulwurf muß stromlinienförmig sein.«

Da hast du's wieder. Vater hat viel zu wenig Stromlinie und wäre mit seinen Ohren unter der Erde steckengeblieben. Außerdem hätte er, einmal ein Maulwurf, wohl immer ein Maulwurf bleiben müssen. Wie hätte er dann aus dem Lager nach Hause kommen können? Und hätte meine Mutter ihn dann wiedererkannt? »Tag, Jochel. Wie du dich verändert hast.«

Nein, nichts ist so einfach, wie es aussieht.

Willi

Wenn Nellie aufs Klo geht, schaut sie zwischen ihren Beinen durch. Sie denkt, daß im Wasser ein Krokodil sitzt und darauf wartet, sie in die Beine beißen zu können. Ich habe keine Angst vor Krokodilen. Ich habe Angst vorm Abschaum der Menschheit. Am meisten Angst habe ich vor Willi Hammer.

»Willi war ein *Kapo*«, sagt Vater, »mit einem Strafregister, mit dem man dieses Zimmer hier wenigstens zweimal tapezieren könnte. Ein deutscher Krimineller, spezialisiert auf Vergewaltigung von Minderjährigen, aber auch sehr erfahren in gewöhnlichen Mißhandlungen und Mord. Er muß ungefähr fünfzig gewesen sein. Kahler Kopf, niedrige Stirn, schielender Blick. Ein schielender Neandertaler. Er hatte eine Kette, an deren Ende eine Bleikugel hing, so groß wie ein dicker Tischtennisball. Damit schlug er oft unvermittelt auf einen x-beliebigen Gefangenen ein, bis der Tod eintrat. Jeder zitterte vor ihm.

Einige von uns, solche Menschen findet man überall, biederten sich bei ihm an. Die schickte er zum Stehlen und zwang sie, mit ihm zu schlafen. Wenn er genug von ihnen hatte, waren ihre Stunden gezählt. Ich erinnere mich an einen jungen Russen, der in der *Gärtnerei* arbeitete, wo er für Willi Tomaten organisierte. Einen Monat lang stand er in seiner Gunst und wurde von Willi *Liebchen* genannt. Eines Nachts hörten wir den Jungen in Panik rufen:

›Bitte, schick mich nicht in die Gaskammer!‹

›Wofür hältst du mich eigentlich?‹ antwortete

Willi. ›Die Gaskammer ist so unpersönlich. Du bist mir viel zu lieb, *Liebchen,* dich mach ich eigenhändig alle!‹

Dieser Mann gehörte zu den niedrigsten Lebensformen, er hatte das Niveau von Stinkmorcheln. Solche Plebejer konnten im Lager Karriere machen. Abschaum wie ihnen waren wir ausgeliefert. Für alles, was ihm je angetan worden war, für alles, bei dem er danebengehauen hatte, für alle Erniedrigungen und Enttäuschungen ließ er uns bezahlen. Niemand hat so unter uns gewütet wie Willi Hammer.

Auf mich hatte er es abgesehen. *›Für dich interessier ich mich aber!‹* nannte er das.

In der Praxis sah das ungefähr so aus. Jeden Abend, wenn wir mit der Arbeit fertig waren, nahm er mich beiseite und schlug mich zusammen. Die Bleikugel ließ er in der Hosentasche, er nahm die bloßen Fäuste. Aus seiner Sicht war das soviel wie ein Kompliment, ein Ausdruck von Zuneigung.

Andere Gefangene prügelte er *ohne weiteres* in die Ewigkeit, aber wenn ich an der Reihe war, wußte er das Prügeln zu einer wahren Kunst zu erheben. Er holte sorgfältig aus und traf immer meine empfindlichsten Stellen. Wenn er mich zu Boden geschlagen hatte, legte er eine Pause ein. Manchmal rauchte er eine Zigarette oder feilte sich die Nägel, während ich mich wieder aufrappelte und Haltung annahm. Ich gab keinen Laut von mir. Instinktiv war mir klar, daß er dann sein Interesse an mir verlieren, sonst aber zuschlagen würde, bis ich liegenblieb.

Anfangs habe ich mir die Lippen zerbissen, um mich zu beherrschen. Später gelang es mir ohne Anstrengung. Ich verachtete ihn. Er konnte mir Schmerzen zufügen, das ist wahr, aber auch Schmerz kennt Grenzen. Ich war ihm überlegen. Deshalb haßte er mich, deshalb schlug er mich, und deswegen hing er so an mir. Was hätte er ohne mich anfangen sollen? Ich gab seinem Leben ein Ziel, er war genauso abhängig von mir wie ich von ihm.«

Vater schaut auf seine Hände und schüttelt langsam den Kopf.

»Schließlich hat er es doch geschafft.«

»Was denn?« frage ich ängstlich.

»Was denn?« fragt Simon. Aber wir bekommen keine Antwort.

»So ein Abschaum«, sagt Vater, »so ein Abschaum.«

Beinahe all seine Bücher handeln von Indianern. Uns interessieren vor allem die Namen der Häuptlinge: Schwarzer Adler, Verrücktes Pferd, Zehn Bären, Rote Wolke.

Im Fernsehen sehen wir Cowboyfilme, in denen Indianer auf Pferden einen Zug mit einer Dampflok oder einen Treck von Planwagen verfolgen. Sie rufen »uah, uah« und schwenken wild ihre Kriegsbeile. Manchmal überfallen sie ein Fort, um Bleichgesichter zu skalpieren. Die Frauen der Bleichgesichter versuchen zu fliehen, stolpern jedoch über ihre langen Kleider. Sie werden ins Indianerdorf verschleppt und an den Totempfahl gebunden. Uns tun sie leid, aber Vater erzählt, daß es ihre eigene Schuld ist.

»Früher«, erzählt er, »gehörte ganz Amerika den Indianern. Der eine Stamm lebte vom Fischfang, der andere vom Bisonfleisch; es gab genug Platz und Nahrung für jeden. Bis die Siedler kamen und die Indianer verjagten.

›Weshalb müssen wir weg?‹ fragten die Indianer. ›Wir wohnen hier schon seit Jahrhunderten, unsere Ahnen liegen hier begraben.‹

›Uns macht das auch nicht gerade Spaß‹, sagten die Siedler, ›aber es gibt keine andere Möglichkeit. Wir brauchen nun einmal *Lebensraum*, eine ganze Menge *Lebensraum*. Ihr werdet *umgesiedelt* auf ein anderes Stück Land. Dort wächst nicht viel, und es gibt weniger Bisons, aber ihr werdet euch schon daran gewöhnen. Man muß nur die Zähne zusammenbeißen.‹

Die Indianer bissen die Zähne zusammen und machten einen langen Fußmarsch zu ihrem neuen Wohnort. Kaum hatten sie dort ihre Zelte aufgeschlagen und ein Feuer angezündet, da kamen die Siedler schon wieder. ›Aus dem Weg!‹ riefen sie. ›Wir wollen eine Eisenbahnstrecke durch euer Jagdgebiet anlegen. Räumt nur schnell eure Zelte ab, dorthin kommt ein kleiner Bahnhof, vielleicht auch eine Kirche mit Häusern.‹

Schließlich wurden die Indianer in Reservate vertrieben: Ghettos, in denen sie vor Kummer krank wurden. Darauf kam der weiße Priester und teilte Bibeln aus.

›Seid ihr krank?‹ sagte der Priester. ›Dann müßt ihr zu Jesus beten.‹

›Wir haben schon einen Gott‹, erzählten die Indianer. ›Es ist Der Große Atem. Er läßt die Sonne aufgehen und das Gras wachsen.‹

›Jesus ist mächtiger‹, sagte der Priester, ›Jesus heilt.‹

›Ach ja?‹ fragten die Indianer. ›Könnte er dann euch vielleicht heilen? Ihr macht falsche Versprechungen, ihr stehlt unser Land, ihr entweiht unsere Gräber, und ihr ermordet unser Volk. Ihr seid viel kränker als wir.‹«

Max, Simon und ich sind nie auf den Gedanken gekommen, daß Cowboys eigentlich *SS*-ler sind. Wahrscheinlich, weil sie nicht Deutsch sprechen und Cowboyhüte tragen.

Nachts träume ich, daß Vater ein Indianerhäuptling ist. Er heißt Entflohener Wolf. Er galoppiert in der Unterhose über die Prärie. Die Narben auf seiner

Brust sind knallrot und blau bemalt. Lauthals singt er slawische Lieder. Vorn auf dem Pferd sitzt Pink und miaut falsch mit. Sie sind der Schrecken des Wilden Westens.

Stille

Als er hereinkommt, hat meine Mutter gerade Schälchen mit Joghurt vor uns hingestellt. Er bleibt mitten im Zimmer stehen und kramt lange in seinen Jackentaschen, als ob er etwas suchen würde. Dann schaut er sie an.

»Es ist wieder soweit«, sagt er. Sie nickt. »Aber sie schneiden diesmal nicht«, fügt er schnell hinzu, »ich brauche nur zu liegen.«

Sie steht auf und geht in die Küche. Er folgt ihr unmittelbar und schließt die Tür. Wir lauschen. Sogar Pink, der auf der Fensterbank liegt und sich putzt, spitzt die Ohren. Seine Zungenspitze guckt ein bißchen aus dem Maul.

Hinter der Tür ist es still. Wir warten, ohne zu wissen, worauf. Was sollen wir machen? Wir können nicht ewig am Tisch sitzen bleiben, aber wir können auch nicht aufstehen. Eigentlich sollte es uns überhaupt nicht geben.

Nach einer Weile taucht Simon seinen Löffel in den Joghurt.

»Still!« zischt Max. »Mit Papa ist es wieder soweit!«

»Und darf ich dann keinen Joghurt essen?« fragt Simon.

»Nein.«

Simon bleibt mit dem Löffel in der Hand sitzen. Keiner von uns bewegt sich, wie im Schloß von Dornröschen, wo alle eingeschlafen sind. Als es dunkel wird, kommt Mutter ins Zimmer. Ihr Haarknoten auf dem Hinterkopf ist verrutscht, ihre Bluse hängt aus dem Rock. Sie geht vor uns die Treppe hinauf.

Sie sagt nicht einmal, daß wir uns die Zähne putzen sollen. Sie sitzt auf Simons Bett und fängt zu weinen an. In Unterhemd und Unterhose stehen wir um sie herum. Max legt ihr seine Hand auf die Schulter.

»Weine nicht«, sagt er. »Du hast doch noch mich.«

Sie wischt sich die Tränen ab. Haarnadeln fallen auf den Boden.

»Muß Papa wieder ins Lager?« frage ich, als sie mich zudeckt.

»Nein, er ist krank und kann hier bei uns nicht gesund werden. Er geht woanders hin, um geheilt zu werden. Wenn er wieder gesund ist, kommt er nach Hause.«

»Er fehlt mir jetzt schon«, sage ich. Sie küßt mich.

»Du mußt immer denken: Morgen kommt wieder ein neuer Tag.«

Ich kneife die Augen ganz fest zu. Morgen kommt wieder ein neuer Tag, aber ich möchte hundert Jahre schlafen. Wenn ich dann wach werde, ist Vater zurück. Wir haben das Zimmer mit Girlanden geschmückt und essen Kuchen. »Im Lager«, sagt er, »habe ich Brot aus Sägemehl bekommen.« Er lacht. Er geht nie wieder weg.

»Was ist TBC?« erkundige ich mich bei Simon. Wir suchen gemeinsam nach Pink, der sich seit dem Tag, an dem Vater ins Sanatorium abgereist ist, nicht mehr hat blicken lassen.

»Eine Lungenkrankheit«, erzählt Simon. »Man kriegt sie von Bazillen, ganz kleinen Tierchen, die Papa im Lager geschluckt hat. Er hat ja auch Gras gegessen. Wenn man Hunger hat, ißt man alles.«

Voller Abscheu betrachte ich das zähe Gras, das den Bahndamm überwuchert.

»Ich nicht.«

Simon lacht. »Wart nur ab, wenn Krieg kommt, bist du froh über einen Teller Gras!«

»Es kommt kein Krieg!«

»Doch«, sagt Simon, »das spürt man einfach.«

Ich spüre überhaupt nichts.

Für alle Fälle frage ich: »Wann fängt er denn an?« Mein kleiner Bruder zieht die Schultern hoch.

»Vielleicht morgen nachmittag? Oder nächste Woche? Vielleicht hat er auch schon angefangen, bei Kriegen weiß man nie.«

»Und was muß man tun, wenn er anfängt?«

»Das sag ich doch: Wir verstecken uns im Keller und essen Gras.«

Der Keller ist stockfinster und riecht moderig.

»Wie lange mussen wir dort bleiben?«

»Ich schätze, ein Jahr«, sagt Simon, »aber es kann auch gut länger dauern, denk nur an den Achtzigjährigen Krieg. Bevor wir uns verstecken, pflücken wir noch einen Sack voll Gras.«

»Nur einen? Reicht das denn?«

»Dann eben zwei, oder drei. Wenn es alle ist, schlachten wir Pink.«

In Gedanken sehe ich Pink auf der Fensterbank in der Sonne liegen. Ich bekomme einen Kloß im Hals.

»Bist du ganz sicher?«

Simon nickt.

»Mit dem Messer«, sagt er, »ich bin ganz sicher.«

»Das findet Mama bestimmt nicht gut!«

»Das wird sie schon müssen, es ist eine Frage von Überleben. Im Krieg sind Menschen wichtiger als Tiere. Wir können noch von Glück reden, daß wir eine Katze haben. Die Nachbarn haben nur einen Kanarienvogel, da ist viel weniger Fleisch dran.«

Ich habe kein Mitleid mit den Nachbarn, ich habe Mitleid mit Pink. Tränen springen mir in die Augen. Simon nimmt mich in den Arm.

»Ich finde es genauso schlimm wie du«, sagt er, »aber es geht nun mal nicht anders. Du wirst schon sehen, es ist gar nicht so schlimm. Katzen schmecken wie Huhn, man schmeckt keinen Unterschied.«

Schluchzend stoße ich ihn von mir weg.

Mit bleiernen Sohlen gehe ich nach Hause. Als ich ins Zimmer komme, sitzt Mutter am Tisch und hat Pink auf dem Schoß.

»Hör auf zu weinen«, sagt sie tröstend zu mir, während sie den gefleckten Katzenkopf streichelt, »er ist wieder da.«

Durch den Tränenschleier folge ich den Bewegungen ihrer Hand. Ich hasse meine Mutter. Sie gleicht der Hexe aus dem Pfefferkuchenhaus, die fühlt, ob Hans schon fett genug zum Braten ist. Ohnmächtig stehe ich daneben. »Gretel weinte bitterlich«, steht in dem großen Märchenbuch der Brüder Grimm, »aber es half ihr nichts.«

Bitte

In seinem Zimmer ist es kalt. Obwohl es geschneit hat, steht das Fenster weit offen.

»Guten Tag, Jochel«, sagt Mutter und fängt an, Bücher und saubere Unterwäsche aus ihrer Tasche auszupacken.

Vater trägt eine dicke Jacke über seinem Schlafanzug. Ich darf ihm zwar keinen Kuß geben, aber ich kann auf seinem hohen Bett sitzen, das vor dem Fensterbrett steht. Er zeigt darauf.

»Ich streue den Meisen jeden Tag Nüsse hin. Sie fliegen sogar herein, manchmal füttere ich sie im Bett.«

»Hier?« frage ich ungläubig.

»Ja, schau nur, sie haben Fäden aus der Tagesdecke gezogen. Sie sind ganz zahm, sie fressen praktisch aus der Hand.«

Ich schaue nach den Nüssen auf der Fensterbank und den verschneiten Fichten in der Ferne. Ich bin stolz auf meinen Vater. Zu anderen Menschen mit kleinen Tierchen in der Lunge kommen die Meisen nicht, sie nehmen sich in acht. Aber auf seinem Bett drängeln sie sich, aus seiner Hand wollen sie fressen.

Nach der Besuchszeit kommt im Gang eine Schwester auf uns zu. Sie streichelt mir über den Kopf und nimmt Mutter zur Seite.

»Ihr Mann leidet an Schlaflosigkeit«, sagt sie. »Er wandert nächtelang umher, wir kriegen ihn nicht ins Bett. Und wenn er endlich eingeschlafen ist, hat er Alpträume. Dann schreit er so laut, daß man es durch den ganzen Pavillon hören kann. Wenn wir nach ihm schauen, liegt er da und kämpft mit seinem Bettzeug.« Sie gestikuliert in der Luft. »Er wringt sein Kissen zwischen den Händen und läßt nicht los, als ob er jemanden erwürgen wollte«, sagt sie vorwurfsvoll. »Der Schlafmangel und die Aufregung tun ihm nicht gut. Außerdem schwitzt er und verkühlt sich.« Mutter nickt.

»Das ist zu Hause auch so.«

»In dem Fall«, sagt die Schwester, »hätten Sie uns besser sofort darüber informieren sollen. Um Mißverständnisse zu vermeiden.«

Mutter schaut zu Boden. Dann packt sie die Schwester beim Ärmel.

»Mein Mann war im Lager.«

»Lager?« wiederholt die Schwester mit hochgezogenen Augenbrauen.

In dem langen Gang hallt das Wort hohl wider.

»Konzentrationslager. Daher die Angstträume. Daheim hat er sie nicht jede Nacht. Aber hier, in einer fremden Umgebung. Wir fehlen ihm so. Könnten Sie nicht ein bißchen auf ihn achten?«

»Konzentrationslager«, sagt die Schwester. »Wir können ihm natürlich ein Schlafmittel geben. Wir tun unser Bestes.«

»Ich wollte, ich hätte auch Meisen in meinem Bett!« sage ich, als wir im Zug sitzen.

Mutter reagiert nicht. Sie blickt über mich hinweg, nach draußen.

»Sie tun ihr Bestes«, sagt sie, »sie tun ihr Bestes.«

»Du warst im Krieg doch auch untergetaucht?« erkundigt sich Max bei Vater. Der sitzt nach vorn gebeugt im Bett, während Mutter ihm die Kissen aufschüttelt. Er nickt. »Zuerst auf dem Land«, erzählt er, »und später in der Stadt, in einem Haus am Adelbert-Kennis-Platz.«

»Adelbert Kennis, wer war das?«

»Keine Ahnung, ich kenne ihn nur als Denkmal. Es war aus Bronze. Die Hausfrauen aus der Gegend schrubbten ihm regelmäßig den Taubenmist vom Kopf und den Schultern. Adelbert hat den Krieg ohne einen Fleck überlebt, ihm wurde kein Haar gekrümmt.«

»Wo hattest du dich versteckt?«

»Hinter einer Klappe auf dem Hängeboden. Man konnte sich nicht drehen oder wenden. Nachts durfte ich manchmal herauskommen, ganz selten auch einmal tagsüber. Aber meist saß ich in meinem Versteck, wie ein Riese in einem Fingerhut.«

»War es dort denn so eng?«

»Ungefähr wie bei uns zu Hause im Schränkchen unter dem Spülbecken, nur höher. Eine kleine Kindermatratze paßte genau hinein.«

»Und was hast du dort gemacht?«

»Ich schaute auf die Dachziegel und dachte an Mamas Beine.«

»Die ganze Zeit?«

»Wenn ich nicht an ihre Beine dachte, las ich. Die Leute, die mich versteckten, gingen jede Woche für mich in die Bibliothek. Sie brachten die merkwürdigsten Bücher mit, ich war mit allem zufrieden.«

»Haben sie dir auch Essen gegeben?«

»Sie hatten selbst nicht viel, aber was sie hatten, teilten sie mit mir. Der Mann war Hafenarbeiter. Er hatte einen Schnurrbart und riesige Hände. Am besten ist mir das Weihnachtsmahl in Erinnerung geblieben. Schon Wochen vorher kündigte er an, er könne für Weihnachten illegal ein Kaninchen organisieren. Er war davon so begeistert, daß er es überall herumerzählte. Weihnachten kam. Das Kaninchen wurde gebraten, ich konnte es auf dem Hängeboden riechen, das Wasser lief mir im Mund zusammen. Mittags ging die Klingel. Ich kroch in mein Versteck und wartete darauf, daß der Besuch wegging. Kaum war ich zum Vorschein gekommen, als wieder geschellt wurde. So ging es weiter bis zum Abend. Der Mann hatte zu viel Reklame für sein Kaninchen gemacht, die ganze Nachbarschaft kam zum Kosten. Schließlich blieb für mich nichts mehr übrig als ein Beinchen mit ein paar armseligen Fasern Fleisch. Ich habe tagelang an dem Knochen gelutscht.«

Nachdem wir von unserem Besuch im Sanatorium zurückgekehrt sind, sollen wir gleich ins Bett, aber ich gehe schnell in die Küche und öffne das Schränkchen unter dem Spülbecken. Der Geruch feuchter Lappen schlägt mir entgegen. Ich bücke mich. Da sitzt Vater quer im Abtropfgestell, die Spülbürste im Nacken. Er denkt an Mutters Beine. Fröhlich winkt er mit einem Kaninchenlauf. Ich winke zurück. »Schlaf gut, Papa.«

»Wo ist denn deine Krippe geblieben?« fragt Mutter. Vater macht ein trauriges Gesicht.

»Ich hatte unter dem Stroh Nüsse versteckt, für die Kohlmeisen«, erzählt er. »Sie flogen ins Zimmer und warfen den ganzen Stall durcheinander, mit der Krippe und allem Drum und Dran. In diesem Moment kam Schwester Everharda herein. Sie stieß einen Schrei aus und wollte wissen, was denn da los sei. Ich sagte: ›Tja, die kleinen Viecher sind offenbar nicht gläubig.‹ Daraufhin nahm sie beleidigt die Krippe mit. Zum Glück habe ich noch meinen Engel.«

Er zeigt nach oben auf einen Tannenzweig, an dem ein Engel aus Gips hängt. Sein Mund ist verkehrt gemalt. Das Rot liegt nicht auf den Lippen, sondern darüber. Es ist ein Engel mit einer blutigen Nase. In den Händen trägt er ein staubiges Band, auf dem »Gloria« steht.

Simon sagt kein Sterbenswörtchen. Er will sich nicht aufs Bett setzen, sondern steht daneben und starrt ununterbrochen Vater an. Max geht gelangweilt im Zimmer auf und ab. Er läßt seine Füße immer abwechselnd über das graue Linoleum schleifen. »Warum geht ihr nicht ein bißchen nach draußen?« schlägt Mutter vor. »Du auch, Simon. Aber denk dran, du mußt gut auf Max hören.«

Wir schlurfen über einen gepflasterten Pfad auf den Wald hinter dem Sanatorium zu. Unterwegs kommen wir an einem verschneiten Rasen vorbei, auf dem im

Halbkreis kleine Holzhäuser mit schrägem Dach stehen. Sie sehen verlassen aus. Das wundert mich nicht, denn sie haben nur drei Wände und sind an einer Seite offen, wie das Puppenhaus in der Schule. Wer möchte schon in einem Haus wohnen, in das es hineinschneit? Max steuert sofort darauf zu, aber Simon hält mich zurück.

»Laß das!« ruft er Max zu. »Das sind Baracken!«

Hand in Hand warten wir am Rand des Rasens, während Max in das nächstgelegene Haus hineingeht. Kennerhaft klopft er auf das Holz. Weich federt er auf und ab, um den Fußboden zu prüfen. Tränen rinnen über Simons Wangen. Ich halte die Luft an. »Heulsuse!« sagt Max, als er sich unversehrt zu uns gesellt. Er gibt Simon einen harten Klaps auf den Rücken; der fällt vornüber in den Schnee.

»In diesen Häuschen«, erklärt Vater später Max, »liegen mittags die Patienten, wegen der frischen Luft. Eine praktische Idee, die Häuser stehen auf einem Sockel und können aus dem Wind gedreht werden. Vier Betten haben darin Platz.«

Max schaut hämisch zu Simon und mir.

»Baracken!« flüstert er. »Baracken!«

»Am besten ging es mir bei Jef«, erzählt er. »Zu fünft waren wir auf seinem Bauernhof untergetaucht, am Ende der Welt. Dort hieß ich Bart.«

Durch das offene Fenster weht ein Luftzug. Vater sitzt im Bett und hat einen Schal umgebunden. Schwarze Haarsträhnen tanzen vor seinen Augen.

»Jef war ein Mann, der wenig Worte machte. Schmal, aber zäh, ein kleines bißchen gebeugt, die Schirmmütze schräg auf dem Kopf. Eines Mittags, wir waren gerade auf dem Feld, hörten wir in der Ferne ein Flugzeug.

›Bart‹, sagte Jef zu mir, ›jetzt mußt du mir einmal ganz genau erklären, wie sich so ein Ding in der Luft halten kann.‹

Er stemmte seine Hacke mit dem Stiel auf den Boden und stützte das Kinn auf. Er konnte stundenlang zuhören. Wenn er etwas wissen wollte, nahm er sich die Zeit dafür. Und er wollte alles wissen, alles. Während Europa in Schutt und Asche gelegt wurde, lehnte sich Jef auf seine Hacke und fragte nach dem Prinzip der Schwerkraft oder nach Louis Pasteur.

Aus Sicherheitsgründen schliefen wir im Wald in einer Erdgrube. Im Frühling und Sommer ging das sehr gut, aber im Herbst goß es in Strömen. Unsere Grube lief voll Wasser, wir brauchten eine Plane, um sie abzudecken.

›Ich habe keine‹, sagte Jef, ›fragt doch mal bei Vermeulen.‹

Vermeulen war ein Bauer, der mit Jef zur Schule gegangen war und ein Stück weiter einen Hof hatte.

Er kannte uns. Jeden Sonntag kam er in seinem guten Anzug zu Besuch. Dann wurden Erinnerungen hervorgekramt, über die sogar Jef lachen mußte.

Vermeulen besaß tatsächlich eine Plane. Sie lag in seinem Kuhstall auf dem Boden und war ziemlich verschlissen, aber wir konnten sie gut gebrauchen.

›Was soll sie denn kosten?‹ fragte ich.

›Vierhundert Gulden‹, sagte er. Das war ein unsinniger Betrag für eine alte Plane, so viel Geld hatten wir nicht.

›Und?‹ fragte Jef am Abend. Ich schüttelte den Kopf.

›Zu teuer.‹

›Was wollte er denn dafür haben?‹

›Vierhundert Gulden.‹

Dabei blieb es, bis Vermeulen am darauffolgenden Sonntag seinen wöchentlichen Besuch abstattete. Jef erwartete ihn an der Tür.

›Vermeulen‹, sagte er ruhig, ›wenn ich dich hier noch einmal sehe, hetze ich den Hund auf dich.‹

Nicht lange danach hörten wir in der Nacht Deutsche im Wald. Drei von uns wurden festgenommen. Im Dunkeln flüchtete ich auf ein Feld. Ich sprang in den erstbesten Heuhaufen und landete auf dem Pflug, der unter dem Heu verborgen war.«

»Hast du davon die Narben an den Beinen?« fragt Max. Vater nickt.

»Ich bin genau in die Schneiden gesprungen.« Er läßt sich in die Kissen zurückfallen.

»Meinetwegen brauchen sie ihre Schwerter nicht zu Pflugscharen umzuschmieden«, sagt er, »ich darf gar nicht daran denken.«

Wiederkehr

Mutter trägt einen neuen Rock, mit Mohnblumen bedruckt. Wenn sie sich bewegt, tanzen sie wie die Mohnblumen im hohen Gras unten am Bahndamm.

Wir haben Pink eine rote Schleife um den Hals gebunden. Verwundert beißt er in die langen Enden.

»Laßt doch«, sagt Mutter, »Pink ist von sich aus schön genug.«

Nach der Schule rennen wir sofort nach Hause. Mutter steht auf der Straße, die Hand über den Augen.

»Ich verstehe nicht, wo er bleibt«, sagt sie. Wir stellen uns neben sie und spähen zum selben Punkt in der Ferne, als ob wir ihn mit vereinten Blicken herbeizaubern könnten. Als das nicht gelingt, wird es uns langweilig. Wir laufen in weiten Kreisen um Mutter herum, schubsen einander, setzen uns auf die Bordsteinkante und stehen lustlos wieder auf.

»Können wir nicht schon mal ein Stück Kuchen kriegen?« quengelt Max. Mutter schüttelt den Kopf.

»Pink hat schon die ganze Schlagsahne vom Kuchen geleckt. Er ist bis oben hin voll und schläft jetzt auf der Fensterbank seinen Rausch aus. Wenn ihr ihn kneift, quillt ihm die Schlagsahne aus den Nasenlöchern. Damit könnten wir den Kuchen eigentlich wieder in Ordnung bringen, aber das scheint mir nicht gerade appetitlich.«

»Scheiße«, sagt Max.

»Früher hatte ich eine Kuchenglocke«, sagt Mutter, »bevor du damit Kaulquappen gefangen hast.«

Wir warten, bis die Sonne wie ein großes rotes

Fruchtbonbon den Bahndamm hinunterrollt. Auf halber Höhe der verlassenen Straße taucht Vater auf. Wo kommt er nur so plötzlich her? Mit dem flammend roten Gesicht und den flammenden Schultern gleicht er dem Propheten Elias, der in einem feurigen Streitwagen vom Himmel herabfährt. Wir stehen geblendet und heben zu seiner Begrüßung nicht einmal unsere erschlafften Arme.

»Rauchst du wieder?« fragt Mutter vorwurfsvoll. Wir sitzen im Garten unter den Pappeln, in denen das Zwitschern der Vögel verstummt ist.

»Ich habe eine ganze Stange gekauft«, sagt er und zeigt auf den Koffer im Gras. »Als mein Zug heute früh einlief, brach mir am ganzen Körper der Schweiß aus. Ich weiß nicht, was in mich gefahren ist. Ich bin den ganzen Tag auf dem Bahnsteig hin und her gelaufen und habe Zigaretten geraucht. Ich ließ einen Zug nach dem anderen wegfahren. Ich wagte einfach nicht einzusteigen. Idiotisch, nicht wahr?«

Mutter, die gerade Kaffee einschenken will, drückt die Kanne an ihre Brust. Die Mohnblumen auf ihrem Rock halten den Atem an.

»Schaut nur!« ruft Max. Pink hat sich hinter dem Fenster in voller Länge aufgerichtet und kratzt am Glas, als ob er sich durchgraben möchte.

»Mach mal schnell die Zimmertür auf«, sagt Mutter.

Max und Simon rennen ins Haus. Kurz darauf springt Pink in Vaters Arme.

»Tag, mein Freund«, sagt dieser, »ich bin ein bißchen spät dran.«

»Warum geht ihr nie in die Kirche?« fragt Nellie. »Seid ihr nichts?«

»Ja, wahrscheinlich.«

»Glaubt ihr nicht an die Dreifaltigkeit?« Verlegen betrachte ich meine Schuhspitzen. Auf dem Markt steht ein Fischhändler. Wenn der Markt zu Ende geht, ruft er: »Zwei zum Preis von einem, zwei zum Preis von einem!« Die Dreifaltigkeit, das ist wahrscheinlich: drei zum Preis von einem, aber drei von was?

»Und an den lieben Gott?« drängt Nellie.

»Mit dem hat mein Vater Krach.«

»Weshalb?«

»Wegen dem Krieg.«

Jetzt ist Nellie sprachlos. Krach mit dem lieben Gott, so etwas hat sie noch nie gehört.

»Wenn du nicht in die Kirche gehst«, sagt sie, »kommst du auch nicht in den Himmel.« Das finde ich schade.

»Heute mittag ist in der Kirche eine Taufe, da muß ich singen. Ich frage mal, ob du mitmachen darfst«, bietet sie großzügig an.

»Komme ich dann in den Himmel?«

»Vielleicht.«

Gemeinsam schlendern wir zur Kirche. Sie ist von innen viel größer, als es von der Straße scheint. Ein süßer Duft hängt im Raum. Durch das Vorportal jagen zwei lachende Jungen. Sie schlagen mit der flachen Hand Wasser aus einem Becken an der Mauer. Nellie schnaubt mißbilligend.

»Das ist eine Sünde«, flüstert sie, »Weihwasser ist heilig.«

Ich folge ihr über einen Gang durch das Seitenschiff. Dort hängen Gemälde von Christus, der ein riesiges Kreuz auf dem bloßen Rücken trägt.

»Schau nur«, sage ich, »er ist ganz orange.«

»Natürlich«, sagt Nellie. »Weil er gelitten hat.«

»Mein Vater ist aber nicht orange.«

»Dein Vater wurde ja auch nicht gekreuzigt.«

»Nein, aber gelitten hat er schon.«

»Dann hat er nicht genug gelitten«, sagt sie bestimmt.

In einem Seitengelaß steht der Herr Pfarrer bei einem Grüppchen von Kindern. Er nickt freundlich in unsere Richtung und teilt Blätter mit dem Text eines Liedes aus. Wir proben das Lied zweimal. »Der Herr ist mein Hirte«, singen wir, *»mir wird nichts mangeln.«* Das klingt unheimlich.

»Was heißt das denn?« flüstere ich und stoße Nellie an. »Mir wird nichts *mangeln*!«

»Das heißt, daß du alles hast«, fährt sie mich an.

Nach der Taufe bekommen wir vom Pfarrer aus einer großen Dose jeder ein Stück Lakritze und einen Kaugummi in gestreiftem Papier.

»Meine Taufnamen sind Petronella Johanna Maria«, sagt Nellie, als wir heimwärts hüpfen. »Und deine?«

»Ich bin nicht getauft«, sage ich. Sie bleibt stehen.

»Du bist nicht getauft? Oh, dann darfst du sowieso nicht in den Himmel, dann lassen sie dich nicht hinein!«

Spöttisch schaue ich sie an. Dann drehe ich mich um, die Süßigkeiten in der Hand, und renne weg. Mir mangelt es an nichts mehr.

Tanzstunde

Max hat sich für seine erste Tanzstunde schön gemacht. Normalerweise fällt ihm eine dicke Locke ins Gesicht, jetzt ist sein schwarzes Haar glatt nach hinten gekämmt. Er trägt ein Hemd mit Krawatte.

»Denk daran«, sagt Mutter und zieht ihm die Jacke gerade, »daß du sie zuknöpfen mußt, wenn du ein Mädchen zum Tanzen aufforderst.«

Vater legt sein Buch hin.

»Im Lager«, erzählt er, »forderten die Sommer mehr Opfer als die Winter. Ständig wehte der Staub auf, wir hatten dauernd Durst, und ansteckende Krankheiten griffen in Windeseile um sich. Eine geheimnisvolle Epidemie brach aus. Von einem Augenblick zum anderen verloren scheinbar gesunde Menschen das Bewußtsein. Zu Hunderten wurden sie zu einer großen Plane geschleppt, unter der sie nach ein paar Tagen starben.

Mein Freund Anton hatte das zweifelhafte Glück, einer der ersten zu sein, und bekam wenigstens noch einen Platz im *Revier*. An einem Sonntagnachmittag hörte ich, daß es mit ihm zu Ende ginge. Ich wollte ihn gern ein letztes Mal besuchen, aber als Gefangener durfte man nicht so ohne weiteres einen Krankenbesuch machen: Das war nur mit einer besonderen Erlaubnis möglich, einem sogenannten *Schein*, der selten ausgestellt wurde. In meinem Fall stand die Sache besonders schlecht, weil wir damals Sigismund den Schläger als *Blockältesten* hatten. Sigi war nicht der Mann, dem man sich ohne weiteres zu nähern wagte, und schon gar nicht mit einer Bitte. Aber ich beschloß, es trotzdem zu versuchen.

›Was willst du mit einem *Schein*?‹ fragte er mißtrauisch.

›Einen kranken Freund im *Revier* besuchen‹, sagte ich. Er griff zu der riesigen eisernen Suppenkelle, die wie immer an seinem Hosengürtel hing, und kratzte sich mit dem Stiel am Hinterkopf.

›Wenn ich dir mit der Kelle eins überziehe‹, grinste er, ›brauchst du keinen *Schein* mehr. Dann kommst du von ganz allein ins *Revier*!‹

›Das ist mir bekannt‹, antwortete ich, ›aber ich gehe lieber aus eigener Kraft.‹

Sofort ließ er den ganzen Block antreten. Das kam häufiger vor, wenn er einem den Schädel einschlagen wollte; er hatte nun einmal gerne Zuschauer bei seinen kleinen Ausschweifungen. Ich machte mich also auf das Schlimmste gefaßt, doch zu meiner Überraschung hakte er die Kelle wieder an den Gürtel.

›*Ihr verdammten Halunken!*‹ rief er den anderen zu, die im Glied standen. ›Ihr denkt nur an euch! Nehmt euch ein Beispiel an diesem Jungen. Der kommt zu mir, ausgerechnet zu Sigi dem Schläger, und fragt mich, ob er einen kranken Freund besuchen darf. Das nenne ich *Kameradschaft*!‹

Beschützend legte er einen Arm um mich.

›Aber so, wie er jetzt aussieht, kann ich ihn unmöglich durch das Lager schicken, das geht mir gegen den Strich. Er kommt gerade aus einem *Außenlager* und hat keinen Faden am Leib. Du da‹, sagte er und zeigte auf einen Gefangenen, ›die Hose, die du anhast, sieht noch ziemlich manierlich aus. Und du dort, auf die Jacke kannst du gut ein paar Stunden verzichten. Ausziehen und hergeben!‹

Nachdem er mich sozusagen von Kopf bis Fuß neu eingekleidet hatte, sagte er: *›Komm mal mit.‹* In seiner kleinen Kammer schubste er mich auf einen Stuhl, hing mir ein Laken um und seifte mich mit echter Rasierseife ein. Dann rasierte er mir das Gesicht tadellos glatt und rieb es mit Eau de Cologne ein, wie ein erstklassiger Coiffeur. Während ich mich schließlich geschniegelt und gebügelt auf den Weg zum *Revier* machte, sah mir Sigi von der Barackentür aus zufrieden nach wie ein Vater, der seinen Sohn zur Tanzstunde weggehen sieht.«

Vater lacht.

»Ich verstehe nicht, was daran so witzig sein soll«, sagt Max.

»Dieser Sigi war doch ein Schuft?«

»Aber sicher, er war ein Schuft, aber diese schöne Erinnerung an ihn lasse ich mir nicht nehmen, das ist mein gutes Recht.«

»Und wenn er dir mit dem Rasiermesser die Kehle durchgeschnitten hätte? Wenn er dich mit deinen neuen Klamotten in die Gaskammer geschickt hätte?«

»Wenn, wenn«, sagt Vater. »Wenn meine Oma einen Bart hätte, dann wär sie mein Opa!«

Grußlos geht Max aus dem Zimmer. Als er auf sein Fahrrad springt, stellt sich Mutter ans Fenster. Sie schneidet Grimassen und ruft: *»Quick, quick, slow!«* Aber er schaut nicht zurück.

Fremdling

Wir dürfen zwischen einem Zirkusbesuch oder einer Nachmittagsvorstellung im Kino wählen. Ich war noch nie im Zirkus, aber weil Simon die Elefanten leid tun und Max über Clowns nicht lachen kann, möchten sie einen Film über Odysseus sehen.

»Wer ist denn das?« frage ich.

»Ein griechischer König«, sagt Max, »der gegen Troja gekämpft hat und den Heimweg nicht mehr finden konnte.«

»Und dann?«

»Dann begegnete er Hexen und Riesen. Es ist sehr spannend.«

Wenn Max das sagt, wird es schon stimmen. Er lernt in der Schule Griechisch, bei einem dicken Herrn mit einem roten Kopf.

»Wir schauen uns Odysseus an«, erzähle ich Mutter, die in der Küche grüne Bohnen mit der Mühle klein schnippelt. »Es geht um einen König, der sich verirrt hat.«

»Ja«, sagt sie, »die Götter waren böse auf ihn und ließen ihn jahrelang zur Strafe über das Meer irren. Er aber konnte seine Frau nicht vergessen, die schöne Königin Penelope. Als er schließlich nach Ithaka zurückkehrte, erkannte ihn niemand.« Sie wischt sich die Hände an der Schürze ab. »Er war ein Fremdling«, sagt sie langsam, »im Land seiner Sehnsucht. Das mußte ich im Abitur übersetzen. Ich bekam dafür eine Eins. Der Krieg hatte gerade angefangen.«

Weil das Kino gerade umgebaut wird, kriegen wir die Eintrittskarten zum halben Preis. Max strahlt, denn vom restlichen Geld können wir Eis kaufen.

Der Saal riecht nach Sägespänen und frischer Farbe. Im Seitengang und zu beiden Seiten der Leinwand stehen hohe Holzgerüste. Die Sitze sind hart.

Odysseus hat keine Krone auf, sondern trägt ein kurzes Kleid mit Falten. Das hätte er besser gelassen, denn so sieht man die ganze Zeit seine haarigen Knie. Aber tapfer ist er. Er rammt einen brennenden Baumstamm ins Auge des Zyklopen. Der brüllt vor Schmerz und versucht Odysseus zu erwischen. Simon und ich halten den Atem an. Zum Glück erzählt Max immer wieder, wie es ausgeht. »Nachher hängt er sich an das Bauchfell eines Widders«, sagt er, »dann entkommt er aus der Grotte.« Oder: »Gleich spannt er den Bogen und schießt sie alle tot.«

»Ich fahre später auch zur See«, sagt Simon nach dem Film. Max schnaubt.

»Wie soll das denn gehen bei deiner Wasserscheu? Du traust dich ja nicht einmal in die Badewanne!«

»Ich trau mich nur nicht, wenn meine Haare gewaschen werden sollen«, entrüstet sich Simon, »weil dann Shampoo in die Augen kommt.«

Die Straßenlaternen brennen schon, wir laufen schnell nach Hause. Ich schiebe meine Hand in die von Max.

»Papa ist genauso wie Odysseus«, sagt er. »Papa war auch bei den Ungeheuern gefangen.«

»Das stimmt«, stimme ich ihm zu, »aber Papa hatte kein Kleid an.«

»Ja«, sagt Simon, »und Odysseus hatte keine Läuse.«

Fragen

»Wenn es Gott gibt«, sagt Max, »warum hat er dann nichts getan?«

Vater ist mit dem Essen fertig und zündet sich eine Zigarette an.

»Was meinst du damit?« fragt er und bläst den Rauch durch seine Nasenlöcher.

»Er hätte doch die Züge aufhalten können? Er hätte doch das Lager mit einem einzigen Fingerschnippen über den Haufen werfen können? Warum hat er euch denn nicht geholfen?«

»Gott gibt sich nicht mit Kleinigkeiten ab«, lächelt Vater. »Stell dir vor, er würde jedesmal springen, wenn einer von uns pfeift, das gäbe eine schöne Wirtschaft!«

»Bist du denn nicht böse auf ihn?«

»Ab und zu.«

»Trotzdem glaubst du immer noch an ihn?«

»So könnte man es nennen.«

»Das finde ich blöd!« sagt Max mit schriller Stimme. Vater seufzt.

»Du kannst nicht Gott die Schuld zuschieben. Gott hat nicht *Sieg Heil* gerufen, als Adolf Hitler an die Macht kam. Gott hat nicht gejubelt, als Europa überrannt wurde. Das war das Werk von Menschen wie du und ich. Die Züge wurden von Menschen gelenkt, die Gaskammern von Menschen erdacht. Natürlich, die Menschen wurden in der Tat von Gott erschaffen, aber mit einem freien Willen. Sie konnten tun, wonach ihnen der Sinn stand, und zufällig stand ihnen der Sinn nach Völkermord.«

»Wenn Gott alle Menschen erschaffen hat, dann hat er auch Hitler gemacht!« trumpft Max auf.

»Zweifellos«, antwortet Vater ruhig, »aber Adolf Hitler trug selbst die Verantwortung für seine Taten.«

»Und Gott ließ ihn einfach machen, was er wollte?« sagt Max gekränkt. »Das ist doch nicht fair!«

»Keiner behauptet, es wäre fair. Wenn du eine faire Welt willst, mußt du dir eine andere suchen.«

Max zwinkert mit den Augen.

»Du glaubst also an einen Dreckskerl wie Gott, der ruhig zuschaut, wie alle abgemurkst werden?«

»Mir bleibt nichts anderes übrig«, sagt Vater. »Mir ist ein Gott, den ich nicht begreifen kann, immer noch lieber als überhaupt kein Gott. Also muß ich mit ihm leben, so gut und so schlecht es geht.«

»Das mußt du selbst wissen!« ruft Max. »Aber dann brauchst du mir auch nie mehr mit Geschichten über dieses blöde Lager zu kommen. Dann hast du gar nichts Besseres verdient!«

Vater streckt den Zeigefinger aus, er hängt drohend über den Tellern.

»Dein Ton gefällt mir nicht!«

»So? Und was willst du dagegen tun?«

Mutter steht vom Tisch auf.

»Max, halt den Mund.«

»Schlag mich doch«, kreischt Max meinen Vater an, »genau wie die *SS*!« Mutter zerrt ihn vom Stuhl hoch und schiebt ihn langsam in Richtung Tür. »Tritt mich doch tot!« schreit Max über ihre Schulter. »Vergas mich doch!«

Simon kneift mich in den Arm. Mühsam beherrscht er sich, nicht loszuheulen. Vater ringt nach Atem.

»Laß doch, Jochel«, sagt Mutter. Sie legt ihre Hand auf seine, aber er schüttelt sie ab und reibt sich über das Gesicht.

»Was wollt ihr denn von mir?« sagt er. »Es ist schon schwer genug.«

Unterhosen

»Manchmal sieht man Aufnahmen von Gefangenen in Sträflingskleidung«, sagt Vater, »aber in den letzten Kriegsjahren konnten sich nur die hohen Tiere des Lagers so einen Anzug erlauben. Manche Blockälteste waren stolze Besitzer einer gestreiften Jacke. Wir trugen Lumpen, die sogar für die *Winterhilfe* zu zerschlissen waren. Wir hatten keine Schuhe. Anfangs liefen wir auf Holz, später barfuß. Sie hätten uns mit Hufeisen beschlagen sollen, das wäre praktischer gewesen. Ich habe eine Weile zum *Kabelkommando* gehört; wir mußten aus alten Elektrokabeln das Kupfer herausholen, das dann wiederverwendet wurde. Dieses Zeug ließ sich leicht stiebitzen. In der Baracke pfriemelten wir es auseinander, bis dünne Drähte übrigblieben. Wenn man dann da oder dort ein paar Stoffetzen organisiert hatte, konnte man sie mit dem Kupferdraht aneinandernähen, das ging auch ohne Nadel. Es war eine Geduldsarbeit, aber so machten wir uns Socken oder etwas, das eine entfernte Ähnlichkeit damit hatte.

Es gab keine Unterwäsche. Als ich im Lager ankam, hatte ich noch meine eigene Unterhose an. Die trug ich, die Rückseite nach vorn und auch noch gewendet, bis sie vor Schmutz starrte. Ab und zu konnte ich sie mit Schnee waschen. Nach einiger Zeit fiel sie von selbst auseinander.«

»Bist du dann mit nacktem Hintern rumgelaufen, wie ein Ballettänzer?« bohrt Simon.

»Ballettänzer laufen nicht mit nacktem Hintern rum!« ruft Max. »Die tragen eine Strumpfhose!« Simon fängt an zu weinen.

»Eines Tages«, nimmt Vater den Faden wieder auf, »ging es von Mund zu Mund: Wir sollten Unterwäsche bekommen! Ich glaubte kein Wort, aber offenbar hatte ich mich getäuscht, denn eines Morgens war nach dem *Zählappell* Abmarsch zur *Bekleidungskammer*, wo wir *Unterhosen* in Empfang nehmen durften. Und was für *Unterhosen*! Es handelte sich um eine braune Papiertüte mit zwei Löchern für die Beine. Im Bund war eine dünne Schnur, mit der man sie um die Taille binden konnte. Ein unbrauchbares Ding, das wir nach einem halben Tag wegwerfen mußten, weil wir ja Durchfall hatten und uns dauernd bis zu den Ohren vollschissen.«

Simon reibt sich über seine tränennassen Wangen.

»Was für einen Sinn hat das Leben ohne Unterhose?« sagt er betrübt. Mutter streichelt ihm über den Kopf. Sie schaut Vater fragend an. Er springt auf und dreht eine kleine Runde durchs Zimmer.

»Moment mal«, sagt er, »ich habe etwas vergessen! Für jeden war so eine Hose da – außer für mich. Als ich an die Reihe kam, waren alle Hosen ausgegeben. Ja, jetzt weiß ich es wieder. Während die anderen im Schnee ihre Papierunterhosen anzogen, stand ich mit leeren Händen da. In dem Augenblick kam der *Lagerführer* höchstpersönlich vorbei. Er schüttelte den Kopf und sagte: ›*Na so etwas!* Dieser arme Schlucker hat das Recht auf eine Hose, und er wird, *verdammt noch mal,* eine Hose kriegen, und wenn ich dafür das ganze Lager auf den Kopf stellen muß!‹

›Aber die Schachtel ist leer!‹ sagten die Männer von der *Bekleidungskammer.*

›Himmel, Arsch und Zwirn, was soll das heißen?‹ rief der *Lagerführer* aus. ›Wollt ihr vielleicht behaupten, das Dritte Reich kann keine *Unterhosen* herbeischaffen?‹

Seine Hand verschwand in der Schachtel, er tastete darin herum und zog wie durch einen Zauberschlag eine Hose hervor. Diese Hose unterschied sich in jeder Hinsicht von den Exemplaren aus Papier. Sie war aus blauem Samt und knielang. Der Hosenladen wurde mit Elfenbeinknöpfen in Form kleiner deutscher Adler geschlossen.«

»Echt wahr?« fragt Simon. Vater nickt heftig.

»Diese Hose war unverwüstlich, erstklassige Qualität. Und das war noch nicht alles. Nach einer Woche begann sie zu sprechen! Ich glaube, sie hatten mich gerade zu einer *Waldkolonne* eingeteilt. Es geschah auf jeden Fall im Wald. Wir mußten Löcher graben, die Erde war hartgefroren, und mein Spatenstiel brach in der Mitte entzwei. Als die Wachen das bemerkten, traten sie mich halbtot. Als ob das etwas genutzt hätte! Ich arbeitete mit dem zerbrochenen Spaten weiter, als die Hose plötzlich zu mir sprach.«

»Was sagte sie denn?« frage ich.

»Sie sprach deutsch«, antwortet Vater. »Ich habe jetzt keine Lust, alles zu übersetzen, aber sie erzählte unter anderem, sie heiße Heinrich und sei in der Vergangenheit Adolf Hitlers Unterhose gewesen. Jahrelang hatte sie in das *Arschloch* geschaut, also kannte sie die größten Staatsgeheimnisse. Eines Tages wurde sie festgenommen und ins Lager geschickt: Sie wußte zu viel.«

»Eine sprechende Unterhose, das gibt's doch nicht!« sagt Simon. Vater hebt hilflos die Hände.

»Damit war sie auch überfragt! Sie hatte es auch vorher noch nie probiert, sie war einfach nicht auf die

Idee gekommen. Aber als sie einmal entdeckt hatte, daß sie sprechen konnte, war sie nicht mehr zu bremsen. Wir haben dem Teufel das Ohr abgeredet, Heinrich und ich! Die Nazis waren Geschmeiß. Aber ihre Hosen? Über die will ich kein böses Wort hören!«

»Was ist denn mit Heinrich passiert?« fragen wir.

»Gegen Kriegsende war ich so abgemagert, daß sie nicht mehr paßte. Sie rutschte mir immer auf die Knöchel. Eines Tages wurde sie vom Wind mitgerissen. Sie flog hoch in den Himmel.

›Heinrich!‹ schrie ich, ›komm zurück!‹

›Nein‹, rief sie herunter, ›die Aussicht ist viel zu schön!‹

›Was siehst du denn?‹ fragte ich.

»Alles, einfach alles‹, antwortete Heinrich. ›Ganz Europa, ich kann sogar in die Zukunft sehen. Ich sehe Brot auf dem Tisch, und ich sehe das Mädchen mit den schwarzen Zöpfen, von dem du mir erzählt hast. Und Kinder sehe ich auch.‹

›Wie viele?‹ rief ich noch, aber ich konnte sie nicht mehr verstehen, weil sie so klein wie ein Drachen geworden war, dessen Schnur gerissen ist.«

Simon findet die Geschichte immer noch merkwürdig.

»Kleider können nicht reden«, sagt er, während wir uns ausziehen. Max, der noch lange nicht ins Bett muß, steht an den Schrank gelehnt.

»Warum denn nicht?« sagt er. »Im Lager passierten doch merkwürdigere Dinge, man hat dort Menschen vergast.« Simon zuckt mit den Schultern.

»Natürlich wurden dort Menschen vergast«, sagt er. »Dafür ist ein Lager doch da?«

Zufall

»Man schlief nie allein, das war eine Vergeudung von *Lebensraum*«, sagt mein Vater. »Wir schliefen mindestens zu zweit. Nach einiger Zeit verschwand dein Pritschennachbar in einen anderen Block, ins *Revier* oder in ein Massengrab. Sein Platz wurde von einem Neuen eingenommen.

Eines Morgens lag der alte Rumäne, der einen Monat lang bei mir geschlafen hatte, eiskalt neben mir. Seine Kleider hatte man ihm zu meinem Leidwesen bereits vom Körper gezogen, darunter ein Paar wunderbare Socken, die ich hätte erben sollen. Am Abend wurde sein Platz von einem Niederländer besetzt. Das war ein Fortschritt, denn der Rumäne kannte nur die Gebärdensprache und ein bißchen Deutsch, das er im Lager aufgeschnappt hatte. Mit dem Niederländer kam es gleich zu einem lebhaften Gespräch. Wir entdeckten, daß wir zur selben Zeit in derselben Straße in Den Haag gewohnt hatten. Als ich meine Hausnummer nannte, sagte er:

›Wie ist das denn möglich? Dort habe ich auch gewohnt!‹

›Es stimmt aber, ich hatte bei der Witwe Bosch ein Zimmer gemietet‹, sagte ich, ›im ersten Stock, zur Straße hin.‹

Er schlug sich voller Verwunderung auf die Knie.

›Ich habe im zweiten gewohnt!‹

›Dann warst du der Kellner bei Riche, von dem die Witwe manchmal erzählt hat. Du bist immer erst spät nach Mitternacht heimgekommen, ich habe dich oft auf der Treppe gehört.‹

›Stimmt‹, sagte er, ›ich habe bis tief in die Nacht gearbeitet.‹

›Wenn du damals durch den Fußboden gesunken wärst, wärst du genau in meinem Bett gelandet‹, rief ich, ›und jetzt teilen wir verflixt noch mal eine Pritsche!‹«

Vater schüttelt den Kopf. Wir lachen.

»Aber den sonderbarsten Zufall erlebte ich kurz nach der Befreiung. Wir wurden vom Roten Kreuz in einer Schule untergebracht, die als Notkrankenhaus diente. Es war mehr Not als etwas anderes, denn die Russen hatten keine Medizin. Aber wir bekamen wenigstens dreimal täglich zu essen und hatten ein Bett ganz für uns allein, so daß wir unseren Luxus gar nicht fassen konnten.

Neben jedem Bett stand ein Schränkchen. Alle Schränkchen waren leer – bis auf meines. Als ich die Tür öffnete, fand ich ein Buch, das irgendjemand zurückgelassen hatte. Zu meinem größten Erstaunen war es *Hiob* von Joseph Roth. Am Tag meiner Festnahme hatte ich das gleiche Buch bei mir. So war das letzte Buch, das ich vor meinem Abtransport ins Lager in den Händen gehalten hatte, auch das erste, das ich nach meiner Befreiung zu sehen bekam. Ich brauchte nur die Seite aufzuschlagen, auf der ich damals aufgehört hatte, und konnte weiterlesen, über einen Abgrund von Jahren hinweg, als ob nichts geschehen wäre.«

Er holt ein Buch aus dem Bücherschrank und winkt damit.

»Schaut mal, ich habe es als Andenken mitgebracht!« Als er es hinlegt, beginnt Simon gierig darin zu blättern, aber sein Gesicht bewölkt sich.

»Es ist ganz schmutzig!«

Vater nickt.

»Der Vorbesitzer hat es wahrscheinlich mit blutigen Fingern gelesen.«

Wir erschrecken. Am Seitenrand prangt ein dunkler Daumenabdruck, der aussieht wie Schorf auf einer Wunde.

»Igittigitt«, sagt Simon und schiebt das Buch ganz weit weg bis zur Tischkante, »ich wollte einfach nur Bilder anschauen.«

»Was für Bilder?«

»Ich weiß nicht. Von russischen Panzern, die alle befreien. Von jubelnden Menschen.«

Vater hebt das Buch hoch und zieht es wie eine Ziehharmonika auseinander.

»Das sind die einzigen Bilder, die drin sind«, sagt er.

Geronnenes Blut wirbelt über uns. Die Luft wird davon ganz verpestet.

Zurückgeblieben

»Was willst du denn später werden?« fragt die Lehrerin.

»Unsichtbar«, antworte ich, »dann kann mich die *SS* nicht fangen.«

Das ist die falsche Antwort. Finger schnellen in die Höhe.

Die Lehrerin deutet auf einen, aber alle rufen durcheinander.

»Kapitän!«

»Krankenschwester!«

»Feuerwehrmann!«

Wenn ich über den Krieg spreche, tut die Lehrerin, als wäre ich geistig zurückgeblieben. Hans aus unserer Straße ist zurückgeblieben. Er hat einen großen Kopf mit verwunderten Augen und sabbert immer ein bißchen. Eines Tages wurde Hans vermißt. Dreckskerle hatten ihn an einen Baum gebunden. Man fand ihn erst, als es schon dunkel war. Unten am Bahndamm stehen viele Bäume. Bei jedem Baum, den ich sehe, frage ich mich, ob es der von Hans ist.

Eines Sonntags ging ich mit Nellie und ihren Eltern ins Hochamt. Die Kirche war voller Menschen. Plötzlich tauchte Hans im Mittelgang auf. Er legte sich auf den Boden aus schwarzem Marmor und verschwand unter der ersten Bank. Kurz darauf tauchte er auf der anderen Seite wieder auf, ließ sich jedoch sofort wieder fallen. Er schlängelte sich unter allen Bänken durch. Totenstille herrschte, die Meßdiener klingelten mit ihren Glöckchen, der Pfarrer hielt einen goldenen Kelch empor. Und Hans sang »Hänschen klein«, so laut, daß es jeder hören konnte. Ich machte mir beinahe in die Hosen vor Lachen, aber Nellie kniff mich gemein in den Oberschenkel.

Als wir nach der Messe nach Hause gingen, sagte ihr Vater kopfschüttelnd: »Weißt du, daß er meine Füße festgehalten hat? Was soll der Junge in der Kirche? Solche Kinder gehören in eine Anstalt!«

Hans gehört nicht in die Kirche, und ich gehöre nicht in die Schule. Ich mache die Lehrerin nervös. Eines Tages hielt sie mich bei der Garderobe an und sagte: »Wir müssen endlich mal einen Schlußstrich unter den Krieg ziehen.« Was will sie damit sagen? Sie redet doch selber oft vom Krieg. »In der Schlacht von Heiligerlee haute Ludwig von Nassau die Spanier in die Pfanne«, erzählt sie stolz, als ob sie ihm dabei geholfen hätte. Oder: »1628 eroberte Piet Heyn die spanische Silberflotte.« Oder: »Herzog Alba säte Tod und Verderben in den niederländischen Provinzen.«

Im sechzehnten Jahrhundert gab es zwar keine Lager, aber geschossen wurde damals auch. Auf einem Bild in unserem Geschichtsbuch schießt Balthasar Gerards Prinz Wilhelm von Oranien tot, von so nah, daß der Pistolenlauf in Wilhelms Bauch verschwindet. Aus dem Loch im Prinzen steigt eine dicke Rauchwolke. Man kann nicht erkennen, ob das vom Pulverdampf kommt oder weil Wilhelm kurz vorher gebratenen Puter gegessen hat. Er ist auf jeden Fall nicht mager, und man sieht auch nirgendwo Stacheldraht. Und trotzdem schießen der Lehrerin die Tränen in die Augen.

Später müssen wir ein Porträt Albas in unser Heft malen. Um der Lehrerin einen Gefallen zu tun, mache ich ihm einen grausamen Mund und einen blutrünstigen Blick. Als ich fertig bin, zeigt sie auf ein kleines schwarzes Viereck unter seiner Nase und ruft: »Der hat aber einen prächtigen Schnurrbart!« Ich wage nicht, ihr zu sagen, daß es der Schnurrbart Adolf Hitlers ist.

Fußball

»Was war das Schlimmste im Lager?« fragt Max. Vater seufzt.

»Spielen wir Rätselraten?«

»Nein, ich will es einfach wissen.«

»Das ist eine von diesen albernen Fragen«, sagt Vater. »Was war schlimmer, der Hunger oder die Quälereien, die Kälte im Winter oder die Hitze im Sommer? War vergasen schlimmer als hängen? Wer soll das unterscheiden? Ich jedenfalls nicht.«

»Warum denn nicht?«

»Weil es keinen Sinn hat. Alles war elend und entsetzlich. Ich möchte nicht einmal darüber nachdenken, es ist fast schäbig.«

»Fast schäbig?« sagt Max mit sich überschlagender Stimme.

»Unanständig«, sagt Vater, »gegenüber jedem, der dort umgekommen ist.«

»Aha, du hältst mich also für schäbig!«

Vater packt ihn am Arm.

»Jetzt hör mir mal gut zu. Ich weiß nicht, was du dir alles ausdenkst, aber in einem Punkt liegst du völlig schief. Ich mag euch, einen wie den anderen, und dich vielleicht noch am meisten.«

»Stimmt nicht!« ruft Max. »Du magst nur die *SS*-ler. Wenn wir essen, erzählst du von Hunger. Wenn wir erkältet sind, redest du von Flecktyphus. Andere Väter spielen auf der Straße Fußball, aber wenn ich einmal einen Freund mit nach Hause bringe, redest du über das Lager. Das Lager da und das Lager dort, immer das Lager. Wärst du doch verflucht noch mal dort geblieben!«

Vater läßt ihn los. Im gleichen Augenblick kommt meine Mutter mit schnellen Schritten ins Zimmer.

»Was hast du da gesagt?« fragt sie.

»Das hast du gut verstanden«, murmelt Max.

»Ja, und ich dachte, ich hör wohl nicht recht. Das liegt vielleicht daran«, sagt sie mit bebenden Lippen, »daß ich deinen Vater unter bestimmt tausend anderen ausgesucht habe. Das liegt vielleicht auch daran, daß ich dachte, er sei tot, und weil ich nach der Befreiung wochenlang beim Roten Kreuz gestanden habe, um ihn zu finden.« Sie lacht und weint gleichzeitig. »Zum Glück habe ich dich, um mir sagen zu lassen, wie dumm das war. Der Mann kann nicht einmal Fußball spielen! Hätte ich das nur früher gewußt!«

»Ich hab ihn nur gefragt, was das Schlimmste im Lager war«, verteidigt sich Max. »Ich mache euch auch nie etwas recht.«

»Wenn ich also deine Frage beantworte«, sagt Vater, »können wir den Rest vergessen und uns wieder normal benehmen?« Er steht vor dem Fenster und wendet uns den Rücken zu. Er trommelt mit den Fingern auf der Fensterbank.

»Das Schlimmste war«, sagt er, »wenn der Wind vom Krematorium zum *Appellplatz* wehte. Denn während wir in strammer Haltung dastanden, trieb der Wind Fett mit sich, das wie Vaseline an den Wangen haften blieb. Verstehst du, was ich meine?«

»Ja«, sagt Max, »ich glaube schon.«

Er starrt noch kurz auf die Fußmatte und schlendert dann zur Tür.

»Und, Max? Wir haben auch Fußball gespielt. Ab und zu, bei festlichen Anlässen, spielten zum Beispiel die Polen gegen die Griechen. Oder die Tschechen gegen die Ungarn. Die Mannschaften bestanden aus vorher selektierten Gefangenen. Die Schwächsten wurden von den Stärksten wie Strohpuppen über das Feld getrieben und mußten häufig schon nach der ersten Halbzeit von uns begraben werden. Mich haben sie nie zu einem Spiel aufgefordert, sie müssen gewußt haben, daß ich nicht Fußball spielen kann.«

»Laßt ruhig die Bauklötze liegen«, sagt Mutter zu uns, »wir machen einen kleinen Spaziergang.«

Als wir durch den Gang gehen, hören wir Max in seinem Zimmer laut schluchzen. Wir hören ihn sogar noch auf der Straße. Erst als wir um die Ecke gehen, wird es eisig still.

»Istvan war ein ungarischer Zigeuner. Alle nannten ihn Rudolph Valentino. Er hatte pechschwarze Augenbrauen, wie man sie mit einem Pinsel gar nicht schärfer zeichnen könnte. Wir teilten brüderlich eine Pritsche und dicke Läuse, die zwischen seinen und meinen Lumpen in einem ständigen Verkehrschaos hin- und herrasten. Er sprach einen singenden, für mich größtenteils unverständlichen Dialekt. Selbst die paar Brocken Deutsch, die er von der *SS* gelernt hatte, klangen aus seinem Mund melodisch.

Obwohl er nicht zum Lagerorchester gehörte, besaß er eine Geige, auf der er für uns abends so manchen Csárdás spielte. Der Blockälteste hörte ihm gern zu und bezahlte mit einem Brotkanten oder einem Rest Suppe, von dem Istvan mir immer die Hälfte abgab. Riß während eines solchen Konzerts eine Saite, zog er in aller Gemütsruhe eine Handvoll nagelneuer Violinsaiten aus der Hosentasche. Er war ein Naturtalent, er konnte einem Huhn das Ei aus dem Hintern stehlen, ehe das Tier überhaupt merkte, daß es eins legte.

Er verstand es, die verrücktesten Sachen zu organisieren, von blauen Wildlederhandschuhen bis zu echtem *Kümmelkäse*. Er mauste sogar einmal einen Kompaß, der uns auf unserer Flucht die Richtung weisen sollte. Denn wir würden bestimmt fliehen, in einer Woche oder in einem Monat, daran bestand laut Istvan kein Zweifel. Ich nickte nur ein bißchen dazu. Entkommen war so gut wie unmöglich. Wem es dennoch gelang, der kam meist nicht weit. Die Hunde nahmen seine Spur auf, und nach seiner Rückkehr ins Lager wartete der Strick auf ihn. Manchmal setzten die *SS*-ler den Leichnam des Flüchtlings spaßeshalber auf einen Stuhl und hängten ihm ein Schild um den Hals: *Ich bin wieder da*. Ich war lange genug gefangen, um zu wissen, daß die Überlebenschancen vor dem Stacheldraht nicht viel größer waren als dahinter. Istvan wußte es nicht, oder er wollte es nicht wissen. Jeden Abend beugte er sich wie ein Kind über seinen Kompaß und sah darauf nicht nur die Windrichtungen, sondern die ganze Welt: Wälder, Berge, Flüsse, sogar die Sterne und Planeten spiegelten sich in seinen dunklen Augen.

Mein *Arbeitskommando* lud damals Steine ab. Das ging so vor sich. Einer der Gefangenen stand oben auf dem Lastwagen und warf in schnellem Tempo einem Mann unten Steine zu, der sie auffing und an den nächsten in der Reihe weitergab. Schwer hatte es vor allem der Fänger, der unten am Wagen stand, seine Hände waren am Abend so roh wie frisches Beefsteak. Willi Hammer, mit seinem eigenartigen Sinn für Humor, machte mich immer wieder zum Fänger, bis jeder Nerv meiner Finger offenlag und aus dem Knochen kleine, blumenkohlartige Geschwülste wuchsen.

Den anderen Fängern erging es genauso. Skozepa, ein Tscheche, ging damit zum *Revier*. Als er zurückkam, hatte er keine Geschwulste mehr, aber auch keine Finger: Man hatte sie ihm mit einer Gummischere abgeschnitten. Ehe er vergast wurde, fütterten wir ihn mit Brot, fingerdick mit Rübenkraut bestrichen; keiner beneidete ihn darum.

Ein paar Tage darauf schob mir Istvan strahlend

ein kleines Bündel zu, das eine Tube Schwefelsalbe, saubere Lappen und eine große Sicherheitsnadel enthielt. Diese Nadel wurde meine Rettung. Ich hielt sie ins Feuer, riß meine eiternden Finger der Länge nach auf und lockerte die kleinen Blumenkohlröschen eines nach dem anderen.«

Vater legt seine Hände auf den Tisch, die Handflächen nach oben. Wir kennen die dünnen Narben, die wie Pfeile zu dem wilden Fleisch auf den Fingerspitzen zeigen, aber wir schauen doch hin. »Istvan«, sagt er, »Istvan.« Er schüttelt langsam den Kopf. »Ich begreife nicht, was plötzlich in ihn gefahren war. Er gab die Hoffnung auf eine Flucht auf. Er musizierte nicht mehr. Abend für Abend saß er in einer Ecke der Baracke und starrte vor sich hin. ›Es ist kein Ende in Sicht‹, sagte er niedergeschlagen, *›kein Ende, kein Ende.‹* Er wurde leichtsinnig, marschierte aus dem Glied und stahl wie ein Rabe. Morgens stand er nicht mehr von selbst von seiner Pritsche auf, sondern mußte heruntergeknüppelt werden. Eines Morgens geschah das Unvermeidliche.

Ich erinnere mich noch daran, als wäre es gestern gewesen. Wir waren auf dem verschneiten *Appellplatz* angetreten, Block für Block, die Hände an der Hosennaht, bereit für die Inspektionsrunde der *SS.* Sobald die Wachmannschaften erschienen, mußten wir ihnen zum Gruß den Blick zuwenden und die Mütze abnehmen. Die Schwierigkeit bestand darin, daß sie sich immer von hinten näherten und wir, weil wir starr nach vorne blicken mußten, nicht wissen konnten, von welcher Seite sie auftauchten. Um Fehlreaktionen auf ein Minimum zu beschränken, hatte sich der Blockälteste, der sehen konnte, aus welcher Richtung sie heranmarschierten, einen Trick ausgedacht. Näherte sich die *SS* von links, gab er den Befehl: ›*Die Augen!*‹ Näherte sich die *SS* von rechts, rief er nur: ›*Augen!*‹ Dieser Einfall ersparte uns viele Schläge und Strafexerzieren.

An dem bewußten Morgen stand Istvan ungefähr sechs Reihen vor mir, stramm im Glied, wie jeder von uns. Wir hörten die Stiefel: ›*Die Augen!*‹ erscholl es. ›*Mützen ab!*‹ Wie ein Mann schauten wir über die linke Schulter und entblößten die Köpfe. Eine unheilvolle Stille trat ein. Weil ich vermutete, irgendein Dummkopf hätte sich in der Richtung vertan, spähte ich aus den Augenwinkeln zu den anderen Reihen.«

Beim Erzählen hat sich Vater erhoben. Er steht neben seinem Stuhl stramm, eine unsichtbare Mütze in der rechten Hand. Langsam hebt er die Hand und zeigt auf einen Punkt im Zimmer, an dem wir nichts entdecken können. Sein Gesicht beginnt zu leuchten.

»Das müßt ihr euch vorstellen«, sagt er. »Der ganze Platz voller Gefangener mit geschorenen Schädeln, angetreten so weit das Auge reichte. Und dort mittendrin stand, Gott weiß, woher, oben auf Istvans kahlem Schädel ein rotes Spielzeugauto aus Blech. Das Ding war mit dünnen Fäden befestigt, vielleicht mit Violinsaiten. Sie gingen von den Rädern zu seinem Kinn, wo er die Enden zusammengeknotet hatte.

Es war das einzige Mal in meiner Lagerzeit, daß ich die *SS* sprachlos gesehen habe. Ihre Verwunderung hat natürlich nicht lange gedauert: höchstens einen Augenblick, aber einen Augenblick, in dem ein einziger *Untermensch* das ganze Dritte Reich verarschte, kerzengerade, ohne mit der Wimper zu zucken, bis sie ihn wegschleiften.

Kaum eine Stunde später wurde er vor einem vielköpfigen Publikum am Galgen hochgezogen. Wir mußten bis zu seinem mißhandelten Körper marschieren und zwei Minuten lang ununterbrochen zu ihm aufsehen. Das rote Spielzeugauto hatten die *SS*-ler weggenommen, als befürchteten sie, daß uns das Lachen noch nicht vergangen wäre.«

Evakuierung

»Sie behaupten, in den Lagern sei niemand umgebracht worden«, sagt Vater auf der Schwelle zur Küche. Er schwenkt die Zeitung, in der er gerade noch gelesen hat. »Lügenpropaganda nennen sie das. Die ganzen Geschichten über Hunger und Gas haben wir uns aus den Fingern gesaugt. Wir waren nur zu unserem eigenen Vergnügen gefangen.«

Mutter geht zwischen Anrichte und Herd hin und her.

»Sie berufen Versammlungen ein und reißen den Mund wieder weit auf. Sie werden durch die gleiche Meinungsfreiheit geschützt, die sie uns möglichst schnell rauben wollen. Heute nehmen sie den kleinen Finger *und morgen die ganze Welt.*«

Mutter rührt in einer kleinen Stielkasserolle.

»Hörst du mir eigentlich zu?« fragt er.

Sie nickt. »Ja, aber ich sehe sie noch nicht einmarschieren. In der Zwischenzeit mache ich eine Soße für die dicken Bohnen.« Sie schaut ihn an. »Warum liest du nur solche Sachen?« sagt sie heftig. »Du weißt, daß du es nicht ertragen kannst.« Er seufzt.

»Jetzt darf ich nicht mal mehr Zeitung lesen! Soll ich vielleicht die Augen davor verschließen? Wenn die Nazis ihre Uniformen wieder aus der Mottenkiste holen, möchte ich gerne rechtzeitig gewarnt sein.«

Am nächsten Tag gehe ich zum Schrebergarten von Herrn Maandag. Dort ist die Erde weich. Ich fange mit meinen Händen an zu graben. Schwarzglänzende Käfer schießen davon, dicke Regenwürmer werden aus dem Schlaf gerissen. Ich grabe ein tiefes Loch.

Dann laufe ich wieder nach Hause. Stück für Stück bringe ich meine Spielsachen in den Garten. Malkreide, Rollschuhe, Bauklötze, den Kreisel und die Peitsche, alles werfe ich in das Loch. Als ich gerade die letzten Teile des Puppengeschirrs fallen lasse, taucht Simon am Gartentor auf.

»Was machst du denn da?« fragt er.

»Gar nichts!« antworte ich feindselig. Aber er kommt näher und beugt sich vor.

»Warum wirfst du denn deine Spielsachen dort hinein?« fragt er.

»Das darfst du keinem erzählen«, flüstere ich, »es ist ein Geheimnis. Ich vergrabe sie, denn wenn bald die *SS* kommt, nehmen sie mir alles weg und geben es anderen Kindern.«

»Das kann dir doch egal sein!« sagt Simon achselzuckend. »Wenn die *SS* kommt, machen sie dich tot. Und wenn du tot bist, kannst du sowieso nicht mehr spielen.«

»Ja, aber ich will nicht, daß Nellie die Sachen bekommt.« Simon denkt nach.

»Vielleicht geben sie alles Ineke Bogers«, schlägt er als Trost vor.

»Ineke?« sage ich schrill und scharre mit den Füßen im Sand.

»Die soll erst recht nichts kriegen! Die hat gestern einen Maikäfer totgetreten. Und außerdem stinkt sie!«

Als das Loch zu ist, stampfen wir gemeinsam die Erde fest.

»Schwörst du, es keinem zu erzählen?« sage ich.

Simon nickt. »Auch nicht der *SS*?« Er nickt wieder.

Schweigend schließen wir die Gartenpforte hinter uns.

Jetzt, wo mein Spielzeug fort ist, erscheint mir das Haus fremd und leer, als ob ich selbst schon fortgegangen wäre. Nur Brummbär habe ich nicht vergraben. Er muß mit mir vergast werden, auch wenn es ungesund ist. Damit er sich an den Gedanken gewöhnt, gebe ich ihm ab und zu eine kräftige Ohrfeige.

»Sauhund!« rufe ich dann. *»Sauhund!«*

»Auf einmal war es da, das Gerücht. Es gebe einen Brief von einem Gefangenen aus Bergen-Belsen, das Lager dort sei ein *Ferienlager*: Man bekomme mehr Essen als in anderen Konzentrationslagern, man müsse keine schweren Arbeiten machen und die Kranken würden ausgezeichnet gepflegt.

Schon bald redeten wir über nichts anderes mehr. Wer den Brief geschrieben hatte, war nicht bekannt. Keiner von uns hatte je das Dokument mit eigenen Augen gesehen, aber jeder wußte vom Hörensagen, daß es mit Tinte auf ordentlich liniertem Papier geschrieben war. Genauso rätselhaft blieb die Herkunft des Briefes.

›Er wurde bestimmt von einem Postboten zugestellt, der fröhlich pfeifend von einem Lager zum nächsten radelt‹, sagte einer meiner Freunde, der auch kein Wort von der Geschichte glaubte.

Nach einigen Tagen sah man in allen Baracken Anschläge der *SS* mit einer *Bekanntmachung*: Wer sich zu schwach zum Arbeiten fühlte, könnte sich zu einem Krankentransport nach Bergen-Belsen anmelden, der an einem noch näher bekanntzugebenden Termin das Lager verlassen würde. Ein Teil des Weges müsse zu Fuß zurückgelegt werden. Es werde dringend gebeten, mitzuteilen, wer sich dazu nicht stark genug fühle. Für diese würden Sonderzüge eingesetzt.

Das war im Winter 1944, als sich die meisten Gefangenen kaum mehr auf den Beinen halten konnten. Krank und ausgehungert wie wir waren, war es sehr verführerisch, an die Existenz eines solchen Briefes und eines Lagers zu glauben, in dem wir besser ernährt und gepflegt werden sollten.

›Laßt euch nichts weismachen‹, warnte ich die anderen. ›Es ist der reine Selbstmord. Sie wollen nur herausbekommen, wer von uns nicht mehr *arbeitsfähig* ist. So sparen sie sich die Mühe einer Selektion.‹

Trotzdem meldeten sich gegen jede Vernunft zehn Männer aus unserer Baracke. In der Nacht vor ihrem Abtransport saßen sie dicht zusammengedrängt neben der Tür, bereit, sich beim ersten Morgengrauen auf den Weg zu machen. Der Betrug war perfekt. Sie hatten neue Kleider bekommen, die – falls überhaupt möglich – noch schäbiger waren als ihre alten Lumpen, sie reizten aber offenbar ihre Phantasie, denn sie redeten aufgeregt über Essen und die ärztliche Hilfe, die ihnen in Bergen-Belsen zuteil werden würde.

Es war die längste Nacht meines Lebens. Ich hatte Durchfall und mußte immer wieder von meiner Pritsche – die oberste von dreien – runterklettern, um die Latrine aufzusuchen. Dabei kam ich an dem Grüppchen der Wartenden vorbei.

›Komm doch mit uns‹, sagten sie, ›dann bleiben wir wenigstens zusammen. Wir haben nichts mehr zu verlieren, außer uns.‹

Ich stolperte immer wieder zwischen ihnen durch, immer wieder sangen sie in meine Ohren wie die Sirenen, und immer wieder mußte ich mich zwingen, mich nicht zu ihnen zu gesellen. Sobald ich wieder auf meine Pritsche geklettert war, begannen die Zweifel an mir zu nagen.

In Bergen-Belsen konnte es doch unmöglich noch schlechter sein als bei uns? Weshalb sollte ich das Risiko nicht eingehen? Und war es – im schlimmsten Fall der Fälle – nicht besser, gemeinsam mit den anderen zu sterben, als mutterseelenallein zurückzubleiben? So lag ich und quälte mich, bis ich endlich in den Schlaf dämmerte.

Am Morgen entdeckte ich meine Freunde am Rand des Sammelplatzes. Sie standen mit anderen Bewerbern in Fünferreihen und warteten auf den Krankentransport. Einige hatten eine Pferdedecke um sich geschlagen, die im Wind flatterte. Während der *Zählappell* in vollem Gang war, sah ich aus den Augenwinkeln, wie sie fortgingen: eine Schar verschneiter Vogelscheuchen, die aus ihren Lumpen wegzufliegen drohten. Vielleicht ist das später ja auch geschehen, denn keiner von ihnen ist je zurückgekommen.«

Handel

»Unser ganzer Besitz, von den Lumpen, die wir am Leib trugen, bis zur täglichen Ration Wassersuppe, war Eigentum des Deutschen Reiches. Selbst unser Leben war nur eine Leihgabe dieses Staates, die er zu jedem beliebigen Zeitpunkt wieder zurückfordern konnte. Daß wir uns im Lager zu Tode schuften durften, statt ermordet zu werden, galt als Vorrecht. Wer mit *Reichseigentum* Handel trieb, indem er zum Beispiel Essen gegen Zigaretten tauschte oder umgekehrt, machte sich strafbar. Er verlor alle Vorrechte und folglich auch sein Leben, meist am Galgen. Aber wer nicht handelte, starb von selbst. Man war gezwungen zu handeln. Das Lager war ein großer Schachermarkt.

Kurz nachdem ich angekommen war, wurde ich Kompagnon eines Franzosen, der in der *Wäscherei* arbeitete. Abends nach dem Appell rannte ich wie der Blitz zu ihm, und er warf mir ein Herrenhemd mit Stehkragen aus dem Fenster zu. Diese Hemden waren bei den Blockältesten sehr beliebt. Ich hob es auf, stopfte es unter meine Kleider und machte mich auf den Weg, um es in einer Durchgangsbaracke loszuschlagen. Dort waren jeden Tag unterschiedlich viele Gefangene, wodurch der Blockälteste täglich Essensrationen übrig hatte. Er bezahlte mit Brot, von dem ich meinem französischen Geschäftspartner die Hälfte abgab.

Eines Tages bekam ich bei der Ablieferung eines solchen Hemdes unter anderem ein Päckchen mit echtem *Pumpernickel*, ordentlich in Stanniolpapier verpackt! Als ich damit wegschlenderte, wurde ich von einem Russen angehalten, der es mir abkaufen wollte. Er bot mir fünfzehn Zigaretten.

›Fünfzehn?‹ fragte ich ungläubig, denn der gängige Preis für eine Brotration war sieben Zigaretten. ›Sicher‹, antwortete er. ›Brot kannst du bei mir immer loswerden.‹

Dieser Mann war eine Goldgrube. Ich kaufte zum Kurs von sieben Zigaretten Brotrationen auf und überließ sie ihm für fünfzehn Zigaretten, so daß ich acht Zigaretten Gewinn machte. Ich wurde immer reicher. Bald war ich als der beste Organisierer meines Blocks bekannt. Wenn ich abends die Latrine betrat, machten mir die Gefangenen ehrerbietig Platz. Und während ich saß, die Hose bis auf die Knöchel heruntergelassen, boten sie mir alles mögliche zum Kauf an: ein Paar Socken, einen Ledergürtel, es gab nichts, was sie nicht für Zigaretten eintauschen würden. Einige nahmen sogar ein zinsloses Darlehen von zwei Zigaretten auf die Brotration, die sie mir am nächsten Abend verkaufen wollten.

Mit meinem Handel hatte ich alle Hände voll zu tun, bis der Russe plötzlich vergast wurde. Glücklicherweise fand ich schnell heraus, daß er der Zwischenhändler für einen anderen Russen, einen gewissen Grischa, gewesen war, der zu einem *Arbeitskommando* gehörte, das Frontpakete zusammenstellte. Er bezahlte für eine Brotration zwanzig Zigaretten, von denen sein Vermittler also, quasi als Kommission, fünf Stück in die eigene Tasche gesteckt hatte.

Mit Grischa habe ich wochenlang Geschäfte gemacht. Aber sein Wohlstand stieg ihm zu Kopf. Der

Herr war sich zu fein zum Arbeiten. Er bestach seinen Blockältesten und blieb den ganzen Tag mit *Betturlaub* auf der Pritsche liegen. Das mußte eines Tages schiefgehen. Die *SS* kam zum Kontrollgang und schickte ihn in die Gaskammer auf einen *Urlaub* ohne Ende.

Nichts im Lager war von Dauer. Wer beim Morgenappell noch springlebendig war, konnte eine Stunde später in den Ofen wandern. Ohne Grischa verlor ich meine Einkünfte. Kurz darauf wurde ich in ein *Außenlager* versetzt, wo ich in bittere Armut geriet.«

Beschädigt

Max sitzt in der Küche auf einem Stuhl vor dem Kühlschrank. Die Kühlschranktür steht weit offen. Auf dem Fußboden liegen seine Socken.

»Was tust du denn da?« fragen wir, aber er macht eine abweisende Geste.

»Laßt mich in Ruhe, ich führe ein Experiment durch.«

»Du hast ja die nackten Füße im Kühlschrank!« ruft Simon aus. Max nickt.

»Ich möchte wissen, was man spürt, wenn sie erfrieren.«

Das Lämpchen im Kühlschrank brennt. Wir schauen neugierig hinein. Dort liegen Max' Füße, Schuhgröße 42, auf Edamer Käse und Margarinepakkungen.

»Sie sind noch nicht weiß«, sagt Simon. Max schiebt uns zur Seite.

»Sie müssen gar nicht weiß anlaufen, sondern blau!«

»Hör doch auf damit«, sagt Simon. »Sonst fallen sie noch ab, und du kannst nie mehr Rollschuhlaufen.«

Max zieht die Schultern hoch.

»Rollschuhlaufen ist Kinderkram.«

»Und gehen? Ist gehen auch Kinderkram? Ich dachte, du wolltest Entdeckungsreisender werden!«

»Jetzt nicht mehr«, antwortet Max. »Ich will dazugehören. Und du gehörst nur dazu, wenn du halb verhungert bist oder Typhus gehabt hast. Ein bißchen vergast werden ginge auch. Du mußt auf jeden

Fall beschädigt sein.« Er zieht eine gemeine Fratze. Um ihn aufzumuntern, fragt Simon, wie lange er das schon macht.

»Siebzehn Minuten«, sagt Max, während er auf seine Armbanduhr schaut, »und sie sind immer noch nicht steif. Wenn ihr eure Nase immer in alles reinsteckt, wird nie was draus!« Er nimmt die Füße einen nach dem anderen aus dem Kühlschrank und wirft die Tür zu. Die Milchflaschen scheppern.

»Sie sind noch dran«, zeigt Simon. »Sie sind nur naß. Vielleicht kriegst du eine Lungenentzündung.«

»Lungenentzündung reicht nicht«, sagt Max, »aber es ist ein Anfang. Ich bin mit allem zufrieden.«

»Du spinnst!« ruft Simon mit Tränen in den Augen. Max versetzt ihm einen Stoß.

»In diesem Haus spinnt jeder!« sagt er.

»Stimmt nicht«, schluchzt Simon. Max lacht.

»Und Papa spinnt am meisten. Was hast du denn von so einem Vater? Hätte Mama nur einen Bauern geheiratet, dann hätten wir Pferde und Kühe.«

Er öffnet die Tür und läuft barfuß über den Kiesweg aus dem Garten. Wir schauen ihm nach. Als er nicht mehr zu sehen ist, sagt Simon: »Dieses Großmaul! Dabei kann er nicht mal Kühe melken. Kannst du Kühe melken?« Ich schüttle den Kopf. »Siehst du?« flennt er. »Lager ist besser als Kühe.«

»1944 wurde die Fabrik bombardiert«, erzählt er. »Unter dem Zementfußboden verlief ein schmaler Gang, höchstens einen Meter breit, in dem die Gasleitung verlegt war. Er war über ein Einstiegsloch am Fuß der Außenmauer erreichbar, das gewöhnlich mit einem Eisendeckel abgedeckt war. Als die erste Bombe fiel, zogen die *SS*-ler den Deckel hoch und hetzten uns zu der Mauer. *›Hinunter, Schweine!‹* Es war ihnen völlig egal, wie wir *hinunter* kamen. Die meisten von uns fanden keine Möglichkeit, sich an der schmalen Leiter festzuhalten; wir fielen rückwärts und kopfüber in die Tiefe. Weil wir aber nicht schnell genug stürzten, richteten sie Feuerwehrschläuche auf uns und spülten uns buchstäblich unter die Erde.

Triefendnaß und zähneklappernd preßten wir uns während des Luftangriffs aneinander. Die Erde bebte, wir schleuderten mit dem schmalen Gang hin und her. Daß die Gasleitung hinter uns verdächtig knackte, heiterte uns nicht gerade auf. Sechsunddreißig Stunden blieben wir eingeschlossen. Als wir endlich wieder nach oben durften, hing dort eine derart dichte Rauchwolke, daß wir nicht erkennen konnten, ob es Tag oder Nacht war. Vielleicht kam es auch daher, weil unsere Augen vor Angst tief in die Höhlen gesunken waren und irgendwo im Hinterkopf lagen.

Wir liefen wie benommen umher. Ich flüchtete aus dem Rauch und geriet in den brennenden Teil der Fabrik. Plötzlich stand ich Willi Hammer gegenüber. Sein Ärmel hatte Feuer gefangen, er schlug mit seiner Mütze das Feuer aus. Wie war er dort wohl hingeraten? Ich wußte es nicht. Aber ich wußte sehr wohl, daß er von dort nie mehr wegkommen würde.

Als er mich entdeckte, griff er suchend in seine Hosentasche. Kaum hatte er die Kette mit der Bleikugel hervorgezogen, saß ich schon auf ihm und schnürte ihm damit die Kehle zu.«

»Ist er gestorben?« fragt Max. »Ist er gestorben?« Vater nickt.

»Ich habe ihn erwürgt.« Er spreizt seine Finger und betrachtet sie, als gehörten sie nicht zu ihm. »Das ist etwas, was ich diesem Abschaum nie vergeben werde. Sie haben kein Mittel unversucht gelassen, um aus mir ein Vieh zu machen. Ein neues Kapitel der Schöpfungsgeschichte«, lacht er grimmig, »kommt, laßt uns Menschen machen nach unserem Bild und Gleichnis! Und es ist ihnen auch noch gelungen, ich bin zu ihrem Ebenbild geworden, ich kann nicht mehr in den Spiegel blicken, ohne einem Mörder Auge in Auge gegenüberzustehen.« Er senkt den Kopf und flüstert: »Ich würde alles dafür geben, Willi wieder lebendig zu machen, alles! Ich würde wochenlang dafür beten. Ich würde in die Hölle hinuntersteigen, um ihn von dort zurückzuholen, selbst wenn der Weg dorthin mit Glassplittern übersät wäre und ich auf dem Bauch kriechen müßte.«

Max stellt sich hinter Vaters Stuhl und legt ihm seine Hand auf die Schulter.

»Dann bist du kein Vieh«, sagt er tröstend, »Tiere können nichts bereuen.«

»Bereuen?« Vater zieht seine Oberlippe hoch und zeigt drohend die Zähne. »Bereuen? Ich will ihn nur wieder lebendig machen, damit ich ihn noch einmal ermorden kann. Damals bin ich viel zu hastig gewesen. Diesmal würde ich mir Zeit lassen. Ich würde ihn ganz ruhig auswringen, immer ein bißchen mehr. Ab und zu würde ich ihn gerade so viel Atem holen lassen, daß er sich krümmen und schreien könnte. Ich bereue nämlich nur eines: daß ich seine Todesangst nicht länger habe andauern lassen.«

Wir sagen nichts mehr. Simon nippt an seiner Milch, traut sich aber nicht, sie hinunterzuschlucken. Jetzt verstehen wir, weshalb Vater nachts sein Bettzeug würgt. Er übt für den Tag, an dem er Willi aus der Hölle zurückschleppt. Bis dahin will er alle Tricks und Kniffe aus dem Effeff beherrschen.

»Und als wir dachten, das Schlimmste sei ausgestanden«, sagt Vater, »kam der Todesmarsch. Als die Rote Armee nur noch ein paar Dutzend Kilometer entfernt war, wurden wir gezwungen, das Lager zu verlassen.«

»Wo seid ihr hingegangen?« fragt Max.

»Wir sind mit unbekanntem Ziel losmarschiert. Es gab Pläne, uns zu töten. Gefangene wurden in Züge gesteckt, die ziellos durch Europa fuhren. Andere verloren ihr Leben auf Schiffen, die versenkt wurden. Einige kamen in Lager außerhalb der Gefechtszone. Und wir, wir mußten laufen, bis wir umfielen.«

»Aber warum?« sagt Max. »Das hatte doch überhaupt keinen Sinn?« Vater lächelt.

»Es war von einer Sinnlosigkeit, die zu der nationalsozialistischen Logik paßte. Bis zuletzt gehorchten die Truppen ihrem *Führer.* Mit der *SS* und den Hunden im Rücken wurden wir von Dorf zu Dorf getrieben. Ein absurdes Theater. Warum sollten sie noch auf uns schießen? Wir konnten nicht mehr fliehen. Wir waren eigentlich schon tot, aber sie hatten uns so gut abgerichtet, daß sich sogar unsere Skelette auf ihren Befehl hin weiterbewegten.«

Er zündet sich eine Zigarette an. Eine zweite glimmt verloren im Aschenbecher vor sich hin.

»Der Abmarsch begann im Morgengrauen. Gruppe für Gruppe sahen wir durch das Tor verschwinden. Am Abend waren wir noch im Lager und plünderten verlassene Baracken. Im Schränkchen eines *Kapos* fand ich eine Decke, Zahnpasta und dreizehn

Dosen Gänseleberpastete von einer Firma Weiß aus Budapest, die ich auf der Stelle aufaß. Als wir etwa eine Stunde geschlafen hatten, hörten wir die Trillerpfeife: Es hieß antreten und im Dunkeln abmarschieren.

Ungefähr sechs Kilometer vom Lager entfernt stolperten wir über die Leichen der Kranken aus dem *Revier*, denen als ersten die Kräfte ausgegangen waren. Uns selbst ging es übrigens auch miserabel. Ich hatte Hungerödeme, und mir wurde mit jedem Schritt schwindliger. Die Decke auf meiner Schulter wog eine Tonne, ich mußte sie fallen lassen. Die Zahnpasta behielt ich in der Tasche. Der schlimmste aller Schrecken auf diesem Marsch war der Durst. Ab und zu drückte ich ein bißchen Zahnpasta auf den Finger und führte ihn unbemerkt zum Mund. Das Zeug brannte auf meiner blutigen Zunge, aber es enthielt Feuchtigkeit.

Wochenlang sind wir gelaufen. Wo wir auch gingen, hinterließen wir eine Spur von Toten: Der kleine Däumling auf deutsch. Den einen Tag liefen wir zwölf, dann wieder zwanzig Stunden oder länger an einem Stück. Wenn es der *SS* in den Kopf kam, hieß es: ›*Kolonne halt!*‹, und wir durften am Straßenrand ausruhen. Wir kamen an anderen Kolonnen vorbei, die an der Böschung saßen und uns dann später wieder einholten. Wenn man diesen Menschen in die Augen schaute, war es, als sähe man in Hunderten von Spiegeln sein eigenes Elend.

Nur die Polen waren noch in Form. Während wir vorbeischlurften, schlugen sie sich im Gras vor Schadenfreude auf die Knie. Sie riefen Schimpfwörter und spuckten nach uns. Wir hätten ihnen gerne die Kehle durchgebissen, aber das war unmöglich: Wer aus der Reihe trat, bekam auf der Stelle einen Genickschuß.

Ich weiß nicht mehr, wie lange es gedauert hat, bis auch die ersten Polen krepierten. Eines Tags erreichten wir eine Kreuzung, auf der sie wie tote Fliegen herumlagen. Weil ihre Körper den Weg versperrten, mußten wir über sie wegsteigen. Obwohl ich nur noch mit größter Mühe die Füße heben konnte, fühlte ich mich plötzlich federleicht. Ganz locker stieg ich von einem Polen auf den anderen. Ich hätte in diesem Augenblick sogar frohgemut einen Bergrücken erklommen, wenn der nur aus toten Polen bestanden hätte.

Ein Stückchen weiter saß eine Gruppe von Polen am Straßenrand, zu erschöpft für Schimpftiraden. Ihre im Lager angesammelten Reserven waren aufgebraucht, und ihr Status war auf das Niveau jedes x be liebigen Gefangenen gesunken. Als wir sie erblickten, fletschten wir die *Zähne* wie die Affen und streckten die Fäuste nach ihnen aus.

›He Popolski‹ johlten wir. ›Dort hinten, auf der Kreuzung, liegen eure Kadaver. *Die stinken schon zum Himmel rauf!*‹«

Vaters Mund steht weit offen. Er hat die Fäuste so krampfhaft geballt, daß jeder Blutstropfen daraus gewichen ist.

»Es hat doch bestimmt auch andere Polen gegeben?« fragt Max fast flehentlich.

»Das kann schon sein«, sagt Vater, »aber die haben sich bemerkenswert gut versteckt gehalten, denn ich habe noch nie einen getroffen.«

»Abscheulich!« sagt Max. »Ihr wart mehr tot als lebendig und habt euch trotzdem noch gehaßt wie die Pest!« Vater schließt die Augen.

»Ohne Freiheit und Gleichheit«, seufzt er, »scheint es mit der Brüderlichkeit auch nicht zum besten zu stehen.«

Als Simon und ich uns am Waschbecken die Zähne putzen, läßt er die Zahnpasta in die Tasche seines Schlafanzugs gleiten.

»Die nehmen wir morgen mit in die Schule«, flüstert er.

»Warum? Wir müssen doch nicht auf den Todesmarsch?« sage ich.

»Man kann nie wissen«, erwidert Simon, »es kann so viel geschehen.«

Scheiße

»Endlich gelangte ich in ein russisches Durchgangslager, das an die amerikanische Zone grenzte. Dort befand ich mich, wie sich bald herausstellte, weiter weg von zu Hause als je zuvor. Die Sowjets versprachen, einen Transport zusammenzustellen, rissen sich dafür aber kein Bein aus. Warum sollten sie auch, wir hatten es doch gut? In der Tat, wir hatten es so verflixt gut, daß die meisten daran zugrunde gingen.

Schon unser Frühstück bestand aus einem halben Brot und einem Liter fetter Erbsensuppe. Mittags und abends aßen wir das Fleisch von Hirschen, die von den russischen Soldaten mit Maschinengewehren gleich dutzendweise niedergemäht wurden. Es würde mich wundern, wenn es in diesen Wäldern heute auch nur noch einen halben Hirsch gäbe.

Unsere Verdauungsorgane waren solchen Wagenladungen Essen natürlich nicht mehr gewachsen. Viele Muselmänner schlangen alles unbeherrscht hinunter. Rechts und links starben die Menschen in ihrem eigenen Kot.

Wir schliefen in einer riesigen Bauernscheune. Dort verträumte ich auch den größten Teil des Tages. Ich hatte mir unter jede Hinterbacke einen Strohballen gelegt, mit einem Zwischenraum, durch den der Dreck abfließen konnte. So schaffte ich es, einigermaßen sauber zu bleiben.

Wochen vergingen. Jeden Nachmittag kamen amerikanische Soldaten in unser Lager. Ihre Jeeps waren vollgeladen mit Rum, Coca-Cola und Zigaretten. Dann begann diese Horde mit den Flintenweibern von der Roten Armee zu feiern. Abends fielen sie ins Stroh, die Uniformhosen flogen uns um die Ohren. Gegen drei Uhr morgens fuhren sie sternhagelvoll in ihre Zone zurück. Uns vergaßen sie mitzunehmen. Am nächsten Tag hatte eine andere Kolonne das Vergnügen: tanzen, saufen und sich über die Frauen hermachen, während wir ein paar Meter weiter krepierten.

Bis eines schönen Tages ein britischer Lastwagen auf das Gelände fuhr. Sofort kamen russische Weiber angerannt, um das Grammophon anzustellen und Wodka einzuschenken, aber die Engländer sagten: ›Nix Wodka! Papiere unterschreiben!‹ Sie suchten zehn Muselmänner aus, darunter auch mich.

Um in das britische *transit-camp* zu kommen, mußten wir die amerikanische Zone durchqueren. Wir hatten die Ruhr und baten den Fahrer, unterwegs zu halten.

›Impossible!‹ sagte einer der Offiziere, die bei uns auf der Ladefläche saßen. ›Wenn man euch entdeckt, schicken die Amerikaner euch erbarmungslos zu den Russen zurück. Denn laut Vorschrift müßten sie euch von dort wegholen. Daß sie gar nicht daran denken, steht auf einem anderen Blatt. Die Alliierten sind in diesem Land, um das normale Leben wieder in Gang zu bringen. Diesem Auftrag kommen die Amerikaner auf ihre ganz eigene Weise nach.‹

Wir fuhren also in einem Rutsch durch bis zu einer großen deutschen Villa, in der die Engländer ihr Hauptquartier eingerichtet hatten. Hier wurden wir mit offenen Armen empfangen. Ein paar Sekretärinnen servierten uns Tee und Kekse, dick mit Butter bestrichen. Kaum hatten wir sie hinuntergeschluckt, sprangen wir schon durch das geöffnete Fenster hinaus. Auf dem Rasen, glatt wie ein Billardtuch, ließen wir die Hosen herunter. Die Mädchen schauten mit der Teekanne in der Hand höflich zu, als wir wie die Hunde das Gras beschmutzten.«

»O Gott«, seufzt Max, »ich würde mich zu Tode schämen.«

Vater lächelt.

»Wir haben darauf geschissen. Etwas anderes blieb uns nicht übrig.«

»Ich kann mich nicht erinnern, wo ich ihn herhatte«, sagt Vater, »aber ich trug einen deutschen Generalsmantel, grau mit goldenen Schulterstücken, der mir bis über die Waden hing. Nachts benutzte ich ihn als Decke oder, zusammengerollt, als Kopfkissen. Aber meistens trug ich ihn über meinen KZ-Lumpen.

Seit der Befreiung hatte ich noch keine Badewanne gesehen. Die Russen sprühten mir täglich Wolken von DDT-Puder durch Ärmel und Hosenbeine. Trotzdem wimmelte ich von Läusen. Die Engländer verwendeten auch DDT. Ich durfte mich nicht von Kopf bis Fuß waschen, wahrscheinlich, weil ich mein hartnäckiges Fieber nicht los wurde.

Eines Tages erreichten wir ein Durchgangslager der Franzosen. Einige von ihnen rannten aufgeregt unserem Lastwagen entgegen. Sie hatten mich von weitem für einen deutschen General gehalten, bis sie meinen mageren Kopf zwischen den Schulterstücken entdeckten.

›Du Idiot!‹ sagte der Kommandant zu mir. ›Macht dir das Spaß, so herumzulaufen?‹

Ich erklärte ihm, daß ich keine anderen Kleider besäße, worauf er sofort ein paar Ordonnanzen in das nächste Städtchen schickte, um Kleider zu requirieren. Wir durften auch baden. Auf dem Innenhof stand ein großer Pferdetrog. Gefangene *SS*-ler trugen Eimer voll Wasser herbei, um ihn zu füllen. Zu fünft kletterten wir gleichzeitig hinein.

Am selben Nachmittag kamen mehrere Lastwagen mit Franzosen an, die zum *Arbeitseinsatz* in Deutschland zwangsverpflichtet gewesen waren. Die Ladefläche war proppenvoll. Sie hatten die französische Flagge gehißt und brüllten sozialistische Lieder. Als sie in unserem Blickfeld waren, purzelten wir aus dem Trog und winkten ihnen splitterfasernackt zu. Sie rissen die Ladeklappe auf, sprangen auf die Erde und tanzten unter dem Absingen der *Marseillaise* mit uns um die Autos herum.«

Während er erzählt, ist Vater aufgestanden. Er streckt die Arme aus und macht komische Hopser durchs Zimmer. *»Allons enfants de la patrie«*, singt er, *»le jour de gloire est arrivé!«* Es gleicht eher einem russischen als einem französischen Tanz. Wir sitzen verlegen dabei. Als er fertig ist, stellt er sich hinter den Stuhl meiner Mutter und küßt sie auf den Mund.

»Und dann?« fragen wir.

»Abends kamen die Ordonnanzen mit Kleidern zurück. Ich bekam einen altmodischen Frack aus schwarzem Tuch mit imponierenden Tressen. Er hatte irgendeinem Reichstagsabgeordneten gehört, einem Zwerg, wenn ihr mich fragt, denn die Ärmel reichten mir gerade bis über die Ellenbogen und die Rockschöße endeten in der Taille. Die Hose war nicht viel besser, ich sah wie aus dem Zirkus entsprungen aus. In diesen Kleidern kam ich Wochen später nach Hause, zu Bette.«

Er beugt sich über Mutter.

»Weißt du noch?« sagt er. »Du bist mir auf der Straße um den Hals gefallen, aber ich war so schwach, daß ich der Länge nach hintüber auf die Steine schlug.« Er lacht. »Und du hast auf mir gelegen und immerzu gejammert: ›Was haben sie nur mit dir gemacht, Jochel, was haben sie nur mit dir gemacht?‹«

Aus den dunklen Augen meiner Mutter rinnen Tränen. Erschreckt schauen wir in ihr Gesicht. Wir sehen es heute zum ersten Mal. Es ist das Gesicht von Papas Mädchen. Sie heißt Bette, und sie hat auf ihn gewartet.

»Ich weiß noch alles«, sagt sie ruhig, während ihre Wangen vor Tränen glänzen, »alles.«

CARL FRIEDMAN

Zwei Koffer

Roman

Aus dem Niederländischen von
Christiane Kuby

DIE BRIGITTE-EDITION

Aus jener Zeit besitze ich nur ein einziges Foto. Viel klüger werde ich nicht daraus. Zwar ist mir das Gesicht, das sich auf die Hände stützt, zur Genüge vertraut, aber der Ausdruck der Augen verrät nichts von dem, was mich damals beschäftigte, geschweige denn von den bizarren Ereignissen, die mir noch bevorstanden. Es könnte das Foto einer x-beliebigen Person sein, an einem beliebigen Ort, wenn nicht ein Detail, wie so oft, die Wahrheit ans Licht brächte. Hinter dem Fenster, das meinen Kopf umrahmt, sieht man den verschwommenen Umriß von etwas, was sich während der Aufnahme offensichtlich bewegte und worin ich mit Mühe eine aufgeplusterte Taube erkenne. Die Tauben! Sie bevölkerten Antwerpen mit der gleichen Selbstverständlichkeit wie die Antwerpener selbst. Auch in der Dachrinne unter meinem Fenster trippelten sie schon in aller Herrgottsfrühe nervös und stumpfsinnig gurrend herum.

Ich war damals zwanzig Jahre alt und studierte Philosophie. Kaum hatte ich mich immatrikulieren lassen, wollte ich nicht mehr bei meinen Eltern wohnen. Philosophen gedeihen, fand ich, nur in der Abgeschiedenheit. Also zog ich in den südlichen, baufällig gewordenen Teil der Stadt. Dort mietete ich eine kleine Wohnung zu einem Spottpreis, der jedoch mein bescheidenes Stipendium bereits überstieg, so daß ich mich nach einem Nebenverdienst umschauen mußte. Um das einem Philosophen gemäße weitabgewandte Leben führen zu können, sah ich mich gezwungen, mich in aufreibende, schlecht bezahlte Arbeit zu stürzen. Zum Besuch der Vorlesungen kam ich kaum.

Vormittags arbeitete ich in einem für seine Trauerkränze bekannten Blumenladen. In einem Treibhaus hinter dem Geschäft steckte ich Unmengen von Blumen, deren Stiele ich vorher mit Eisendraht umwickelt hatte, in eine Grundform aus Stroh. Für die gängigen Kränze wurden geknickte Nelken genommen, bei Kindern meistens Rosen. Fertige Exemplare versah ich mit einem Band mit Goldaufdruck. Die Hinterbliebenen konnten zwischen Texten wählen, die von einem einfachen *In memoriam* bis zu *Dein Lehnstuhl steht einsam am Kamin* variierten. Auf diese Weise verhalf ich täglich ungefähr drei Leichen zu einem anständigen Begräbnis.

Danach spülte ich von mittags bis in den Abend hinein Geschirr in einem großen Restaurant, dessen Attraktion das Dessert war. Gäste, die das Tagesmenü bestellten, durften so viel Reisbrei mit Kirschen essen, wie sie wollten. Da jede neue Portion auf einem sauberen Teller serviert wurde, bestand ein großer Teil des Abwaschs aus Breitellern, von denen manche so fest aneinanderklebten, daß ich sie mit einem Messer losbrechen mußte.

Der Raum war klein, und es wimmelte dort von Kakerlaken, die es sich bekanntlich gern im Warmen gemütlich machen. Sie krochen über den Fußboden, an den Wänden und an der Decke entlang. Sogar in der leuchtenden Wanduhr hatten sie sich stapelweise eingenistet, so daß die untere Hälfte des Zifferblatts dunkel und unlesbar geworden war. Je später es wurde, desto mehr glich der stickige Raum einem türkischen Bad. Ich zog meinen Pullover aus und beugte mich, nur noch mit einem Unterhemd bekleidet, über die dampfenden Spülbecken. Aber schließlich blieb mir doch nichts anderes übrig, als den Ventilator anzustellen. Sobald der riesige Propeller sich über meinem Kopf zu drehen anfing, flogen mir die Kakerlaken um die Ohren. Monatelang schlug ich sie mir grimmig von den nackten Schultern und aus dem Gesicht. Eines Nachmittags, als sich in dem Kabuff eine Hügellandschaft von klebrigem Geschirr abzuzeichnen begann und ich mir schon zweimal eine zappelnde Kakerlake von den Lippen gewischt hatte, kündigte ich fristlos. Es war Januar.

In den darauffolgenden Wochen ging ich nachmittags zur Universität. Das war auch notwendig, denn die Prüfungen standen vor der Tür. Da der mündliche Teil in einem großen Saal stattfinden sollte, wo unsere Professoren zwar eigene Tische hatten, aber keine Namensschilder, mußte ich einige von ihnen wenigstens schon einmal gesehen haben. Ich hätte natürlich beim Betreten des Saales laut rufen können: »Wer von den Herren ist Professor Klinkers?« oder: »Würde Professor Van Averbeke bitte die Hand heben?« Aber ich begriff, daß sich das nicht zu meinen Gunsten auswirken würde.

Von meinen Nebeneinkünften im Blumenladen allein konnte ich nicht leben. Um mir Zeitungen, Zeitschriften und ab und zu ein Buch kaufen zu können, sparte ich am Essen. Ende März wurde die Lage kritisch. Mein Küchenschrank enthielt noch drei Eier, eine angebrochene Tube Tomatenmark und ein Päckchen Margarine. Ich aß also ein Omelett mit Tomatengeschmack und las anschließend bei meiner Hauswirtin die Zeitung. Unter der Rubrik Stellenangebote fand ich eine Anzeige, in der dringend eine *Promeneuse* gesucht wurde.

»Ein lauer Job«, meinte meine Wirtin, »du brauchst bloß einen Kinderwagen durch den Park zu schieben und wirst dafür auch noch bezahlt.« Für das Schieben eines Kinderwagens schien mir keine besondere Qualifikation erforderlich. Ich hatte zwar nicht die geringste Erfahrung mit Kindern, aber sympathischer als Kakerlaken waren sie allemal. So kam es, daß ich mich guter Dinge bei Frau Kalman meldete, die die Anzeige aufgegeben hatte.

Der Himmel über der Kuppel des Hauptbahnhofs war strahlend blau. Mit der *Gazet van Antwerpen* unterm Arm bog ich summend in die Pelikaanstraat ein. Dort beginnt, was im Volksmund das »Judenquartier« heißt, ein Bezirk, in dem zwar nicht ausschließlich Juden wohnen, wo sie aber das Straßenbild bestimmen. Mit ihrer charakteristischen Kleidung verleihen sie dem Viertel auch heute noch eine Atmosphäre, die seit der von Hitler angerichteten Katastrophe aus Europa so gut wie verschwunden ist. Da das Leben in diesem Stadtteil von jahrhundertealten Traditionen beherrscht wird, behaupten die Antwerpener, hier stehe die Zeit still. Vielleicht ist das wahr. Doch ich kenne keinen anderen Ort, wo Stillstand so nachdrücklich durch Bewegung hervorgehoben wird wie dort, im kleinen Warschau, in dem ich meine Jugend verbracht habe.

Ich kam an heftig diskutierenden Chassidim in Kaftan und Pelzmütze vorbei. Hausfrauen unterhielten sich laut mit Ladenbesitzern. In der Nähe der Diamantbörse standen Grüppchen von Männern auf dem Trottoir herum und beratschlagten sich. Hinter den Brillengläsern schimmerten kurzsichtige Augen. Manche trugen Schläfenlocken und Bart, andere waren rasiert, aber alle hatten den traditionellen schwarzen Hut auf. Ich stellte mir vor, daß ein geübter Akrobat über ihre Köpfe hinweg, von einem Hut auf den anderen tretend, olympische Distanzen zurücklegen könnte.

In der Simonstraat ging ich unter den Gleisen durch. Drei chassidische Knirpse kamen mir entgegen. Mit ihren dunklen Kappen schienen sie geradewegs aus einem schemenhaften polnischen Schtetl herübergeweht. Sie schauten todernst drein und hielten einander fest an den Händen, als könnten die Männer von Piłsudski hinter der nächsten Ecke im Hinterhalt liegen. Um keinen Preis wollte ich die Ursache dafür sein, daß sie einander loslassen mußten. Als ich zur Seite trat, um ihnen Platz zu machen, hörte ich meinen Namen rufen. Ich drehte mich um und stand dem alten Herrn Apfelschnitt Auge in Auge gegenüber. Er wohnte ein Stockwerk über meinen Eltern, ganz in der Nähe. Trotz seiner fünfundsiebzig Jahre ging er kerzengerade durchs Leben. Er ging nicht, er schritt. Früher hatten die Kinder aus unserem Viertel ihn flüsternd den König der Langen Kievitstraat genannt und sich verbeugt, wenn er vorbeikam. Mit seinen breiten Schultern, der hohen Stirn und dem forschenden Blick war er in der Tat eine imposante Erscheinung. Ich aber, die ich von klein auf bei ihm ein und aus gegangen war, wußte, daß er jene Art Sanftmut besaß, deren Luxus sich wahrscheinlich nur die wirklich Starken leisten können.

»Kommst du ein Stückchen mit?« fragte er und bot mir den Arm. »Nein, heute nicht.«

»Du gehst nur noch selten nach Hause«, sagte er, »denk an das fünfte Gebot.«

»Ich kann Vater und Mutter auch aus der Ferne ehren.«

»Gewiß, aber dann brauchst du dich nicht zu wundern, daß sie wenig davon merken. Was macht das Studium?«

Ich zuckte die Achseln und sagte: »Wenn ich's nur wüßte. Je mehr ich lese, um so weniger begreife ich. Vielleicht hätte ich ein anderes Fach wählen sollen, etwas mit mehr Substanz. Philosophie ist so unpraktisch. Was hat man davon, wenn man durchs Fenster den Himmel anstarrt und sich überlegt, wie das Universum entstanden ist? Wahrscheinlich ist es viel sinnvoller, Bodenuntersuchungen auf dem Mond zu betreiben.«

»Tja«, nickte er, »man kann nun einmal nicht in einem Mußestündchen die Rätsel ergründen, über die sich die Gelehrten schon Tausende von Jahren den Kopf zerbrechen ...«

»Genau darum geht es ja«, unterbrach ich ihn aufgeregt, »die sogenannten Gelehrten raten auch nur drauflos. Die meisten Philosophen wissen nicht mehr als Sie und ich, Herr Apfelschnitt. Woher kommen wir? Stand ein göttlicher Vater an unserer Wiege oder eine schleimige Amöbe? Wozu leben wir? Und wenn wir wirklich nach dem Guten streben, wie kommt es dann, daß wir so viel Elend anrichten? Plautus zufolge ist der Mensch ein Wolf, nach Spengler, Darwin und Schopenhauer wird sein Handeln von blinden Trieben bestimmt. Und was kommt dabei heraus?

Eine Welt voller Höhlenbewohner, die einander für einen Bissen Essen den Schädel einschlagen oder sich wie die Irren fortpflanzen, um die Art vorm Aussterben zu bewahren.« Ich senkte die Stimme und trommelte mir auf die Brust. »Ich Tarzan«, sagte ich, »du Jane!«

Herr Apfelschnitt runzelte die Stirn. »Ist das alles, was du lernst? Muß man dafür eine ganze Universität aus dem Boden stampfen? Tarzan kannst du auch im Kino sehen!« Er schüttelte den Kopf und fuhr fort: »Es wird immer Geheimnisse geben. Daran ändern auch Bodenuntersuchungen auf dem Mond nichts. Männer wie Planck und Einstein haben die Welt in solch winzige Stückchen zerlegt, daß wir sie schon lange nicht mehr begreifen können. Das Wunder wird dadurch nur noch größer. Die Schöpfung ist ein Meisterwerk. Nie kann die Wissenschaft Gott oder die Thora ersetzen.«

»Und wenn man zufällig nicht gläubig ist?«

»Auch Atheisten wurden vom Allmächtigen erschaffen«, sagte Herr Apfelschnitt, »ob es ihnen paßt oder nicht. Und die Thora gilt für sie wie für jeden andern. Dürfen sie morden? Nein, das dürfen sie nicht. Brauchen sie ihren Nächsten nicht zu lieben? Brauchen sie nicht nach Gerechtigkeit zu streben? Das müssen sie sehr wohl. Gottes Wort gilt überall und für alle Zeit. Einen besseren Beweis Seiner Kraft gibt es nicht.«

»Dennoch werden Seine Gebote jeden Tag übertreten«, sagte ich und zeigte auf die Häuser auf der anderen Straßenseite. »Während wir hier reden, schlägt ein Vater hinter einer dieser Mauern vielleicht sein Kind zum Krüppel oder treiben ein Mann und eine

Frau einander zum Wahnsinn. Das scheint Gott mit all Seiner Kraft nicht verhindern zu können. Oder ist es Ihm einfach egal?«

»Unsinn«, sagte Herr Apfelschnitt, »würde er das Gute zum Gesetz erheben, wenn Ihm das Böse gleichgültig wäre?« Es fröstelte ihn. »Ich erkälte mich«, murmelte er vorwurfsvoll, als wollte er sagen, daß er mit mir seine Zeit verschwende.

Aber als ich mich verabschiedete, packte er mich am Ärmel meiner Jacke.

»Du mußt wirklich wieder einmal nach Hause gehen«, sagte er und blickte mich gebieterisch an, »er ist schließlich dein Vater.«

»Was fehlt ihm denn?«

»Nichts, oder eigentlich alles. Er hat im Moment soviel zu tun, daß er nicht einmal Zeit hat, eine Partie Schach mit mir zu spielen.«

»Was hat er denn zu tun?«

»Das fragst du ihn besser selbst«, sagte Herr Apfelschnitt, tippte höflich an seine Hutkrempe und setzte seinen Weg fort.

Ich überquerte die Plantin-en-Moretuslei und fand die Hausnummer aus der Anzeige. Die Tür stand offen. Ein Mann in einem braunen Kittel fegte den Eingang und blickte auf, als ich die Klingel suchte.

»Wo wollen Sie hin?« fragte er mißtrauisch. Sein Gesicht war knochig, sein Haar von unbestimmter Farbe, und er trug einen dünnen Schnurrbart.

»Zu Familie Kalman.«

»Dritter Stock«, zeigte er meinem Blick ausweichend nach oben, »den Gang entlang und die Treppe rauf. Da ist zwar ein Aufzug, aber der steckt wieder irgendwo fest. So geht es den ganzen Tag. Die Leute nehmen den Aufzug, steigen aus und sind sich zu fein, das Gitter hinter sich zuzuziehen. Da kann man hier noch so fest auf den Knopf drücken, das Ding kommt nicht runter.«

Während ich die abgetretenen Treppen hinaufstieg, dachte ich über die Worte von Herrn Apfelschnitt nach. Er irrte sich. Wenn die Welt von einem Gott gelenkt wurde, der so mächtig war, daß Er in die Geschichte eingreifen konnte, warum hielt Er sich dann abseits? In der Zeitschrift *Time* hatte ich einen Artikel über eine neue, von den Amerikanern in Indochina eingesetzte Waffe gelesen: eine Splitterbombe, die bei ihrer Explosion Tausende von Projektilen abfeuerte. Diese spiralförmigen Geschosse mit einem Durchmesser von einem halben Zentimeter konnten ein Leben innerhalb von wenigen Sekunden zerstören. Sie bohrten sich tief ins Fleisch von Mensch und Tier. In dem Artikel war das Foto eines vietnamesischen Babys abgebildet, in dessen Kopf solch ein Projektil eingedrungen war, was zu Erblindung und zu bleibenden Gehirnschäden geführt hatte. Man sah sie überall, die Fotos von brennenden Hütten und von Bauern, die das Napalm in lebende Fackeln verwandelt hatte. Man brauchte nur eine Zeitung aufzuschlagen, und schon qualmten einem versengte Körper entgegen. Was war das für ein Gott, den das Leiden seiner Schöpfung gleichgültig ließ, und der trotzdem bei den Volksmassen in hohem Ansehen stand? Womit verdiente Er diese Bewunderung? Damit, daß Er in ferner Vergangenheit ein Meer trockengelegt und Manna vom Himmel hatte regnen lassen? Mir schien diese Art, den Lauf der Geschichte zu beeinflussen, sehr umständlich. Gott hätte sich auf ein einziges Wunder beschränken können, das alle anderen überflüssig gemacht hätte: Er hätte den Menschen Mitleid schenken können.

Im ersten Stock roch es nach gebratener Hühnerleber. Die zweite Etage war offensichtlich unbewohnt. Da gab es keine Tür mehr, nur noch ein Loch, durch das ich im Vorbeigehen zerbrochenen Hausrat liegen sah. Als ich ganz oben war, klingelte ich. Während Frau Kalman mich hereinließ, rief sie den Kindern in der Wohnung etwas über die Schulter zu; die aber machten viel zuviel Radau, um sie verstehen zu können. »Sajt schtil!« schrie sie. Später sollte ich diesen Ausruf noch oft hören. Sie rief es nur der Form halber.

Als ich mich vorgestellt und mit der Zeitung gewedelt hatte, bat sie mich ins Wohnzimmer, das nur mit einem schmucklosen Sofa und einem Tisch möbliert war. Auf dem Tisch lag ein blaues Samtetui, das jüdische Männer zur Aufbewahrung ihrer Gebetsriemen benutzen. Die Wände waren leer bis auf einen schmalen, bestickten Läufer, der den Osten, die Gebetsrichtung der frommen Juden, markieren sollte. Direkt hinter den Fenstern war bis auf Brusthöhe Maschendraht gespannt: sollte er die Kinder am Hinausfallen hindern oder die Welt am Hereinkommen? Die gerasterte Aussicht bedrückte mich.

Frau Kalman forderte mich nicht auf, Platz zu nehmen, sondern fragte im Stehen nach meinem Alter.

»Ich bin zwanzig«, sagte ich, »und Studentin.«

Ihr Blick wanderte von meiner verschlissenen Jacke zu meinen Jeans. Sie selber trug eine hochgeschlossene Bluse, einen Rock, dunkle Strümpfe und Pumps. Ihre Wangen und Lippen waren bleich, wodurch ihr Gesicht einer antiken Marmorbüste glich. Doch ihre Augen waren schwarz und verletzlich. Ich schätzte sie Anfang dreißig. Daß sie älter aussah, lag an ihrem *Scheitel*, der Perücke, die orthodox jüdische Frauen nach jahrhundertealtem Brauch über dem eigenen Haar tragen.

»Was studieren Sie?«

»Philosophie.«

Sie zog die Augenbrauen hoch. »Und um Philosophie zu treiben, müssen Sie eine Hose tragen?«

»In einem Rock kriege ich kalte Beine«, sagte ich.

»Ihr Gehirn sitzt doch nicht in den Knien?« meinte sie spöttisch. »In dieser Kleidung können Sie unmöglich hier arbeiten. Wir leben *fromm*. Eine Frau darf sich nicht als Mann verkleiden, das verstößt gegen die Thora.«

Ich wollte erwidern, daß ich mich in aufgeklärten Kreisen bewegte, in denen eine Frau akzeptiert wurde, auch wenn sie eine Hose anhatte. Aber ich mußte dringend Arbeit finden und konnte mir keine Kritik erlauben. Zum Glück kam Frau Kalman nicht auf die Sache zurück, auch nicht, als ich am nächsten Tag in besagter Verkleidung den Dienst antrat. Nur ließ sie mich im Haus eine Schürze über den Jeans tragen. Es war ein altmodisches Modell mit Puffärmeln. Die Taschen waren schon bald schwer von Wäscheklammern, Sicherheitsnadeln, Schnullern und Lätzchen, denn meine Hauswirtin hatte sich offensichtlich geirrt: Ich wurde nicht nur fürs Spazierengehen im Park bezahlt.

Die Familie Kalman hatte fünf Kinder, von denen der achtjährige Avrom und der sechsjährige Dov in die Schule gingen, so daß ich sie erst am späten Nachmittag sah. Meine Aufgabe bestand hauptsächlich in der Versorgung der fünf Monate alten Zwillingsschwestern Tzivja und Esja. Bevor ich mit ihnen spazierengehen konnte, mußte ich sie füttern und ihre Windeln wechseln. Einfach war das nicht. Während ich Tzivja die Flasche gab, kreischte Esja vor Hunger. Und wenn ich Esja wickelte, brüllte Tzivja in ihrer Wiege. Nachdem ich mich mit Ärmelchen und Schleifchen herumgeschlagen hatte, gelang es mir schließlich, den Kindern ihre Jäckchen anzuziehen. Als nächstes brachte ich das zusammenklappbare Untergestell des Kinderwagens ins Parterre. Dann schleppte ich den breiten Aufsatz, der nicht mit mir zusammen in den schmalen Aufzug paßte, die Treppe hinunter. Wenn das erledigt war, holte ich die meist heulenden Mädchen, die sich erst beruhigten, wenn der Wagen sich in Bewegung setzte, einzeln mit dem Aufzug. Die Arbeit fiel mir schwer. Daß ich nicht schon nach ein paar Tagen kündigte, war ausschließlich Simcha Kalmans Verdienst.

Simcha war der kleinste der Jungen. Sein Name, der auf deutsch »Freude« bedeutet, schien so gar nicht zu ihm zu passen. Wenn seine Brüder lautstark den Clown herauskehrten, schaute Simcha still und reserviert zu. Avrom und Dov hatten üppiges Haar mit Schläfenlocken, die ihre olivfarbenen Wangen wie schwarze Akkoladen umrahmten. Simchas Haar war rötlich und so dünn, daß sein Schädel durchschimmerte, als bekäme er schon als Kleinkind eine Glatze. Seine Schläfenlocken hingen glatt an seinem fleckigen Gesicht herunter.

Ich liebte ihn vom ersten Augenblick an, als seine Mutter ihn aus dem grauen Samtsessel hervorzog, in den er sich verkrochen hatte. »Das ist Simcha«, sagte sie und schob ihn nach vorn. »Er ist schon fast vier Jahre alt und macht noch in die Hosen.«

Das war in der Tat so, aber es machte mir nichts aus, ihm die Windeln zu wechseln. Meistens war er durchweicht bis auf sein *Arba Kanfot*, das gefranste Gebetshemd, das orthodoxe Knaben unter ihrer Oberkleidung von dem Zeitpunkt an tragen, an dem sie ein Gebet sprechen können. Die nassen Kleider ließen sich schwer ausziehen, aber Simcha unterwarf sich geduldig meinem ungeschickten Gezerre. Seine Brüder nannten ihn abschätzig »saurer Hering«, wegen des Uringeruchs, der sich mit keiner Seife aus seinen Kleidern waschen ließ.

Wenn ich den Kinderwagen mit den Zwillingen in den Park schob, hatte ich eine Hand frei. An dieser Hand trottete Simcha neben mir her. Ich redete Jiddisch mit ihm, da er keine andere Sprache verstand.

Er antwortete selten etwas und schaute nie zu mir hoch. Er schaute geradeaus. Die Welt ergoß sich in seine blaßblauen Augen. Mit würdevollem Ernst nahm er die Dinge in sich auf. Sein kleiner Kopf unter der Kammgarnmütze wurde ihm davon schwer.

Aber wenn wir einmal den Teich im Park erreicht hatten, erfaßte ihn eine große Freude. »Enten«, sagte er eindringlich und ließ meine Hand los. Schwerelos tanzte er am Rand des Wassers entlang. Besonders ausgelassen wurde er, wenn er eine Ente sah, die wie ein Stehaufmännchen tauchte. Quietschend zeigte er auf die gekräuselten Schwanzfedern an ihrem Hinterleib, die senkrecht aus dem Wasser emporragten. Er strahlte bis über beide Ohren. Ich stellte die Bremse des Kinderwagens fest und setzte mich auf eine der Parkbänke. Dort wartete ich, bis Simcha selbstvergessen zu mir kam und seinen Kopf in meine Arme drückte. Mir war er der Liebste und Schönste. Sogar abends, wenn ich in meinem Zimmer über den Büchern saß, ging er mir nicht aus dem Sinn. An den Rand eines Skripts über den metaphysischen Rationalismus schrieb ich die hebräischen Buchstaben sin, mem, chet und hee, die zusammen seinen Namen bildeten und die mich in ihrer Eckigkeit von meinen scholastischen und kartesianischen Übungen ablenkten. Um sie herum zeichnete ich Enten.

Herr Apfelschnitt hatte recht. Obwohl es zu meinem Elternhaus nicht weiter als eine halbe Stunde zu Fuß war, ging ich selten hin. Darunter litt besonders meine Mutter. »Du bist alles, was wir haben«, seufzte sie oft. Das stimmte nicht. Außer mir hatte sie eine Schar von Freundinnen, die häufig zum Tee kamen und meinen gerade pensionierten Vater mit ihrem Gerede zur Verzweiflung brachten.

Meine Mutter war die Tochter eines Schneiders, der seine sieben Kinder auf die besten Schulen geschickt hatte. Wenn sie beim Frühstück Brot in den Kaffee tunkte, sagte sie entschuldigend: »Ich weiß, daß sich das nicht gehört, aber ich kann es nicht lassen.« Sie legte Wert auf gute Umgangsformen. Mich fand sie unbeherrscht und unmanierlich. Ich redete ihr zu lebhaft und meine Bewegungen waren ihr zu heftig. »Beruhige dich«, sagte sie beschwörend, sobald ich auch nur den Mund aufmachte. Als Kind wurde ich ununterbrochen von ihr gegängelt. »Die da«, sagte sie oft zu meinem Vater und zeigte in meine Richtung, »brennt zweimal so schnell wie die anderen!« Eines Tages reichte es ihm. »Mag sein«, sagte er ganz nebenbei, »aber die da gibt auch zweimal soviel Licht!«

Er war groß und gelenkig. Meine Mutter behauptete, sie könne ihn auf der Straße unter Hunderten an seinem Gang erkennen. »Er bewegt sich aus den Hüften heraus«, sagte sie stolz, »andere Männer können das nicht, die kleben am Boden.« Er machte in der Tat einen jugendlichen Eindruck. Wenn er seine

Hand in die Hosentasche steckte, erwartete man, daß Schnüre, wilde Kastanien und Bilder von Fußballern zum Vorschein kämen. Nach seiner Flucht von Berlin nach Brüssel hatte er in den dreißiger Jahren als Tanzlehrer gearbeitet, um sein Mathematikstudium finanzieren zu können. Stepptanz war seine Spezialität gewesen. Er hatte in einem Film eines ebenfalls aus Deutschland geflohenen Regisseurs mitgespielt. Obwohl er darin nur zu einer Gruppe von Tänzern im Hintergrund gehörte, bildete ich mir als Kind ein, nicht einmal Fred Astaire könne ihm das Wasser reichen.

Meine um viele Jahre jüngere Mutter hatte ihn im Sommer 1947 kennengelernt. Sie sprach gerne davon. »Es war unglaublich heiß. Ich trug ein weißes Kostüm, das ganz schwarz war von Gewitterfliegen. Und ich hatte ein blaues Pikkolohütchen auf. Woher hatte ich das bloß? Es war ein goldiges Hütchen mit roten Bändern, die man unter dem Kinn zusammenbinden mußte.« Mein Vater hatte sie in ein Restaurant eingeladen, wo sie ein Menü mit sechs Gängen bestellte, das aus ebensovielen Portionen Sahneeis bestand. Danach hatte er sie mitten auf der Straße geküßt. Wenn sie an diesem Punkt der Geschichte angelangt war, rief er aus: »Es blieb mir nichts anderes übrig! Ich mußte dich auftauen!« Über die Jahre 40 bis 45 sprach sie nie. Das wenige, was ich aus dieser Zeit von ihr wußte, hatte mein Vater mir erzählt, der ebenfalls nur ein verschwommenes Bild davon hatte.

Als ich bereits zwei Wochen bei den Kalmans arbeitete, besuchte ich endlich meine Eltern, die ja nur ein paar Straßen weiter wohnten. Obwohl es schon Abend wurde, ertönte noch von allen Seiten das Tam-

tam der Teppichklopfer. Da das jüdische Osterfest vor der Tür stand, war das rituelle Großreinemachen im ganzen Viertel wie eine Krankheit ausgebrochen. Während des acht Tage dauernden Pessach ist nicht nur das Essen und Trinken von allem Gesäuerten verboten, auch die letzte Spur von Hefe muß aus jüdischen Häusern verschwunden sein. Auf der Jagd nach alten Brotkrumen waren Frauen schon seit Wochen damit beschäftigt, ihr Haus für die Gedenkfeier des Auszugs aus Ägypten vorzubereiten. Sie schrubbten und bohnerten, klopften und fegten. Nichts blieb an seinem Platz. Über allen Balkongeländern hingen in der Dämmerung wie dunkle Fahnen Teppiche zum Auslüften. Hier und da standen sogar Möbel auf der Straße, als würden die Besitzer ihre Sachen packen, um Moses aufs neue ins Gelobte Land zu folgen.

Auch in der Wohnung meiner Eltern herrschte eine aufgeregte Stimmung. Mein Vater saß am Tisch und schrieb. Neben seinem Briefpapier lagen mehrere frankierte Umschläge. Er wirkte gehetzt.

Meine Mutter redete über Gott und die Welt. Ob ich wisse, daß ein neuer Gemüseladen in der Nähe aufgemacht habe, in dem sie faule Äpfel verkauften? Ob ich gehört hätte, daß das Tragen von enganliegenden Jeans Krebs erzeugen könne? Ob eine Nachbarin, die mich im Stadtpark mit einem Kinderwagen gesehen hatte, sich nicht geirrt haben müsse?

»Ich habe ein neues Kuchenrezept«, erzählte sie. »Früher rührte ich die Eier immer ganz unter den Teig, jetzt nehme ich nur noch die Dotter. Das Eiweiß schlage ich steif und gebe es erst im letzten Augenblick dazu. Dann wird der Kuchen viel lockerer, allerdings frage ich mich, ob es ihn nicht zu trocken macht.«

Widerwillig ließ ich mich von ihr in die Küche bugsieren.

»Probier du mal«, sagte sie. Dann machte sie die Tür hinter uns zu und flüsterte: »Hast du das gesehen? Er schreibt Briefe an die halbe Welt. Und er hat einen Stadtplan, in den er Kreuzchen einzeichnet!«

»Na und?« sagte ich, den Mund voll Kuchen. »Ich zeichne Enten in meine Philosophiebücher.«

»Mag sein«, erwiderte sie, »aber du bist noch keine sechzig. Das ist doch wohl ein bißchen alt für solchen Unfug. Er sucht Sachen, die er im Krieg vergraben hat. Zwei Koffer, am anderen Ende der Stadt. Ich versuche, es ihm auszureden, aber er kann an nichts anderes denken. Jeden Tag ist er Stunden unterwegs, und wenn er nach Hause kommt, setzt er sich hin und schreibt Briefe.« Sie stellte sich neben mich. »Was meinst du dazu?«

»Ist es nicht egal, was ich dazu meine? Wenn er unbedingt Tim und Struppi spielen will, ist das seine Sache.«

»Nein«, sagte sie, »zum Kuchen. Ist er nicht ein bißchen trocken?«

»Er schmeckt gut.«

»Genauso gut wie sonst?«

Ich nickte, aber sie schien nicht recht überzeugt.

»Aber er dürfte etwas weicher sein, nicht wahr? Mit den ganzen Eiern würde er vielleicht doch besser schmecken.«

»Jetzt, wo du's sagst«, antwortete ich, um es ihr recht zu machen.

Wer meine Mutter erlebte, wie sie sich über die

Eier in ihrem Kuchen aufregte, konnte sich kaum vorstellen, daß sie, als sie so alt war wie ich, wie ein Esel vor einen Karren mit Kartoffeln gespannt worden war, den sie durch die Straßen von Auschwitz hatte ziehen müssen. War ihr Interesse an solchen Banalitäten nicht die äußerste Verneinung jenes Geschehens? Schaut mich an, schien sie zu sagen, ich kann mir erlauben, über Trivialitäten zu reden, bei mir ist alles in Ordnung.

Als wir wieder ins Wohnzimmer kamen, hatte mein Vater sein Schreibzeug weggeräumt. Er erzählte mir die Geschichte von den Koffern. Wie er sie mitgenommen habe zu seinem ersten Versteck, wo er nur eine Nacht habe untertauchen können. Wie er dort erfahren habe, daß er am nächsten Morgen zu einer sichereren Unterkunft außerhalb der Stadt gebracht werden sollte. Der Weg dorthin war weit, und er sollte mit dem Rad fahren. Nicht nur, daß die Koffer für einen solchen Transport zu schwer waren, er wäre mit ihnen auch viel zu sehr aufgefallen. Darum habe er sie in besagtem Haus zurücklassen wollen. Sein Gastgeber jedoch sei nicht gerade versessen darauf gewesen, als Hüter der Besitztümer eines von der Gestapo Verfolgten engagiert zu werden. So sei es gekommen, daß er die Koffer in der Dunkelheit mit meinem Vater zusammen im Garten hinter dem Haus vergraben habe.

»Was war denn drin?« fragte ich.

Mein Vater freute sich sichtlich über diese Frage. »Vorwiegend Bücher«, erwiderte er, »aber ich weiß nicht mehr welche. Und meine alte Geige natürlich. Und außerdem ein antiker Kreisel in Form einer kleinen Tänzerin. Das Röckchen, das sie trägt, besteht aus lauter kleinen Eisenstäbchen, die klirren, wenn sie sich dreht. Und ein Fotoalbum ist auch dabei.«

Mir fiel auf, daß er im Präsens sprach, so, als könnten die verschwundenen Koffer jeden Moment wieder auftauchen. Aber wieso hatte er die Suche dann so lange aufgeschoben?

»Ich habe sie nicht aufgeschoben«, sagte er, »ich kam einfach nie auf den Gedanken. Nach dem Krieg mußte man vorwärts. Wer zurückblickte, erstarrte zur Salzsäule.«

Meine Mutter mischte sich ins Gespräch ein. »Das Viertel ist inzwischen völlig saniert«, sagte sie unerbittlich, »dort wurde ein riesiges fünfstöckiges Parkhaus gebaut. Aber dein Vater schreckt vor nichts zurück. Er ist bereit, die halbe Stadt eigenhändig abzutragen, um seine Koffer zu finden.«

Er ignorierte sie. »Ich habe«, erzählte er weiter, »dem Dezernat für Stadtplanung und dem Stadtarchiv geschrieben. Wenn ich einen detaillierten Stadtplan von damals und von heute bekommen kann, dann ist es eine Kleinigkeit, meine Koffer ausfindig zu machen.«

»Laß doch die Vergangenheit ruhen«, sagte meine Mutter, »die Bücher sind schon lange vermodert. Und in deiner Geige hausen die Maulwürfe.«

»Was verstehst denn du davon?« sagte mein Vater ärgerlich. »Es ist sehr wohl möglich, daß alles gut erhalten geblieben ist und daß ich nur zuzugreifen brauche. Es geht mir vor allem um die Fotos. Meine Eltern sind drauf. Und Selma.«

Fotos von meinem Großvater und meiner Großmutter besaßen wir nicht. Von meiner Tante Selma hatten wir zwar ein paar, aber die stammten aus den

Nachkriegsjahren, in denen sie als Klavierlehrerin an der Musikschule in Frankfurt arbeitete. Es waren Gruppenbilder, auf denen sie zart und scheu zwischen einer Horde Kollegen steht. Diese Fotos waren wie Suchbilder: wo ist Tante Selma? Als ich ein Kind war, konnte ich sie immer ganz schwer finden. Wahrscheinlich fiel ihr das selber auch schwer, denn eines Abends nahm sie sich mit einem Barbiturat, das sie in warmer Anismilch gelöst hatte, das Leben. Als das passierte, war ich gerade zwölf. Mein Vater reiste nach Frankfurt, um das Begräbnis zu regeln; meine Mutter blieb zu Hause und sagte kopfschüttelnd: »Anismilch! Wie kommt sie darauf?« Als ob meine Tante gegen den allgemein üblichen Brauch verstoßen hätte, Barbiturate in klarer Gemüsebrühe zu lösen, oder mit Puderzucker und Zimt zu servieren.

Bei der Erwähnung von Selmas Namen verfielen wir in trübsinniges Schweigen. Schließlich sagte meine Mutter sanft: »Was erhoffst du dir eigentlich von den Fotos? Ein Mensch ist, wer er ist, und nicht, wer er einmal war.«

Spätabends, als ich mich verabschiedet hatte und durch das ausgestorbene Viertel nach Hause ging, dachte ich an ihre Worte zurück. Sie hatte unrecht. Ein Mensch war sehr wohl, wer er einmal gewesen war. Ich blieb vor dem dunklen Schaufenster eines koscheren Speiselokals stehen. Früher war dort das Geschäft des buckligen Drogisten Teitelbaum gewesen, der für seinen Geiz bekannt war. Man erzählte sich, sein Buckel sei nicht aus Fleisch und Blut, sondern aus all dem Geld, das er im Lauf seines Lebens zusammengescharrt habe und von dem er sich keinen Augenblick trennen könne, so daß er es immer auf dem Rücken herumtrage. Als Kinder drückten wir im Sommer das klebrige Papier unserer Eistüten an sein Schaufenster. Dann kam er heraus und rannte, während er sich den Hut mit beiden Händen an den Kopf preßte, schimpfend hinter uns her. Einmal war er mir so dicht auf den Fersen, daß er mich bestimmt erwischt hätte, wenn nicht Sjroelik, der Lumpensammler, mich gerettet hätte. Der hob mich in die Höhe, setzte mich in seinen Handkarren und machte sich schnell mit mir aus dem Staub. Als ich mich umschaute, sah ich, wie Teitelbaum tobte und vor Wut spuckte. Speichelfäden glitzerten in seinem dünnen Bart. Sjroelik lachte. Meine Mutter hatte mir streng verboten, mit ihm mitzufahren. Sie sagte, daß er stinke wie ein Mäusenest. Und vielleicht stimmte das auch, aber wir liebten den alten Mann und umschwärmten ihn nach der Schule. Manchmal ließ er uns zu fünft auf seinen Karren klettern. Da saßen wir denn auf den Lumpen, während er wie eine krächzende Sirene »Kinder, schejne Kinder!« schrie, als ob er uns feilböte.

Eines Tages war Sjroelik tot. Eine Nachbarin sagte, er sei hundertzwanzig Jahre alt geworden, wie Moses. Nicht nur damals, auch heute noch war ich bereit, es zu glauben. Wie ich so vor dem verlassenen Speiselokal stand, vermißte ich Sjroelik schmerzlich. Auf einmal verstand ich sehr gut, warum mein Vater bis zum äußersten gehen wollte, um ein paar Koffer mit verschimmelten Erinnerungen wiederzufinden. Ich selbst würde keinen Augenblick zögern, den lange verstorbenen Sjroelik auszugraben, wenn es möglich wäre. Ich würde ihm aufhelfen, sein Totenhemd mit dem verschlissenen schwarzen Kittel vertauschen und ihm hier und da ein Erdklümpchen aus dem Bart schnipsen, um ihn noch einmal seinen Karren über das Kopfsteinpflaster schieben zu sehen. Dann müßte der Wind aber auch wie früher an rauhen Tagen seine schneeweißen Schläfenlocken hochblasen, als ob seinem Hut Flügel wüchsen.

Ich ging weiter und bog um die Ecke. Ein Mensch war nicht nur, wer, sondern auch mit wem und wo er gewesen war. Er war die Worte, die er gehört hatte, und die Stimmen, die sie ausgesprochen hatten, er war die Bilder, die er gesehen, die Gerüche, die er gerochen, und alle Hände, die ihn berührt hatten. Meine Mutter behauptete zwar, das Vergangene habe keine Bedeutung, warum aber war sie dann ununterbrochen damit beschäftigt, das zu beteuern? Sie mußte Auschwitz jeden Tag aufs neue unter Kuchenrezepten und Teevisiten begraben: die reinste umgekehrte Archäologie. Kein Wunder, daß sie gegen die Pläne meines Vaters war. Sie hatte Angst, er könnte beim Graben nach seinen Koffern ihr Pompeji freilegen.

Solange Frau Kalman nicht das Gegenteil zu erkennen gab, nahm ich an, sie sei mit meiner Arbeit zufrieden. Sie siezte mich weiterhin und redete mich mit »Fräulein« an. Jeden Versuch meinerseits, ein Gespräch anzuknüpfen, ignorierte sie höflich. Wollte sie lieber keine Details über meine Lebensweise erfahren, die in ihren Augen nicht anders als lasterhaft sein konnte? Oder hatte sie einfach zuviel zu tun? Während ich für die Zwillinge und Simcha sorgte, stand sie stundenlang in der Küche.

Dennoch fand sie Zeit zum Lernen und zum Beten. Wenn ich mit den Kindern vom Nachmittagsspaziergang zurückkam, traf ich sie oft im Gebet an. Auf dem Küchentisch lag dann zwischen Stößen zusammengelegter Wäsche aufgeschlagen das *Korban Mincha*, das Gebetbuch für Frauen, in dem sie mit lauter Stimme las. Wenn sie uns hereinkommen hörte, stockte ihr melodisches Hebräisch. Sie sprach ihr Gebet zu Ende und klappte das Buch zu. Bevor sie es wegräumte, preßte sie die Lippen leidenschaftlich auf den abgegriffenen Umschlag. Dann band sie sich die Schürze um und nahm ihre Arbeit wieder auf.

Aufgrund ihrer Aufgaben im Haus sind jüdische Frauen von den Gebetsverpflichtungen der Männer dispensiert. Wie sollten sie sich auch dreimal täglich zum Gebet zurückziehen? Die Kinder würden sich quengelnd an ihre Röcke hängen, der Brei würde überkochen und das Haus verkommen. Doch eine Tochter Israels hat es nicht leicht. Von klein auf muß sie mit den untadeligen Stammüttern aus der Heiligen Schrift konkurrieren. Es gibt ein umfangreiches Schrifttum mit Verhaltensregeln für jüdische Frauen. Darin wird die Demut besonders hervorgehoben. So ist zum Beispiel nicht von »Eifer« die Rede, sondern von »stillem Eifer«, nicht von »Liebe«, sondern von »verhaltener Liebe«. Worte wie »keusch« und »sittsam« geben den Ton an. Schreien oder mit den Türen schlagen ist nicht vorgesehen.

Die meisten dieser Bücher verweisen auf das letzte Kapitel der Sprüche: *Das Lob der tüchtigen Frau*. Diese Verse, die eher einer Ermahnung als einem Lobgesang ähneln, bestehen aus einer Aufzählung von Tugenden, wie sie eine rechtschaffene Hausfrau nach den biblischen Mores zu besitzen hat. Nachts erlischt ihre Lampe nicht. Sie tut ihrem Mann Gutes und kein Leid ihr Leben lang. Sie ist erfüllt von ehrfürchtigem Schauder vor dem Allmächtigen. Und als ob das noch nicht genug sei, muß sie überdies treu und verständig, tüchtig und fleißig sein. Wenn ihr das gelingt, so geloben die Sprüche, dann wird ihr Name bis zu den Toren der Stadt gerühmt werden.

Obwohl Frau Kalman sich gewissenhaft an die Regeln hielt, war sie alles andere als unterwürfig. Mit Autorität und Selbstvertrauen tat sie, was von ihr erwartet wurde. Die ärmliche Wohnung war ein Bollwerk, das sie ganz allein gegen die böse Außenwelt verteidigte. Auf ihren Schultern ruhte die schwere Aufgabe, die Kinder in der chassidischen Tradition zu erziehen und an den jüdischen Speisevorschriften festzuhalten. Ich empfand einen gewissen Respekt, nicht so sehr vor der umständlichen Art und Weise, wie sie diese Vorschriften strikt befolgte, als vielmehr davor, daß sie dabei keinen Augenblick in die Versuchung zu geraten schien, am Sinn eines koscheren Haushalts zu zweifeln. Ich verstand, daß selbst die geringste Handlung, die sie ganz selbstverständlich hinter ihrem Herd verrichtete, für das Judentum von größerer Bedeutung war als die gewichtigsten Aussprüche irgendeines Oberrabbiners. Was würde aus der Tradition, wenn nicht ein Heer von Hausfrauen wie Frau Kalman rührend, quirlend, backend und bratend das Gesetz zur Praxis erhöbe? Das kräftigste Fundament der jüdischen Orthodoxie bestand offenbar aus Hühnerbrühe mit Kreplach, gefillte Fisch, Borschtsch, Bulbenik und so viel Kugel, daß keiner nach dem Essen mehr auf Sünde sann, ganz einfach, weil keiner mehr vom Stuhl aufstehen konnte.

Wenn Frau Kalman nicht kochte, dann bügelte oder nähte sie. Sie saß hinter einer hochbetagten Singer-Tretmaschine und fertigte für ihren Mann und ihre Söhne Oberhemden an, die, gemäß dem Brauch der chassidischen Gemeinschaft, der die Familie angehörte, nicht mit Knöpfen, sondern mit Bändern verschlossen wurden. Auf den Kragen stickte sie weiß auf weiß zarte hebräische Motive. Außerdem mußte sie viel Wäsche flicken, denn die Kalmans waren nicht reich. Mein Lohn war dementsprechend mager. Er wurde mir freitags kurz vor Beginn des Sabbat vom Hausherrn ausbezahlt.

Über den Beruf von Herrn Kalman tappte ich im dunkeln. Aus den spärlichen Bemerkungen seiner Frau schloß ich, daß er Handel trieb, aber ich hatte nicht die blasseste Ahnung womit. Mit Schokolade? Das schien naheliegend, da er mir jeden Freitag zusammen mit meinem Lohn zwei große Tafeln Schweizer Schokolade schenkte und weil er regelmäßig nach

Bern reiste. Aber genauso plausibel war, daß er dort Emmentaler, Armbanduhren oder Aspirin einkaufte.

Herr Kalman war nicht groß, obwohl er mit seiner untersetzten Statur im schwarzen Kaftan einen wuchtigen Eindruck machte. Sein kantiges Gesicht wurde durch hellbraune Schläfenlocken und einen Krausbart halbwegs abgerundet. Seine Stimme klang wie ein Reibeisen, doch er sprach mich niemals an. Schweigend ging er im Haus an mir vorüber, und schweigend legte er mir den Wochenlohn auf den Tisch. Ich wußte, daß seine orthodoxe Lebensart ihm verbot, mit einer anderen Frau als seiner Ehegattin in Berührung zu kommen, und daß er mir das Geld also unmöglich in die Hand drücken konnte. Aber nirgendwo stand in den Heiligen Büchern geschrieben, er dürfe nicht mit mir reden. Daher deutete ich sein betontes Schweigen als Zeichen der Geringschätzung.

Mit seinen Kindern redete er schon, obgleich er auch dann nicht verschwenderisch mit Worten war. Meist rief er sie mit gemessenen Befehlen zur Ordnung, denn in seinen Augen machten sie viel falsch. Einmal, als ich Simcha gerade die nassen Kleider ausgezogen hatte und ihm in eine saubere Hose helfen wollte, wurden wir von Vater Kalmans heiserem Jiddisch aufgeschreckt. Drohend zeigte er auf das hochgehobene linke Bein seines jüngsten Sohnes und rief: »Wie oft muß ich es noch wiederholen? Erst das rechte Bein, das rechte!« Was fehlte dem linken Bein bloß? Er sah es an, als sei es vom Aussatz befallen. »Es ist meine Schuld«, sagte ich nervös, »ich habe Simcha das falsche Hosenbein hingehalten.« Eisig wartete er, bis das Kind, das an meinem Arm mühsam das Gleichgewicht hielt, sich auf das andere Bein gestellt hatte. Mich würdigte er keines Blickes. Ich war zu unbedarft, um zu begreifen, wie sehr der Allmächtige darauf achtet, mit welchem Bein Seine Geschöpfe in welches Hosenbein steigen. Oder war ich dazu zu leichtsinnig?

»Weißt du, was mein Vater sagt?« fragte Avrom ein paar Tage später. Seine schwarzen Augen schauten mich durchdringend und spöttisch an. Um seinen Mund spielte ein boshaftes Lächeln. »Mein Vater sagt, daß du eine schlechte Frau bist!« Ich tat mein Möglichstes, gleichgültig zu erscheinen, doch mit dem sicheren Instinkt, der Kindern eigen ist, erkannte er in mir die Schwächere: »Er sagt, du bist noch schlimmer als Gomer.« Händeklatschend fing er an zu rufen: »Gomer, Gomer, Gomer!« Dov machte es ihm zögernd nach. Ich floh auf den Gang hinaus, aber sie kamen johlend und mit den Füßen trampelnd hinter mir her, bis Frau Kalman in der Küchentür erschien.

Nach der Arbeit kam ich bei Berkowitz vorbei und entdeckte dort Herrn Apfelschnitt hinterm Fenster. Ich ging hinein. Er saß allein an einem Tisch, vor sich ein leeres Schachbrett, und fing sofort zu klagen an. »Stell dir das vor, ich habe zwei Partien gespielt und beide verloren! Und gegen wen? Gegen Itzik Finkel, es ist nicht zu glauben. Der Mann ist so ungeschickt! Wenn er auf den Rücken fällt, bricht er sich die Nase. Aber mich besiegt er im Schach! Im Handumdrehen schlug er meine Springer. Die reinste Tierquälerei!«

»Er wird schon mehr als nur Ihre Springer geschlagen haben.« Ich sagte, ich hätte keine Zeit, mich zu ihm zu setzen. Ich wolle nur von ihm erfahren, wer oder was Gomer sei.

»Gomer? Meinst du den Sohn von Japhet?«

»Ich glaube nicht. Hat es keine Frau gegeben, die Gomer hieß?«

»Doch, die Frau des Propheten Hosea, eine Tempelprostituierte, die an heidnischen Fruchtbarkeitsriten zu Ehren Baals teilnahm. Eines Tages hatte Hosea es satt und jagte sie aus dem Haus. Es ist eine Parabel. Gomer dient als Modell für alle Kinder Israels, die sich der Abgötterei und der Unzucht schuldig machen: Verräter, die Gott verstoßen wird, wie ein Mann seine ehebrecherische Frau verstößt. Das ist die Moral des Buches Hosea. Aber warum interessierst du dich für Gomer?«

Ich zuckte mit den Achseln.

»Das kommt davon«, sagte er, »du willst Philosophin werden, und ehe du dich's versiehst, bist du eine diplomierte Essiggurke. So sauer, wie du in letzter Zeit dreinschaust, habe ich dich noch nie gesehen. Oder liegt es etwa an den Kränzen, die du machst?«

Er schlug auf einen der Knöpfe der Schachuhr. »Wenn du mich fragst, so wird es höchste Zeit, daß du mal mit einem netten Jungen tanzen gehst.«

»Im Gegenteil«, erwiderte ich entschlossen, »es wird Zeit, daß ich die Bibel lese.«

Trübsinnig ging ich nach Hause. Daß Herr Kalman mich nicht ausstehen konnte, hatte ich schon lange geahnt. Für Juden wie ihn, die sich peinlich genau an die 613 Gesetze und Vorschriften halten, mit denen sie seit Moses' Zeiten erblich belastet sind, gab es nur Freude in Gott. Außerhalb herrschte eine noch ödere Leere als das Chaos, das der Schöpfung vorausgegangen war. Ich begriff, daß ich in Vater Kalmans Augen diese Leere verkörperte und daß er glaubte, seine Kinder davor in Schutz nehmen zu müssen. Das war sein gutes Recht. Selbst die Tatsache, daß er mich mit der ersten besten alttestamentarischen Schlampe verglich, machte mir kaum etwas aus. Sollte er doch Avrom und Dov und der ganzen Welt erzählen, daß ich eine Hure war. Von mir aus sollte er es in der Zeitung drucken lassen. Aber bei dem Gedanken, daß er mir in Simchas Gegenwart auch nur das Geringste nachsagen könnte, traten mir die Tränen in die Augen.

Zum Glück hatte ich mit Herrn Kalman, Avrom und Dov wenig zu tun, da sie ja den größten Teil des Nachmittags abwesend waren. Aber für den Ärger, auf den ich notgedrungen verzichten mußte, wurde ich vom Hausmeister reichlich entschädigt.

Er hatte seinen Posten im Erdgeschoß, wo er über zwei Zimmer verfügte. Der Rest des Parterres wurde von der Diele, dem Gang, dem Heizungsraum und einem Abstellraum für Staubsauger, Bohnermaschine und Putzmittel eingenommen. Es gab auch eine Pförtnerloge aus Glas, ein Überbleibsel aus besseren Zeiten. In dieser Loge hielt sich der Hausmeister allerdings fast nie auf. Bald machte er sich mit einem Besen im Gang zu schaffen, bald versperrte er mit einem großen Werkzeugkasten die Treppe. Aus den verborgensten Ecken tauchte er in seinem grauen Arbeitskittel auf und schoß eilig an mir vorüber, als warte eine lebenswichtige Aufgabe auf ihn, die keinen Aufschub dulde. Wenn er sich schon mal hinsetzte, um auszuruhen, dann auf einen alten Küchenstuhl in der Diele, in der Nähe der Tür.

In seinem Mundwinkel tanzte immer eine Zigarettenkippe, die ich selten brennen sah. An seinem Kittel klirrte ein gewaltiger Schlüsselbund, mit dem er Türen öffnete und abschloß. Und wie sein Schatten folgte ihm unweigerlich sein Hund. Es war ein kniehohes, formloses Scheusal mit einem dösigen Blick, das den Namen Attila nicht trug, es schien vielmehr von ihm erdrückt zu werden. Sein Herrchen ließ lange Monologe auf ihn los, von denen ich Bruchstücke aufschnappte, wenn ich den Kinderwagen in der Diele fertig machte. Während er sich seufzend die Beine rieb, sagte er beispielsweise:

»Du hast es gut, Attila, du hast gesunde Beine, aber meine taugen nichts. Das Blut strömt mir in die Füße, der Doktor hat es selbst gesagt. Hören Sie, sagt er, das Blut strömt Ihnen in die Füße, Sie müssen es etwas langsamer angehen lassen. Der hat gut reden! So ein Doktor sitzt auf seinem Hintern. Der braucht noch nicht mal seine Zunge rauszustrecken, das läßt er andere tun. Er braucht sie sich nur anzuschauen und ab und zu ein Rezept für die Apotheke zu schreiben. Und dafür kriegt er dick bezahlt! Doch ich schufte von morgens bis abends, laufe treppauf, treppab für ein lächerliches Butterbrot.«

Attila hörte mit hängendem Kopf in dumpfer Ergebenheit zu, wie einer, der weiß, daß Widerspruch zwecklos ist.

»Sieh dir das an!« sagte der Hausmeister, während er zum x-tenmal seine Kippe ansteckte. »Heutzutage sind Streichhölzer ja wie Raketen! Die Köpfe sausen einem um die Ohren! Dieses Land geht den Bach runter, Attila. Das kannst du mir ruhig glauben. Die Fabriken quellen über von Algeriern und Marokkanern. Wie sollen diese Kameltreiber auch gute Streichhölzer herstellen? Die haben zu Hause noch nie eins gesehen, die nehmen da unten noch Feuersteine!«

Der Hund wurde im wahrsten Sinne des Wortes niedergeredet: Sein dicker Leib sank auf den verwitterten Marmorfußboden, bis er, allmählich unter dem Wortschwall des Mannes völlig begraben, einnickte.

»Die Leute wissen nicht mehr, was arbeiten heißt. Das war früher anders. Heutzutage haben sie auch samstags frei und alle naselang Urlaub. Und was tun sie zwischendurch? Das werd ich dir sagen, Attila. Zwischendurch streiken sie! Das kommt alles durch die Sozialisten. Keiner reißt sich mehr ein Bein aus. Betbrüder und Schlappschwänze sind das. Das einzige, was sie können, ist jammern. Es wird ausgiebig gejammert, Attila. Am Jammern geht dieses Land noch zugrunde.«

Ich hatte Mitleid mit dem Hausmeister. Er hatte eine gründliche Abneigung gegen seine Arbeit und gegen sich selbst. Aber wer kann sich schon tagein tagaus vor sich selbst ekeln? Das halten nur Verrückte und Heilige aus. Der Hausmeister, der weder verrückt noch heilig war, hatte entdeckt, daß es viel einfacher war, seinen Ekel für andere aufzusparen. Außerdem stieg er auf diese Weise in seiner eigenen Achtung. Er stieg sogar so hoch, daß er mit »Herr Haushüter« angeredet zu werden wünschte. Dieser Titel stand ihm nicht schlecht, denn das Hüten des Hauses war das einzige Ziel, das er verfolgte. Daß das Haus Bewohner hatte, war eine unangenehme Nebenerscheinung, um so mehr als es sich um so minderwertige Wesen wie Juden handelte. Ach, wenn er nur Wärter eines leerstehenden Gebäudes am Ende der Welt hätte sein können! Aber in solchen Gebäuden sind Hausmeister überflüssig. Ihm ging eben immer alles schief. Grollend, mit den Schlüsseln rasselnd, bewegte er sich durch das dämmrige Treppenhaus, Gefängniswärter und Gefangener zugleich.

Anfangs grüßte ich ihn noch, doch als Antwort zog er einen Lappen aus einer seiner Taschen und begann damit heftig über die stählernen Briefkästen zu reiben, während er murmelte: »Schon wieder ein Kratzer, Attila. Der war gestern noch nicht da. Die Kratzer fallen hier vom Himmel!« Er regte sich über Fingerabdrücke auf dem Treppengeländer auf und über Sand auf der Türmatte. Die Bewohner waren sogar schuld an den Rissen im Putz. Es gab wenig, woran er sich nicht störte, aber am meisten kränkte ihn wohl der Kinderwagen, den ich jeden Tag mehrmals in der Diele abstellte, um die Zwillinge herunterzutragen oder hinaufzubringen. Das tat ich mit klopfendem Herzen und in der brennenden Hoffnung, er möge sich nicht blicken lassen. Aber immer kam er plötzlich aus irgendeiner Ecke zum Vorschein. Seine unablässigen Beleidigungen vergifteten meine Arbeit bei den Kalmans nach und nach, sie waren wie Frost, der durch einen kleinen Spalt eindringt und auf die Dauer einen ganzen Raum mit eisiger Kälte erfüllen kann.

Einmal stand er mit dem Rücken zu mir im Gang. Als er meine Schritte hörte, machte er sich so breit, daß ich nicht an ihm vorbei konnte. »Dieses Haus«, sagte er mißbilligend, »wird bald einstürzen! Diese Scheißjuden machen einen Sauladen daraus, Attila! Wozu soll ich mich noch schinden? Sie werden schon wissen, warum sie so gern in einem Stall wohnen wollen.«

Mit tiefer Stimme brummte ich: »Es ist eine bekannte Tatsache, daß Juden gern in Ställen wohnen, das Christkind ist damit als Scheißjude weltberühmt geworden.«

Wütend drehte er sich um. »Willste was?«

»I bewahre. Wahrscheinlich war es Ihr Hund.« Ich

zeigte auf ihn. »Ein Tier will auch mal zu Wort kommen.«

Von diesem Augenblick an stand der Hausmeister mit mir auf Kriegsfuß.

Eines Mittags, als ich den Sportwagen über einen Zebrastreifen schob, löste sich der Aufsatz vom Untergestell und fiel mitsamt Tzivja und Esja aufs Pflaster. Zu meiner Erleichterung kreischten die beiden Mädchen sofort ohrenbetäubend los. Sie waren unverletzt. Es entstand ein Verkehrsstau. Wartende Autofahrer hupten ungeduldig. Die Fußgängerampel sprang mehrmals von Grün auf Rot, während ich mich mit dem Aufsatz abmühte, der mir in leerem Zustand nie Schwierigkeiten bereitet hatte, jetzt aber durch das zusätzliche Gewicht zweier Säuglinge schwer zu handhaben war.

Als ich später am Ufer des Parkteichs saß und Simcha das Schnattern der Enten nachahmte, zermarterte ich mir das Hirn. Hatte ich vor unserem Aufbruch etwa vergessen, den Aufsatz mit den am Untergestell angebrachten Eisenklammern zu befestigen? Ich war vom Gegenteil überzeugt. Aber wenn ich den Aufsatz festgemacht hatte, wie konnte er sich dann um Himmels willen lösen? Hatte ich es hier mit böser Absicht zu tun? Dafür kam nur der Hausmeister in Frage. Ich wußte, daß er Juden nicht ausstehen konnte, aber konnte er so gewissenlos sein, am Kinderwagen herumzupfuschen? Diesen Gedanken verwarf ich sofort, das war Wahnsinn. Erst Stunden später, als wir zurückkehrten, regte sich mein Argwohn wieder. Kaum hatte ich die Tür geöffnet, da kam der Hausmeister auch schon hervorgeschossen. Er hielt einen

Schrubber in den Händen, mit dem er wie ein japanischer Schwertkämpfer drohend Scheinmanöver ausführte.

»Ihr könnt nicht durch!« schnauzte er mich an. »Es ist naß hier. Ihr müßt draußen warten.«

»Lassen Sie uns doch bitte vorbei«, sagte ich so freundlich wie möglich, »die Kinder sind müde.«

Er ließ den Schrubber wie einen Schlagbaum vorm Eingang herunter und drehte sich halb um.

»Hörst du das, Attila?« rief er spöttisch aus. »Sie sind müde! Den ganzen Nachmittag haben sie im Park auf einer Bank gesessen, und das hat sie todmüde gemacht. Und jetzt wollen sie mit ihren dreckigen Füßen durch meinen aufgewischten Flur! Diese Scheißjuden! Wenn's nach ihnen ginge, würde die ganze Stadt nach ihrer Pfeife tanzen!«

Er knallte mir die Tür vor der Nase zu.

Da standen wir, während auf der Straße der abendliche Berufsverkehr einsetzte. Zu nieseln hatte es inzwischen auch angefangen.

»Weißt du was?« sagte ich locker zu Simcha. »Wir lassen den Kinderwagen auf der Straße stehen. Dann braucht der Herr auch nicht mehr böse auf uns werden. Wenn du einen Augenblick bei Tzivja bleibst, bringe ich Esja schon mal nach oben.« Esja auf dem Arm versuchte ich, die Tür zu öffnen, aber sie war mit dem Nachtschloß versperrt. Ich unterdrückte einen Fluch und schellte bei den Kalmans. Niemand machte auf. Schließlich legte ich Esja zu ihrer Schwester und schob den Wagen vor mir her. Simcha trottete kleinlaut neben mir. Irgendwann öffnete er seinen Mund, um, wie ich zuerst befürchtete, in Schluchzen auszubrechen. Aber das war nicht der Fall. Ernst sagte er:

»Quak.« Und dann, mit einem breiten Lächeln: »Quak quak quak.« Ich drückte seine Hand fester. Vor dem Haus spazierten wir hin und her. Zuerst unternahm ich noch Versuche, die Tür zu öffnen, doch das ließ ich bald sein. Er sollte nicht merken, daß wir der Willkür des Hausmeisters ausgeliefert waren.

Endlich erschien Frau Kalman in der Tür. »Was ist los?« fragte sie, »es geht schon auf sechs zu.«

Ich erklärte ihr, daß der Hausmeister uns ausgeschlossen hatte.

»Ach«, sagte sie, »um den Mann brauchen Sie sich gar nicht zu kümmern.«

»Doch, das muß ich«, erwiderte ich, »zumindest solange ich die Kunst nicht beherrsche, durchs Schlüsselloch zu kriechen.«

Wir schritten beherzt durch den Flur, Frau Kalman und Simcha vorneweg, ich mit dem Kinderwagen hinterher. Der Hausmeister war nirgends zu sehen. Doch als wir beim Aufzug angekommen waren, steckte er seinen mageren Kopf aus der Pförtnerloge und schrie: »Judenschweine!«

Mit meinem Studium ging es bergab. Ich mußte mich auf die Prüfungen vorbereiten, konnte mich aber nicht in die Lehrsätze von Sokrates oder Plato vertiefen. Der Text flimmerte mir vor den Augen. Aus dem Weiß zwischen den Zeilen glänzte mir Simchas Gesicht entgegen.

Weil ich mehr über die Weh, in der er lebte und von der ich so nachdrücklich ausgeschlossen war, wissen wollte, studierte ich abends das mosaische Gesetz. Ich las Teile der Mischna, der Gemara und verschiedene Gebetbücher. Bis in den frühen Morgen hinein saß ich über den Psalmen. Ich stürzte mich auf die Schriften der Propheten, als seien es Zeitungsglossen.

Und das alles tat ich aus einer unerklärlichen Leidenschaft für einen mageren Knirps, der noch in die Hosen machte. Seinetwegen kaufte ich mir chassidische Musik, seinetwegen tanzte ich nach ihrem mitreißenden Rhythmus durch mein Zimmer, und seinetwegen tat ich das mit so viel Hingabe, daß ich mich an Tisch, Schrank und Stühlen stieß.

Natürlich holte ich mir auch Bücher über den Baal Schem Tow ins Haus, den Gründer der chassidischen Bewegung in der ersten Hälfte des achtzehnten Jahrhunderts, der seinen Anhängern zufolge mancherlei Wunder vollbracht hat. Als ich mich in bescheidenem Maße in die Schriften des großen Meisters selbst zu vertiefen begann, wurde mir bald klar, daß Herr Kalman es mit den chassidischen Prinzipien nicht so genau nahm.

»Sprich nicht in deinem Herzen, du seist größer als dein Gefährte«, warnt der Baal Schem Tow, »weil du Gott mit Inbrunst dienst. Du bist nicht anders als alle Geschöpfe, die zum Dienst Gottes geschaffen wurden. Und womit wärst du angesehener als ein Wurm? Dient er doch dem Schöpfer mit seiner ganzen Einsicht und Kraft!« War ich in den Augen von Herrn Kalman etwa geringer als ein Wurm? Aber was war ich dann? Ein Pantoffeltier? Ein Pilz?

Es gab wohl nur zwei Möglichkeiten: Entweder Herr Kalman schlug die Lehren des Baal Schem Tow in den Wind. Dann war er ein schlechter Chassid. Oder er vertraute seine Kinder einer Kreatur an, die sich nicht einmal mit einem Wurm messen konnte. In diesem Fall war er ein schlechter Vater.

Eine Geschichte des Baal Schem Tow traf mich besonders. Sie handelt von einem mächtigen König, der einen großen, aus einem Labyrinth von Gemächern bestehenden Palast bauen läßt. Dieser Palast ist von unzähligen Mauern umringt und hat nur ein einziges Tor, hinter dem sich viele Türen öffnen. Der König befindet sich im innersten der Gemächer. Als der Bau des Palastes vollendet ist, werden alle wichtigen Männer des Landes eingeladen, den König zu besuchen. Doch als sie zum Palast kommen, finden sie das Tor verriegelt. So weit das Auge reicht, sehen sie nur Mauern. Wie sollen sie jemals hineingelangen? So stehen sie lange vor dem verschlossenen Tor, bis der Sohn des Königs erscheint. Er sagt: »Seht ihr denn nicht, daß dieser ganze Palast Einbildung ist? Es gibt hier keine Mauern, es gibt hier weder Tor noch Tür. Die Leere erstreckt sich grenzenlos nach allen Seiten. Mein Vater, der König, steht vor euch.«

Ich begriff, daß mit diesem König niemand anders als Gott gemeint war, doch ich fand die Allegorie auch lehrsam für Gottlose wie mich. Denn warum konnten die Besucher in der Geschichte ihr Ziel nicht erreichen? Der Weg wurde ihnen von Hindernissen versperrt, deren Existenz sie sich so lebhaft vorgestellt hatten, daß die Mauern und das verriegelte Tor ihnen wie wirklich vorkamen. In der Geschichte der Wissenschaft wimmelt es von solchen Beispielen. Immer wieder hatte sich herausgestellt, daß eine neue Deutung der Tatsachen erst möglich wurde, nachdem imaginäre Mauern und erstarrte Traditionen niedergerissen worden waren. Der König stand in seiner ganzen Majestät vor uns. Doch es hatte Tausende von Jahren gedauert, bis wir in eines der äußersten Gemächer gelangt waren. An der Hand von Kepler, Descartes, Newton und anderen waren wir bis zur nächsten Tür vorgedrungen, aber den König bekamen wir noch lange nicht zu sehen.

Im Blumenladen überdachte ich jeden Morgen, was ich am Abend zuvor gelesen hatte. Es gelang mir nicht, in der jüdischen Religion mehr zu entdecken als das Vehikel, in dem die Kinder Israels zwar nicht ungeschoren, doch immer voller hoher Erwartungen durch die Weltgeschichte gelotst worden waren, *a streetcar named Desire,* Moses am Steuer und die Thora auf dem Rücksitz.

Gott selbst blieb genauso rätselhaft, wie ich ihn immer schon gefunden hatte. Er hatte nichts mit den Menschen gemein. Der Thora nach war er weder geboren noch würde er je sterben. Wie konnte ein Gott, der nie erkältet war oder Bauchschmerzen hatte, etwas von den menschlichen Gebrechen begreifen?

Und, was noch wichtiger war, wie konnte er unsere Ängste kennen, unsere Leidenschaften, unsere Hoffnung und unsere Verzweiflung? Er handelte nach einem Plan, der weit über unseren Verstand ging. Sein Name war so heilig, daß man ihn nicht aussprechen durfte, und es war verboten, sich ein Bildnis von ihm zu machen. Fotos von Gott waren nicht im Umlauf. In dieser Beziehung glich er dem Ungeheuer von Loch Ness, das mehrmals von benebelten Schotten, nie aber von einer Kamera wahrgenommen worden war: Man mußte daran glauben, wollte man es sehen. Natürlich, ich konnte seine Gesetze studieren. Die aber waren vor Tausenden von Jahren von jüdischen Mystikern, die mir fremder waren als die Bataver oder die Kaninephaten, in aramäischer Kurzschrift aufgezeichnet worden.

Als ich die Tür des Blumenladens hinter mir zuzog, sah ich meinen Vater vorbeigehen. Ich rannte ihm nach und holte ihn an der Ecke ein.

»Was tust denn du hier?« pustete ich.

»Hoffen, daß ich von wild gewordenen Mädchen mit einem Blumentopf im Arm angesprochen werde«, sagte er und zeigte auf die gelbe Primel, die ich an die Brust drückte.

»Von meinem Chef bekommen«, erklärte ich, »weil ich einen Rekord aufgestellt habe: fünf Kränze an einem Vormittag.«

»So viele?« fragte er.

»Ja, das Sterben ist enorm im Schwange. Du weißt nicht, was du verpaßt. Ein Trauerband mit der Aufschrift *Ruhe Seele, dich erwartet ein schöneres Ziel,* wär das nicht was für dich?«

Gemeinsam durchkreuzten wir den südlichen Stadtteil in Richtung Schelde. Ich fragte mich, was mein Vater in der Nähe des Blumenladens zu suchen hatte. Lagen da irgendwo die verschwundenen Koffer vergraben? Derweil hängte ich mich bei ihm ein und erzählte ihm von meiner Arbeit bei den Kalmans, ihren strengen Lebensregeln, meiner Schwäche für Simcha und Simchas Schwäche für die Enten.

Als ich ausgeredet hatte, sagte er: »Es ist ein schlimmes Zeichen, daß ausgerechnet die Chassidim als charakteristisch für das Judentum angesehen werden, nicht nur von vielen Gojim, die sich darüber freuen, daß sie auf der Straße wie eh und je mit dem Finger auf einen Juden zeigen können, sondern auch von Juden selbst, aus einer Art romantischer Sehnsucht heraus. Wonach sehnen sie sich verdammt noch mal? Nach dem Mittelalter?«

Entrüstet sprang ich für Simcha Kalman in die Bresche.

»Du kannst nicht leugnen, daß die Chassidim, indem sie an den alten Traditionen festhalten, das Judentum vor dem Untergang gerettet haben«, sagte ich.

Mein Vater lachte.

»An den alten Traditionen? Im Gegenteil! Zur Zeit der Griechen benahmen sich die Juden wie Griechen, im arabischen Reich wie Mohammedaner, im Italien der Renaissance wie Italiener und in den Niederlanden wie Niederländer. Ihre Synagogen im maurischen Spanien sind nicht von Moscheen zu unterscheiden, und die im lutherischen Deutschland waren genauso schlicht wie die protestantischen Kirchen. Durch die Jahrhunderte hindurch haben Juden ihre

Umgebung beeinflußt und ließen sich ihrerseits von ihr inspirieren und verwandeln, von Philo von Alexandrien bis Einstein, von Maimonides bis Freud. Gerade der Assimilation und der Kommunikation hat das Judentum sein Überleben zu verdanken. Mit ihren Schläfenlocken, ihren Kaftanen und ihren rückständigen Ideen sind die Chassidim nichts weiter als eine Karikatur ihrer selbst. Der Chassidismus ist aus den europäischen Ghettos, aus jahrhundertelanger Unfreiheit und Erniedrigung hervorgegangen. Die Chassidim laufen immer noch in der Gefängniskleidung von damals herum. Wozu? Ich trage meinen Sträflingsanzug aus Mauthausen doch auch nicht mehr? Kein Jude, der bei Verstand ist, würde sich heutzutage noch einen Davidstern an die Brust heften!«

»Übertreibst du nicht ein bißchen?«

»Schön wär's! Die Ghettomauern sind niedergerissen, aber deine heiligen Chassidim errichten sie jedesmal von neuem. Glaub bloß nicht, daß du den kleinen Jungen, mit dem du durch den Park spazieren gehst, auch nur einen Deut ändern kannst. Es ist ziemlich unvernünftig, es auch nur zu versuchen. Soll man ein angebundenes Fohlen die Weide riechen lassen? Wem erweist du damit einen Dienst? Dem Fohlen bestimmt nicht.«

Unter diesen Gesprächen hatten wir den Kai erreicht, auf dem sich Baumwollballen haushoch türmten. Der Wind zog an dem bleichen Flaum, der hier und da aus der Verpackung lugte. Wir gingen an den Fluß und blickten über das Wasser. Möwen schwebten wie weiße Fallschirme herab und tauchten nach Abfall in den Wellen.

Schweigend stiegen wir die Treppe zur Terrasse hinauf. Ein Mann spielte *La vie en rose* auf einem Leierkasten. Auf seiner Schulter saß angekettet ein kümmerliches Äffchen. Mein Vater warf ein paar Münzen in den Behälter zu seinen Füßen.

In einem Lokal mit Blick aufs Wasser bestellte er warme Schokolade für mich und für sich einen Kaffee, den er kalt werden ließ.

»Vor meiner Grundschule in Berlin spielte auch immer ein Leierkastenmann«, erzählte er. »Jeden Tag wurde er vom Rektor weggejagt, aber er machte jedesmal wieder kehrt. Wir hatten ihn bestochen, weißt du? Er sollte den Unterricht sabotieren. Wir bezahlten ihn reihum vom wochenlang gesparten Taschengeld. Was konnte dieser Mann auf seinem kleinen Leierkasten für einen entsetzlichen Lärm machen!«

Ich lachte, doch er ließ den Kopf hängen.

»Ich weiß nicht, was mit mir los ist«, sagte er leise, »ich fühle mich so betrogen.« Er seufzte tief. »Vielleicht werde ich einfach alt.«

Ich schaute ihn an. Unter seinem rechten Auge, da wo ihn als Kind der Pfeil eines Spielkameraden getroffen hatte, befand sich ein blaues Dreieck aus wildem Fleisch. Unter dem linken Auge verlief diagonal zum Nasenflügel der Striemen des Peitschenhiebs, mit dem ihn ein SS-Mann Jahre später zur Ordnung gerufen hatte. Doch die meisten Narben, das wußte ich, waren in der Nachkriegszeit durch die Waffengewalt von Chirurgen entstanden und befanden sich auf seinem Oberkörper, der dadurch etwas von einer Landkarte hatte. Mit ein wenig Phantasie könnte man Stalingrad oder Babi Jar oder sonst einen unheiligen Ort darauf entdecken. Auf sein Zwerchfell zeigend, könnte man ausrufen: Hier rückten Hitlers Truppen in Polen ein! Jede Achsel war ein Massengrab. Über seinen Rücken liefen einsame Bahnlinien, die einander nirgends kreuzten, auf makabre Endstationen zu.

»Was ist?« fragte er.

»Nichts, ich schaue dich nur an.«

Ich wendete meinen Blick nach draußen, wo gerade ein Frachtkahn vorüberfuhr. Wenn der Mann am Steuer mein Vater wäre, dann wäre ich aufgewachsen mit dem Geräusch des Motors, dem Geruch von Brackwasser und Teer, und mit mehr Wind in den Haaren, als einem Stadtkind vergönnt ist. Nicht die Namen der Konzentrationslager würde ich kennen, sondern die der Häfen. Der Zweite Weltkrieg wäre weiter entfernt als der Horizont. Bei diesem Gedanken mußte ich vor Langeweile gähnen.

»Schläfst du eigentlich genug?« fragte mein Vater. »Und ißt du anständig? Deine Mutter macht sich Sorgen.«

»Wenn sie sich über mich keine Sorgen macht, findet sie schon etwas anderes, woran sie herumnörgeln kann. Ich befriedige nur ein Bedürfnis.« Schon während ich es sagte, bereute ich es.

»Wenn du wüßtest«, entgegnete er heftig, »wie gern ich meine Mutter noch ein einziges Mal sagen hörte: Wasch dir die Hände, knöpf den Mantel zu, paß auf, daß du dich nicht erkältest! Ich kann mich so danach sehnen. Es wäre mir ein wahres Vergnügen, wenn sie mir die Ohren vom Kopf nörgeln würde!«

Er stand wütend auf und wollte grußlos gehen, drehte sich aber um und sagte mit tonloser Stimme: »Ich liebe dich.« Das hatte er sich so angewöhnt. Seit ich mich erinnern konnte, hatte er diese Worte bei jedem noch so läppischen Abschied gesprochen. Sogar wenn er das Haus nur verließ, um im Laden um die Ecke etwas einzukaufen, wollte er es gesagt haben. Wir könnten uns nämlich, noch bevor er das Ende der Straße erreicht hätte, in Rauch auflösen. Alles war möglich.

Pessach ist ein Fest der Wunder: das Wunder der zehn Plagen, von denen die Ägypter heimgesucht wurden, das Wunder des Todesengels, der an den Häusern der Kinder Israels vorüberzog, das Wunder der Erlösung aus der Sklaverei und der Teilung des Wassers. Das Fest beginnt, wie alle jüdischen Feste, nach Sonnenuntergang.

Daß die Sonne an diesem Tag des Jahres unbedingt untergehen wollte, konnte ich mir nur allzu gut vorstellen. Aber daß sie morgens aufgegangen war, fand ich wunderlicher als alle Gotteswunder zusammen. Wer hatte sie soweit gekriegt, daß sie mitten in das Stückchen Himmel über dem Antwerpener Judenviertel hineinkletterte? Wo nahm sie den Mut her?

Im ersten Morgengrauen fing das Viertel, aus dem jede Spur von Sauerteig so sorgfältig entfernt worden war, wie ein Malzbottich zu gären an. In allen Häusern wurden die Fenster sperrangelweit aufgestoßen. Schrille Frauenstimmen zerrissen die Stille. Ihr Wortschatz beschränkte sich auf: Steh auf, beeil dich, scher dich fort!

Wenig später flohen Männer und schlaftrunkene Kinder auf die Straße. Dann wurden die Betten fieberhaft abgezogen und mit blitzsauberen Leintüchern versehen. In wohlhabenden Haushalten waren die Decken tags zuvor aus der Reinigung zurückgekommen. In dem Teil des Viertels, in dem große und meist arme Familien wohnten, wurden Decken und Überdecken im Freien ausgeklopft. Da stand dann eine Kolonne von Müttern und Töchtern, Tanten und Nachbarinnen, die paarweise zupackten. Mit Gebärden, mit denen ein Dirigent sein Orchester zu einem donnernden Schlußakkord anspornt, schlugen sie auch noch die hartnäckigsten Brotkrümel aus dem Bettzeug. Die Straße füllte sich mit knallbunten Dekken, die sich in den Händen der Frauen bauschten und herabsanken wie die Wogen des Roten Meeres.

Sofern die Männer ihre Zuflucht nicht in der Synagoge gesucht hatten, wickelten sie hier und da ihre laufenden Geschäfte ab. Inzwischen entfachten Kinder in den Gängen zwischen den Häusern und im Rinnstein festliche Feuer für die rituelle Hefeverbrennung. Sie warfen alles Mögliche in die Flammen, nicht nur Brotreste, die man nach dem Frühstück zusammengefegt hatte, sondern auch Pappkartons, alte Zeitungen und manchmal ein Möbelstück, das beim Reinemachen ausrangiert worden war. In einem weiten Kreis tanzten die Kleinen um die Feuer herum.

Als ich mich am Mittag dem Haus der Kalmans näherte, knisterte auch dort ein Feuerchen in sicherer Entfernung von der Haustür und dem ewig schimpfenden Hausmeister. Avrom und andere große Jungen warfen gewichtig Papierkugeln und Holzstücke in die Flammen. Etwas weiter sprang Dov mit ein paar Freunden zum Klang eines jiddischen Abzählreims im Kreis herum.

Was ist eins, was ist eins?
Gott alleine und sonst keins.
Was ist zwei, was ist zwei?
Zwei Tafeln aus Stein bracht' Moses heim.

Noch weiter weg, beim Hauseingang, stand Simcha mit leicht gesenktem Kopf. Ich sah, wie seine Lippen sich bewegten. Als ich näher kam, hörte ich, daß er sich die Fragen aufsagte, die er als jüngster Sohn beim Seder würde stellen müssen. Im Jahr zuvor hatte Dov es noch getan, zum erstenmal war er jetzt an der Reihe. »Ma nischtana halaila haze.« Worin unterscheidet sich diese Nacht von allen anderen Nächten? Seine Stimme schien zu dünn für solche gewichtigen Worte.

Er schlug die Augen auf.

»Warum muß ich die Fragen stellen, wo ich die Antworten doch schon weiß?«

»Das gehört zum Fest«, sagte ich, »du stellst die Fragen und dein Vater beantwortet sie. Wenn du später selbst Vater bist, darfst du die Antworten geben.«

»Ich will kein Vater werden«, sagte er entschlossen, »ich werde eine Ente.«

»Im Parkteich?«

Er nickte.

»Dann komm ich und füttere dich«, versprach ich, während ich eine seiner roten Schläfenlocken um meinen Finger wickelte.

»Mit Brot?«

»Ja, jeden Tag bringe ich dir Brot, außer am Schabbes. Am Schabbes bringe ich dir Blintzes mit saurer Sahne und Aprikosenmarmelade.«

Er zitterte vor Aufregung.

»Quaken kann ich schon, nur schwimmen muß ich noch lernen.«

»Und fliegen?« fragte ich.

»Fliegen geht von alleine.« Er streckte die Arme seitwärts aus und machte Flugbewegungen.

Ich hob ihn hoch. »Willst du nicht mitsingen?« fragte ich und zeigte auf die tanzenden Kinder.

»Nein, nein, das Lied kenne ich schon. Elf, das sind die Sterne in Josephs Traum. Zwölf, das sind die Stämme Israels. Ich habe keine Zeit für Lieder, ich muß die Fragen üben.« Er legte den Kopf auf meine Schulter. »Wenn ich heute abend nur nicht in die Hosen mache«, seufzte er, »wenn ich nur nicht in die Hosen mache.« Ich beruhigte ihn und trug ihn hinein, am Hausmeister vorbei, der mit seinem Hund in der Diele saß und, ohne uns anzusehen, sagte: »Von mir aus können sie ruhig das ganze Haus in Brand stekken!«

Mitten in ihrem sterilen Wohnzimmer stand Frau Kalman. Sie war noch bleicher als sonst. Tränen liefen ihr über die Wangen und tropften auf einen Tellerstapel, den sie krampfhaft an die Brust preßte. Einen Augenblick sahen wir einander schweigend an, sie mit dem Geschirr und ich mit Simcha in den Armen. Dann sagte sie matt: »Ich weiß nicht, wie lange ich jetzt schon mit diesen Tellern hin- und herlaufe, von der Küche ins Zimmer und wieder zurück.«

»Warum stellen Sie sie nicht auf den Tisch?« schlug ich vor.

Sie schloß die Augen. »Acht Tage Pessach! Am liebsten würde ich mich auf den Fußboden legen und acht Tage schlafen.«

Ganz kurz sah es so aus, als würde sie das auch wirklich tun. Aber dann stellte sie die Teller auf den Tisch und trocknete sich mit der Schürze das Gesicht.

»Es muß noch soviel getan werden bis heute abend«, sagte sie, »und von meinem Mann kann ich nichts erwarten. Der handelt nicht nur mit Schokolade, der denkt auch nichts anderes mehr. Leizer, sagte ich gestern zu ihm, wir dürfen dem Allmächtigen dankbar sein, daß Moses nicht mit Schokolade handelte, denn dann wären wir nie ins Heilige Land gekommen. Dann würden wir heute noch als Sklaven in Ägypten leben, schlimmer noch, als Sklaven mit schlechten Zähnen.« Sie seufzte und gab mir einen freundlichen Schubs in den Rücken. »Nimm die Mädchen doch gleich mit in den Park. Ich kann hier jetzt niemanden gebrauchen, der mir vor den Füßen herumläuft.«

Tzivja und Esja hatten ihr Fläschchen schon bekommen. Sie lagen wach, aber still in der Wiege, als wüßten sie, daß sie ihre überreizte Mutter nicht auf die Probe stellen durften. So schnell wie möglich verließ ich mit ihnen und Simcha das Haus, aber auf der Höhe der Pelikaanstraat gerieten wir in eine Menschenmenge. Leute über Leute, und es herrschte ein Tumult, als drohte ein Volksaufstand. Es gelang mir, mich langsam vorwärtszuschieben, indem ich den breiten Kinderwagen als Puffer benutzte, aber jedesmal mußte ich auf Simcha warten. Der bewegte sich auf einer anderen Ebene, wo er mit vollen Einkaufstaschen und flatternden Rockschößen zusammenstieß.

Der Stadtpark liegt wie ein gleichseitiges Dreieck im Zentrum von Antwerpen. Obwohl er von Antwerpenern verschiedenen Schlages besucht wird, gilt er als »Judenpark«. Jeden Mittag, wenn wir ihn auf der Höhe der Quinten-Matsijslei betraten, stand ein Haufen orthodoxer Frauen beim Eingang. Mütter mit einem Säugling im Arm oder einem Kind an der Hand unterhielten sich lebhaft über Windelausschlag, Windpokken und Röteln. Großmütter bewunderten gegenseitig ihre Enkelkinder, sangen Schlaflieder oder tauschten Wissenswertes aus. Ihr Stimmengewirr hatte etwas Gemütliches, als sei der Park ein zu groß geratenes Wohnzimmer.

Diesmal, als wir Schritt für Schritt durch die Menge in den Park gelangt waren, herrschte Stille. Ich hatte mindestens mit ein paar älteren Leuten gerechnet, die von der österlichen Hektik aus ihren Lehnstühlen vertrieben worden waren. Aber die Leute waren massenhaft fortgeblieben, als hätte man angekündigt, daß dieses Stückchen Erde von einem lokalen Wirbelsturm heimgesucht werden würde. Fröhlich spazierten Simcha und ich zum Teich. Es regte sich kaum ein Lüftchen. Die Trauerweiden in ihrem jungen Laub tanzten träge einen grünen Schleiertanz. Tzivja und Esja waren durch das Rukkeln des Wagens eingeschlafen. Ich ließ sie am Anfang des Pfads stehen und folgte Simcha zum Ufer.

Es hatte Wochen gedauert, bis er begriff, daß er mir vertrauen konnte. Sicher, ich kleidete mich so, wie es nur Gojim tun. Aber das Jiddisch, das ich von Herrn Apfelschnitt gelernt hatte, klang genauso wie jenes, das seine Mutter sprach. Und behandelte der Hausmeister mich nicht ebenso schlecht wie alle anderen Hausbewohner? So fremd konnte ich demnach nicht sein.

Doch erst richtig für mich gewonnen hatte ich Simcha, seit wir beim koscheren Bäcker in der Pelikaanstraat fast täglich ein halbes Brot kauften. Dieses Brot durfte er an die Enten verfüttern. Er hatte es nicht leicht dabei. Mit seinem überentwickelten Gerechtigkeitssinn wollte er allen Tieren die gleiche Portion geben, aber die frechsten und dicksten Exemplare saßen immer in der vordersten Reihe. Weil er auch die hintersten erreichen wollte, drehte er sich wie ein Diskuswerfer ein paarmal um die eigene Achse. Manchmal hätte er auf diese Weise nicht nur das Brot, sondern auch sich selbst an die Enten verfüttert, wenn ich ihn nicht im kritischen Augenblick um die Taille gefaßt hätte.

An diesem Tag jedoch, wo es im ganzen Viertel kein Brot zu kaufen gab, hockten wir mit leeren Händen am Teichrand. Simcha lachte nicht. Voller Ernst verfolgte er das Planschen und Spritzen. Dann wandte er sich an mich.

»Weiß eine Ente, daß sie eine Ente ist?« fragte er.

Ich schüttelte den Kopf.

»Wenn eine Ente das wüßte«, sagte ich, »dann würde sie noch viel mehr wissen wollen. Sie würde nicht mehr im Wasser herumplanschen, sondern aus dem Teich heraus und zur Schule wollen, um das Alphabet zu lernen.«

Simcha nickte. Das Alphabet kannte er. Avrom hatte ihm beigebracht, es fehlerlos aufzusagen.

»Aleph, Beth, Weth, Gimel, Daleth, Hee«, hub er halb sprechend, halb singend an.

Ich legte den Arm um ihn.

»Alle Schulen wären bis unters Dach voll mit Enten. Enten würden wissen wollen, wo New York und wo der Nordpol liegt. Enten würden Thora lernen und würden beten.«

»Toll«, lachte Simcha, der ab September in die Jesode Hatora, die jüdische Schule gehen sollte. Er strahlte bei der Vorstellung, die Schulbank mit einer Ente zu teilen.

»Toll?« fragte ich, »wenn der Teich ganz leer ist?«

Erschrocken schaute er auf die schaukelnden Vögel.

»Ein paar Enten müssen hier bleiben.«

»Und die dürfen dann nicht hören, wo New York liegt? Die sollen für den Rest ihres Lebens dumm bleiben? Das gibt Ärger.«

Ich stand auf und streckte mich. Zögernd folgte er meinem Beispiel.

»Was ist New York?« fragte er.

»New York liegt ganz weit weg in Amerika. Da wohnt eine Ente, die hat das Alphabet gelernt. Sie heißt Donald Duck. Sie kann reden, und sie fährt in einem Auto herum. Aber ob sie glücklich ist? Kaum. Wenn man einer Ente den kleinen Finger reicht, dann will sie gleich die ganze Hand.«

Wir gingen zum Kinderwagen zurück. Ich hob Simcha hoch, damit er die glitzernde Blase aus Spucke sehen konnte, die Tzivja im Schlaf gemacht hatte.

»Scheijn«, sagte er voller Bewunderung.

Gemeinsam schoben wir den Wagen weiter, auf die Bank zu, auf der wir jeden Mittag saßen. In der Stille hörten wir die Räder quietschen und die Steinchen unter unseren Schuhsohlen knirschen. Simcha fing schon wieder an, mit lauter Stimme die Fragen für das Sedermahl zu üben. Worin unterscheidet sich diese Nacht von allen anderen Nächten? Warum essen wir ungesäuerte Brote und bittere Kräuter? Warum, warum, warum? Unter meinem Arm hindurch betrachtete ich ihn, wie er in seinem zugeknöpften schwarzen Jäckchen neben mir her ging. Worin unterschied sich dieses Kind von allen anderen Kindern? Warum behauptete ich mich gegen seinen gehässigen Vater, seine distanzierte Mutter, seine widerlichen Brüder und einen geistesgestörten Hausmeister, um ein paar Stunden am Tag in seiner Nähe zu verbringen?

Inzwischen waren wir bei unserer Bank angelangt. Ich stellte den Wagen ab und deckte die Mädchen fest zu. Erst als ich den Kopf wieder aus dem Kinderwagen hob, sah ich es. Mit weißer Farbe war es auf die Rükkenlehne unserer Bank geschmiert: STINKJUDEN.

»Schau«, sagte Simcha, der schon hinaufgeklettert war. Er hatte sich hingekniet und fuhr mit dem Zeigefinger über die Buchstaben, von rechts nach links, wie er es gewohnt war. »Sie haben keine Fähnchen.«

Ich setzte mich zu ihm. »Nein«, erwiderte ich, »es sind nämlich keine hebräischen Buchstaben.«

»Was steht denn da?«

»Nimm die Hand mal weg, dann kann ich es lesen.«

Er streckte beide Arme hoch.

»Da steht: ›Quak quak quak.‹«

Seine Augen leuchteten auf. Ich zog ihn an mich, strich ihm die *Peies* aus dem Gesicht und küßte seine Schläfen. Ich überschüttete ihn mit einer Flut von Kosenamen. »Quak«, seufzte er, »quak.«

»Stör ich?« fragte in dem Moment jemand.

Durch meine Tränen hindurch erkannte ich Herrn Apfelschnitt. Er stellte sich Simcha förmlich vor, befühlte die Rückenlehne und nahm vorsichtig neben uns Platz.

»Ich dachte, ach, ich gehe mal in den Park, die Farbe wird jetzt allmählich trocken sein.«

»Wußten Sie denn davon?«

»Ja, gleich nach dem Morgengebet habe ich das Haus verlassen, all die Teppichklopfer auf der Straße machen mich nämlich verrückt. Es ist, als ob eine Armee auf und ab marschiert, jedes Jahr fliehe ich vor dem Lärm. Aber als ich hierher kam, konnte ich mich nirgends hinsetzen. Alles war noch naß, und ich traute mich nicht, meinen Mantel zu riskieren.«

Alles? Ich spähte den Pfad hinunter. »Sehen die anderen Bänke denn auch so aus?«

Er nickte. »Ja, alle, samt und sonders mit Sternen und Planeten.« Wie still es war. Als ob sich der Park vor sich selber schämte. Und wir teilten seine Schande. Weil wir die Erniedrigung verdient hatten? Nein, weil wir uns damit abfanden. Statt eine Axt zu holen und damit jede einzelne beschmierte Bank in Stücke zu schlagen, blieben wir einfach sitzen, Herr Apfelschnitt und ich, die weißen Buchstaben wie Namensschilder im Rücken.

Er legte mir kurz die Hand aufs Knie.

»Laß dir die Laune dadurch nicht verderben. Das tue ich auch nicht. In meinen Augen sind das primitive Felsmalereien von Höhlenmenschen, die der Sprache so wenig mächtig sind, daß sie noch nicht einmal das simpelste Gespräch führen können.«

Auf dem Rückweg leistete er uns Gesellschaft. Die Straßen waren still geworden, fast so unheimlich still wie der Park. Herr Apfelschnitt sang ein polnisches Lied für die Mädchen, die ihm unter dem Verdeck des Kinderwagens zulachten. Simcha quakte leise vor sich hin. In den Häusern, an denen wir vorbeikamen, wurden die letzten Vorbereitungen zum Fest der Feste getroffen. Ich begriff nicht, was es zu feiern gab.

Meine Zimmerwirtin vermietete so gut wie jeden Quadratmeter ihres verwahrlosten Hauses gegenüber dem *Koninklijk Museum voor Schone Kunsten*. Das Parterre behielt sie sich selber vor, die übrigen Etagen wurden von Leuten mancherlei Schlags bewohnt. Im Treppenhaus, wo das Licht nie funktionierte und wo es nach Schimmel roch, war es so dunkel, daß man niemand erkennen, geschweige denn ein Gespräch mit jemandem anknüpfen konnte.

Ich hatte die Dachwohnung gemietet, die aus einem Zimmer und einer kleinen, feuchten Küche bestand. Das Zimmer hatte ich mit einem Bett, einem Kleiderschrank, ein paar Stühlen und einem Tisch möbliert. Meine Bücher türmten sich an den Wänden. Aus drei Bogenfenstern konnte ich den großen Platz vor dem Museum sehen und auch das mächtige Gebäude mit dem Triumphwagen aus Bronze auf den Eckpfeilern des Daches.

Das Haus nebenan hatte man für unbewohnbar erklärt. Die Fenster zur Straße hin waren mit Holzbrettern vernagelt. An der Tür hing ein verbeultes Schild mit einem Totenkopf und der Warnung: *Danger de mort*. Mäuse waren dort scharenweise eingezogen. Sie besuchten auch mich, obwohl es mir schleierhaft war, wie sie das anstellten. Sie liehen sich unaufgefordert Zucker und Mehl aus und ließen ihren Kot in meiner Bratpfanne zurück. Mitten in der Nacht hörte ich sie über mir herumhuschen. Sie nagten an den Styroporplatten, mit denen das Dach verkleidet war. Manchmal verjagte ich sie, indem ich mich auf einen Stuhl stellte und ein paarmal kräftig mit einem Besen gegen die schräge Dachwand klopfte. Aber meistens ließ ich sie gewähren, dankbar dafür, daß sie mir ein Alibi verschafften, um wach zu bleiben.

Dann setzte ich mich an den Tisch und beugte mich über eines der vielen Bücher, die dort aufgeschlagen neben- und übereinanderlagen.

Außer Literatur über das Judentum und die jüdische Geschichte, nach der ich die Antiquariate abklapperte, las ich Bücher über Physik und Naturphilosophie, die ich aus der Universitätsbibliothek mit nach Hause brachte. Besonders Astronomie faszinierte mich.

Als Kind besaß ich einen Guckkasten mit dem Nachthimmel. Es war ein primitives Modell, eine Schuhschachtel, deren offene Seite ich mit dunkelblauem Drachenpapier beklebt hatte. An der Rückwand hing eine Mondsichel aus Pappe, die herunterfiel, als der Leim nicht mehr hielt. Die Sterne blieben an ihrem Platz. Es waren Löcher, die ich mit dem stumpfen Ende der Stopfnadel meiner Mutter ins Papier gebohrt hatte. Wenn ich abends unter der Schirmlampe hockte, ein Auge zukniff und mit dem anderen durch das Guckloch in meinen Kasten spähte, erblickte ich das Weltall in seiner ganzen Herrlichkeit.

Diese einfache Schachtel hatte mich damals nicht weniger verzaubert, als es jetzt die Fakten aus den Büchern taten. Sterne waren offenbar enorme Gaskugeln, in deren Innerem Wasserstoff mit großer Gewalt und bei extremer Hitze in Helium umgewandelt wurde. Manche Sterne waren erloschen, andere mußten noch geboren werden. Das Weltall war voller roter, weißer und hellblauer, junger und alter, heißer und kalter Sterne, die durch die Schwerkraft Abstand voneinander hielten. Ohne die Schwerkraft würde unsere ganze Milchstraße wie ein Feuerwerk explodieren, könnte sich der Mensch keinen Schritt auf der Erde vorwärtsbewegen, auch nicht Richtung Kirchen, Synagogen und Moscheen. Nicht Herrn Apfelschnitts Gott beherrschte unser Leben, sondern die Schwerkraft. Und doch befriedigte mich dieses Wissen nicht. Denn genauso wenig wie jemand darlegen konnte, wer oder was Gott war, waren die Autoren meiner Bücher in der Lage, die Schwerkraft zu erklären. So viele Fragen blieben offen. Das Weltall war nicht vollkommen. Manchmal geschah es, daß ein in sich zusammenbrechender Stern nicht nur sich selbst auslöschte, sondern auch den Raum verschluckte, der ihn umgab. An dieser Stelle entstand ein Hohlraum im Kosmos, ein Loch, in dem es stockfinster und still war und wo es keine Zeit mehr gab. Herrschten in so einem schwarzen Loch andere Naturgesetze als bei uns?

Nach der Thora waren Zeit und Raum ewig; den Stoff fügte Gott bei der Schöpfung hinzu. Jetzt aber behaupteten Wissenschaftler, Zeit und Raum hätten nicht schon seit jeher existiert und könnten in der Zukunft auch aufhören zu bestehen. Es war zudem überhaupt nicht gesagt, daß der unermeßliche Raum nicht noch von etwas anderem umgeben war, etwas Unbekanntem und Unvorstellbarem.

Wenn ich vom Tisch aufstand und ans Fenster trat, erkannte ich über dem Museum den Kleinen Wagen und am Ende seiner Achse den funkelnden

Polarstern. Gab es etwas außerhalb dieses Kosmos, und wenn ja, was? Es konnte alles Mögliche sein, aber Griesbrei oder Blümchentapete war es bestimmt nicht.

Ich las viel zuviel, doch über nichts genug. Ich las Dinge, die ich im Moment zu verstehen glaubte, deren Bedeutung mir jedoch wenige Tage später wieder entglitt. Die Wissenschaft glich einer Schräge, auf der sich die Wahrheit ständig verschob und die somit außerhalb meiner Reichweite blieb. Manchen Physikern zufolge war das ungeheure Universum aus einem einzigen Molekül entstanden. Doch das unscheinbarste Teilchen war bereits eine Welt für sich. In einer wissenschaftlichen Zeitschrift hatte ich die Vergrößerung eines submikroskopischen Virusteilchens gesehen. Es sah wie ein kompliziertes Raumschiff aus, das die wildesten Phantasien eines Science-fiction-Films übertraf.

Groß und klein waren austauschbar geworden. Wenn Simcha an meiner Hand in den Park ging, war sein Gesicht ein schmaler weißer Fleck. Abends aber, in meinem Zimmer am anderen Ende der Stadt, nahm es völlig andere Proportionen an. Es dehnte sich aus, bis es die ganze Wand bedeckte, so daß ich es nicht als Ganzes sehen konnte, sondern es nach und nach erkunden mußte, Pore für Pore, vom einen Auge und vom einen Mundwinkel zum anderen, ungefähr so wie Teleskope den Weltraum abtasten, von Stern zu Stern und von Sonnensystem zu Sonnensystem.

Es geschah immer öfter, daß ich über meinem Buch einnickte. Nie schlief ich länger als zwei Stunden, aber ich hatte Träume, an die ich mich später lebhaft erinnerte. So träumte ich zum Beispiel, die verlorengegangenen Koffer meines Vaters befänden sich in einem schwarzen Loch im Kosmos. Dort lagen sie mit offenem Deckel im zeitlosen Dunkel. Sie waren riesig und bodenlos. Sie enthielten offenbar nicht nur die Fotos meiner Großeltern, sondern auch deren tote Körper, ebenso wie den von Tante Selma, die den Giftbecher noch in der Hand hielt. Ich träumte, daß mein Vater, kaum hatte er den Spaten in das Loch gestoßen, von den Koffern verschlungen wurde. Und nicht nur er, sondern die ganze Stadt: Häuser, Autos, Schiffe, Briefträger, Kneipenbesitzer, Huren und Hafenarbeiter, alles verschwand in den Koffern meines Vaters. In der Tiefe hörte ich ihn lachen und rufen: »Siehst du, ich hab es doch immer gewußt, daß ich sie finden würde!«

In der Morgendämmerung wurde ich dann durch die erste Straßenbahn geweckt, die unten auf dem Platz kreischend zum Stillstand kam. Mit steifem Nacken setzte ich mich auf. Vor der Anrichte unterzog ich mich fröstelnd der Routine von Waschlappen und Zahnbürste. Am Haken neben den Topflappen hing ein kleiner Spiegel. Wenn ich einen Blick hineinwarf, verstand ich mich selber noch weniger als das Relativitätsprinzip. Meine Mutter hatte recht: Ich war dabei, schnell zu verbrennen. Meine Wangen waren grau, und meine Augen zogen sich immer weiter in ihre Höhlen zurück, als wollten sie nichts mehr mit mir zu tun haben. Wenn ich in diesem Tempo weiterlebte, würde ich achtzig sein, bevor ich Gelegenheit gehabt hätte, einundzwanzig zu werden. Jedesmal, wenn ich mein Gesicht im Spiegel sah, nahm ich mir vor, abends rechtzeitig schlafen zu gehen, am liebsten im Bett, wie normale Menschen es tun. Aber wenn ich nach der Arbeit nach Hause kam, war Schlafen das Letzte, wozu ich Lust hatte.

Jeden Morgen schleppte ich mich zum Blumenladen, wo ich vor lauter Erschöpfung einen großen Teil der Nelken viel zu knapp unter den Blüten abschnitt, so daß sie unbrauchbar wurden. »Paß doch auf, was du machst!« rief mein Chef verärgert, während es mich Mühe kostete, die Augen auch nur halb offen zu halten.

Doch nach und nach überwand ich meine Müdigkeit. Und wenn es erst mal Mittag war, floß mir das Blut rascher durch die Adern. Der Gedanke an ein Wiedersehen mit Simcha setzte meine Beine in Bewegung. Erleichtert zog ich die Tür des Blumenladens hinter mir zu, überquerte den Platz und kaufte mir im spanischen Geschäft in der Graaf van Egmontstraat zweihundert Gramm grüne Oliven. Die kaute ich in meinem Zimmer zu einer Scheibe trockenem Brot, während ich am Tisch schon wieder in einem der Bücher blätterte. Die abgelutschten Kerne warf ich in eine Wasserkanne, die meine Vermieterin mir geschenkt hatte und die in der Ecke auf dem Fußboden stand. Eine Stunde später ging ich beschwingt zum Haus der Kalmans.

Antwerpen hatte den Frühling übersprungen und sich Hals über Kopf in den Sommer gestürzt. Und in was für einen Sommer! Der Himmel war so glatt wie ein straff gespanntes Segel. Daß es Wolken geben könnte, selbst ganz kleine, entschwand unserem Gedächtnis. Es fiel kein einziger Regentropfen, und die Temperatur stieg und stieg. Nachmittags spazierten Simcha und ich ohne Mantel Hand in Hand durch den Park und ließen uns die Sonne ins Gesicht scheinen. Nachdem wir das Brüten der Enten wochenlang aus der Entfernung beobachtet hatten, wimmelte es rund um den Teich und auf dem Wasser plötzlich von Küken. Entzückt sah Simcha zu, wie die gelben, braunen und gefleckten Daunenbällchen ins Wasser purzelten, ans Ufer kletterten und sich zu zehnt oder mehr gleichzeitig unter dem Körper der Mutterente verkrochen. Doch was ihn am meisten verwunderte, war die Tatsache, daß sie so mühelos auf dem Wasser schwammen, ohne unterzugehen.

»Wenn ich eine Ente werde, will ich aber eine Jungenente werden«, sagte er mit Nachdruck. »Weil ich ein Junge bin.«

»Masseltow«, lachte ich, »dann bekommst du nämlich einen schönen grünen Kopf. Nur die Männchen haben so einen Kopf. Die Weibchen bleiben braun.«

»Warum bleiben die braun?«

»Weil sie dann weniger auffallen, wenn sie in den Sträuchern ihre Eier ausbrüten. Schau nur, sie haben die Farbe vom Sand und von den Zweigen.«

Er dachte nach. »Bekomme ich keinen roten Kopf? Ich hab doch rotes Haar?«

»Das hatte ich ganz vergessen! Vielleicht wirst du die einzige rote Ente von Antwerpen! Eine rote Ente mit roten Schläfenlocken und einem schwarzen Hütchen. Dann fragen die Leute einander: Hast du die rote Ente schon im Teich schwimmen sehen, die Ente mit dem Hut? Und dann sagen sie: A gutn jomtev, Herr Enterich, wie geht es Ihnen heute?«

Simcha nickte. »Einen Hut will ich schon, aber keine Hose. Ohne Hose kann ich auch nicht in die Hosen machen.«

Ich zog ihn an mich und streichelte seine Nase mit dem Zeigefinger. »Wenn du eine Ente bist«, flüsterte ich, »pinkelst du einfach drauflos. Und keiner sieht das im Wasser.«

Der Kontakt zu meinen Kommilitonen beschränkte sich auf die Vorlesungen, die ich selten besuchte. Am Anfang des Studienjahrs, als ich mich noch mit einer gewissen Regelmäßigkeit blicken ließ, wurde ich von einem Mädchen namens Sophie angesprochen. Sophie wich mir nicht von der Seite. Sie glitt neben mich auf die Bank im Hörsaal und in der Mensa und tat alles, um mit mir ins Gespräch zu kommen. Da sie mir keine Wahl ließ, empfand ich auf die Dauer eine vage Sympathie für sie.

Jedenfalls war sie interessanter als die meisten anderen Studenten, die sich laut beschwerten, wenn ein Professor uns zum Lesen eines, oder, noch dramatischer, zweier Bücher verpflichtete. Sophie las viel und gern. Zudem besaß sie eine Leidenschaft, die hieß Friedrich Nietzsche; sie konnte nicht oft genug mit mir über ihn reden. Wir müßten den Mut aufbringen, alle Hemmungen fallenzulassen und unseren Instinkten zu folgen. Wir müßten unsere vitalen Leidenschaften ungeniert ausleben. Fort mit dem Mittelmaß und der Sklavenmoral! *Also sprach Sophie.*

»Nietzsches Ideen sind Elefanten auf den Leib geschrieben«, sagte ich, »aber für den Porzellanladen sind sie eine Katastrophe.«

»Unsinn. Er ist ein Verfechter der freien Entfaltung des Menschen. Er fährt mit den Sittenpredigern Schlitten, die uns mit Schuld und Schande überhäufen. Seiner Ansicht nach sind wir erst wirklich frei, wenn wir uns nicht mehr vor uns selber schämen!«

»Das schon, aber die Weltbevölkerung besteht zu

einem großen Teil aus lichtscheuem Gesindel, das allen Grund hätte, sich zu schämen. Dreckskerle, die Nietzsches Philosophie dazu benutzt haben, um ihre schäbigen Verbrechen zu bemänteln.«

»Kann er was dafür? Das ist ja genau das, wovor er Angst hatte und wovor er mehr als einmal gewarnt hat. Er wollte verhindern, daß seine Ideen mißbraucht werden.«

»Diese Angst war begründet. Es ist wenig geschrieben worden, was sich so leicht mißbrauchen läßt.«

»Das beweist nur, daß er seiner Zeit weit voraus war.«

»Weit? Genau dreiunddreißig Jahre nach seinem Tod kamen die Neandertaler in Deutschland an die Macht und verwirklichten seine kühnsten Träume.«

Sophies Augen sprühten Feuer. »Hitler verwirklichte nur seine eigenen Träume! Er entsprach Nietzsches Bild vom aristokratischen Herrscher in keiner Weise.«

»Er verwendete nur alle von Nietzsche vorgeschriebenen Ingredienzen: Gewalt, Verachtung der Schwachen, Unbarmherzigkeit und so weiter und so fort.«

»Gut, aber das kann man Nietzsche nicht ankreiden. Man kann höchstens sagen, daß Nietzsche ein Kochbuch geschrieben hat, das dem falschen Koch in die Hände gefallen ist.«

Ungeduldig wandte ich ein: »Kein Koch kann mit solchen Ingredienzen etwas zubereiten, das schmackhaft oder auch nur genießbar wäre. Sie drehen den Gashahn auf und weiter kommen sie nicht. Das haben wir doch erlebt! Nietzsches Ideen sind etwas für Philosophen. Für normale Menschen taugen sie nicht.«

»Nietzsches Ideen taugen nur für Sklavennaturen nicht. Du bist einfach zu feige, um dich frei zu machen.«

»Ja, wenn es auf Kosten anderer geht.«

Sie zog die Schultern hoch. »Wenn man sich entfalten will, muß man nun einmal den eigenen Interessen den Vorrang geben. Jeder Mensch ist ein Egoist. Wer nicht für sich selber kämpft, wird zertreten.«

»Du tust, als wäre es eine Frage von Zertreten oder Zertretenwerden. Als lägen nicht unendlich viele Möglichkeiten dazwischen. Natürlich bin ich egoistisch, aber das ist keine Eigenschaft, auf die ich unbedingt stolz bin, während Nietzsche sie zum Prinzip erhebt.«

»Was ist dagegen einzuwenden?«

»Wenn du das nicht begreifst, kann ich es dir auch nicht erklären. Man hat Moral oder man hat keine. Das hat Nietzsche selbst gesagt. Er hat übrigens noch mehr gesagt. Für ihn waren Frauen stumpfsinnige, oberflächliche Geschöpfe. Sobald es nicht Männer, sondern Frauen betraf, denen die vitalen Leidenschaften zu schaffen machten, nannte Nietzsche sie zügellos und leichtsinnig. Dann gehörten sie dringend in die Ecke getrieben, am liebsten mit der Peitsche.«

Sie schob meine Bedenken beiseite. »Wenn man jedes Wort auf die Goldwaage legt, bleibt von keiner Philosophie etwas übrig.«

Nun brauchte Sophie, die groß und blond und schöner als Marilyn Monroe war, die Peitsche auch nicht zu fürchten. Männer wollten alles andere als ihr etwas zuleide tun. Jeden Samstagabend ging sie mit einem anderen Jungen aus, und immer gab sie wilde Geschichten darüber zum besten. Mit dem einen hatte sie es auf dem Dach eines Autos in einem Parkhaus getrieben, wobei ihr die Unterwäsche fortgeweht worden war. Mit einem anderen hatte sie die Nacht in einem Lagerhaus am Hafen verbracht, gerade noch außer Reichweite der blutrünstig bellenden Wachhunde. Sie behauptete, gefährlich leben zu wollen, wie Mussolini. Es schien mir naheliegend, daß der lebende Mussolini sie mehr entzückte als der tote, den Partisanen mit dem Kopf nach unten wie ein Schwein am Fleischerhaken aufgehängt hatten.

Eines Abends, als wir beide unsere Zwischenprüfung bestanden hatten, begleitete ich sie zu einem Fakultätsfest. Wir hatten uns vor dem Hauptbahnhof verabredet, doch sie klingelte eine Stunde früher bei mir, um mich abzuholen. Sie legte sich auf mein Bett, stiefelte durchs Zimmer und nahm aufs Geratewohl Bücher von den Stapeln. *»Zur Kabbala und ihrer Symbolik«,* las sie laut vor, *»Albert Einstein, The World as I See It.«* Sie zeigte auf ein Plakat an der Wand. »Über deinem Bett hängt er auch schon. Was fasziniert dich an ihm?«

»Sein Schnurrbart«, gab ich lachend zur Antwort, »aber du findest wahrscheinlich den von Nietzsche schöner.« Das hätte ich besser nicht sagen sollen, denn während wir im Finstern die Treppe hinabstiegen, erklärte sie mir, weshalb ich mich nicht für Nietzsches Gedankengut begeistern könnte. Mein christlicher Hintergrund, so enthüllte sie mir, stünde mir dabei im Weg.

»Das kommt mir nicht sehr wahrscheinlich vor«, entgegnete ich bissig, »und sei es nur aus dem Grund, weil ich Jüdin bin.« Ich schlug die Haustür laut hinter uns zu. Unmerklich hatte ich von Sophies Gerede genug bekommen, und ich hatte nicht vor, ihr weiterhin geduldig zuzuhören.

»Ich dachte, du seist Deutsche«, sagte sie, »wegen deines Nachnamens.«

»Meine Eltern sind Juden. Mein Vater ist in Berlin aufgewachsen, doch 1935 fand er es dort nicht mehr so *gemütlich* und floh nach Brüssel.«

»Das hast du mir nie erzählt. Ist Chaja denn ein jüdischer Name?«

Ich nickte. »Es bedeutet: Sie lebt. Ich glaube, daß meine Eltern, die nach dem Krieg mehr tot als lebendig waren, mich so genannt haben, weil sie auf Nummer Sicher gehen wollten. Daher würde ich heute abend gern mal von was anderem reden als von Übermenschen. Deine Übermenschen kann es nur geben, wenn es Untermenschen gibt.«

Schweigend gingen wir nebeneinander her.

Nach einer Weile sagte Sophie: »Mein Vater hat immer bei der Polizei gearbeitet. Deshalb durften wir keine Wohnung in einem Haus mieten, in dem Juden wohnten. Das war verboten. Ich kam nie mit Juden in Berührung. Ich hätte mich auch gehütet. Meine Mutter sagte, ich dürfe nicht mit jüdischen Kindern spielen, weil man dann Warzen bekommt.«

Sie sah mich von der Seite an. »Dein Vater hat doch keinen Bart und keine solchen Korkenzieherlokken?« Ich schüttelte den Kopf.

»Damit halsen sich die Juden nämlich viel Elend auf«, fügte sie unmittelbar hinzu, »sie wollen sich nicht anpassen.«

»Ach wirklich?« sagte ich. »Mein Vater war so verdammt angepaßt, daß er Bratwurst aß. Sogar seine Schlafanzughose hatte eine Bügelfalte. Er konnte Worte wie *Oberlandesgerichtspräsident* und *genossenschaftliche Gemeinschaftsarbeit* aussprechen, ohne sich die Zunge dabei zu verrenken. Trotzdem wurde er als volksfeindliches Element entlarvt. So hieß das damals. Jetzt heißt es anders.«

»Mag sein«, sagte Sophie, »aber die Antwerpener Juden sind selber schuld, wenn man ihnen die kalte Schulter zeigt.«

»Es gibt eine Geschichte über den Kaiser Hadrian«, erzählte ich. »Eines Tages ging ein Jude auf der Straße an ihm vorüber und grüßte ihn. Friede sei mit euch, sagte der Jude. Der Kaiser rief wütend aus: Was denkt sich dieser Jude eigentlich? Er grüßt mich, als sei ich seinesgleichen! Tötet ihn! Danach kam ein anderer Jude vorbei, der gesehen hatte, was mit dem ersten geschehen war. Er machte, ohne zu grüßen, vorsichtig einen Bogen um den Kaiser. Wie kann er es wagen? schrie Hadrian. An mir, dem Herrscher über ein mächtiges Imperium, geht er vorüber, als sei ich ein Hund. Tötet ihn auf der Stelle! Die Ratgeber des Kaisers verstanden es nicht. Den ersten Juden laßt Ihr umbringen, weil er grüßte, und den zweiten, weil er versäumte zu grüßen, sagten sie. Das ist doch nicht logisch? Kaiser Hadrian antwortete ihnen: Ich brauche keinen Grund, um einen Juden zu töten. Ich werde immer einen Vorwand finden. *Se non è vero, è ben trovato.*«

Erst eine Straße weiter ergriff Sophie wieder das Wort.

»Ich wußte nicht, daß du Jüdin bist«, sagte sie betroffen, »du siehst überhaupt nicht so aus.«

»Soll das ein Kompliment sein?«

Sie kniff mir freundschaftlich in den Arm.

»Gegen dich habe ich nichts«, sagte sie, »ich kann nur die Sorte Juden nicht ausstehen, die beim Hauptbahnhof herumlungert. Sie hängen wie Kletten aneinander, mit ihren idiotischen Hüten auf dem Kopf, und reden den ganzen Tag über nichts anderes als Geld.«

»Woher weißt du eigentlich, daß sie über Geld reden, wenn du nie mit ihnen in Berührung kommst?«

»In Berührung nicht, nein, aber ich sehe sie doch. Es ist unmöglich, sie nicht zu sehen! In der Pelikaanstraat wird man ja praktisch von ihnen über den Haufen gerannt. Sie marschieren zu dritt und zu viert stur nebeneinander her, so daß man vom Trottoir runter muß, wenn man an ihnen vorbei will.«

»Das ist mir noch nie passiert«, sagte ich. »Und dabei gehe ich täglich durchs Judenquartier zu meiner Arbeit.«

»Natürlich passiert dir das nie«, sagte Sophie lachend, »du bist doch selber Jüdin. Sie machen es nur mit uns.«

»Und gerade hast du behauptet, ich sähe überhaupt nicht wie eine Jüdin aus!«

»Juden erkennen einander«, sagte sie in einem Ton, der jede Widerrede zwecklos machte.

Länger als eine Stunde hielt ich es auf dem Fest nicht aus. Sophie hatte sich wohlweislich auf die Tanzfläche zurückgezogen. Während ich am Rand in raschem Tempo Gläser mit Fruchtsaft leerte, wuchs meine Wut. War das wahr, daß sie nie mit Juden unter einem Dach gewohnt hatte und nicht mit jüdischen Kindern hatte spielen dürfen? Hatte sie wirklich eine *judenreine* Erziehung genossen? Noch einmal entdeckte ich sie in der tanzenden Menge. Sie warf einen scheuen Blick in meine Richtung.

Erinnerte sie sich an die Warnung ihrer Mutter und fürchtete sie nun, ganz mit Warzen übersät zu werden? Ich wünschte ihr die Warzen von mindestens zwanzig großen Warzenschweinen. Leicht wie eine Feder spazierte ich zu meinem Dachboden und zu meinen Büchern zurück.

An einem meiner freien Tage fuhr ich mit dem Bus nach Temse, wo die Schelde am lieblichsten ist. Flüsse passen sich ihrer Umgebung an. In der Stadt haben sie Eile; schäumend und wild schlagen sie an die Kais. Aber sobald sie ländliche Gegenden erreichen, fließen sie gemächlicher. Ruhig kabbeln sie an grünen Ufern entlang, und wiederkäuende Kühe, zwischen denen hier und da ein Bauer auftaucht, glotzen hinter ihnen her.

In Temse hatte ein heißer, böiger Wind das Dorf in einen großen Trockenautomaten verwandelt. Ich nahm die Fähre zum anderen Ufer, setzte mich ans Wasser und sah dem Sonnenlicht zu, wie es funkelnd von einer trägen Welle zur nächsten sprang. Das ferne Blöken von Schafen kam näher und entfernte sich wieder.

Ich war müde. Kein Wunder, wenn man Nacht für Nacht über den Büchern saß. Was versprach ich mir davon? Der Zweifel an der Existenz Gottes, mit dem ich die Lektüre der Thora begonnen hatte, war dem Zweifel an meinem Zweifel gewichen. Sogar Albert Einstein war anscheinend der Meinung gewesen, der Kosmos könne nicht durch ein willkürliches Zusammentreffen verschiedener Umstände entstanden sein; ihm müsse vielmehr ein Plan zugrunde liegen. Einstein zufolge offenbarte sich im Universum eine überlegene, dem Menschen kaum faßbare Intelligenz. Ab und zu geschah es, daß einer mit seinem läppischen Verstand in irgendeinem Detail Gottes Hand erkannte. Doch zum Begreifen des Ganzen war der

Mensch nicht in der Lage. Und dies behauptete ausgerechnet der Mann, der Gott überlistet hatte. Einem modernen Moses gleich hatte er der Thora ein Gesetz hinzugefügt: Masse und Energie sind austauschbar. Dieses Gesetz, das den Sterblichen ermöglichte, den Stoff zu verwandeln und zu beherrschen, hatte die göttliche Autorität wenn nicht ihrer Kraft so doch ihres Glanzes beraubt. Wie lang konnte der Ewige noch bleiben, was er war, jetzt, da der Mensch sich anschickte, in die Geheimnisse Seiner Schöpfung einzudringen? Und wie konnte Einstein an eine andere Macht glauben als an die der blinden Natur?

Ich richtete mich auf, zog die Schuhe aus und ließ die Füße bis zu den Knöcheln ins Wasser hängen. Aus meiner Tasche nahm ich ein Heft und einen Bleistift.

»Sehr geehrter Herr Einstein«, schrieb ich, steckte das Ende des Bleistifts in den Mund und warf einen Blick auf meine Füße, die unter Wasser ein eigenes Leben zu führen schienen und aussahen, als wollten sie jeden Augenblick wegschwimmen.

»Schade, daß Sie tot sind«, fuhr ich fort, »wenn Sie noch am Leben wären, könnten Sie hier mit mir im Gras sitzen. Wenn Sie überhaupt Lust dazu hätten, was nicht sehr wahrscheinlich ist. In Physik habe ich es nie zu mehr als zu einer Drei gebracht. Daß es keine Vier war, hatte ich der Tatsache zu verdanken, daß Herr Brongers – der bei jedem Schulfest mit mir tanzen wollte und dabei, vermutlich um die Schwerkraft zu demonstrieren, die Füße nicht hob – mich nett fand.

Mein Brief hat nichts mit Physik zu tun. Ihre Abhandlungen über Quanten, den photoelektrischen Effekt und andere Entdeckungen kenne ich nicht, vielleicht weil ich sie nicht brauche. Morgens binde ich in einem Blumenladen in der Tolstraat Trauerkränze und nachmittags arbeite ich als Kindermädchen. Dabei komme ich sehr gut ohne die Relativitätstheorie aus.

Die Biographien über Sie habe ich gelesen, zuerst die von Seelig und dann die von Snow. Darin werden Sie als genialer Sonderling dargestellt, wie Sie jeder auch von Fotos kennt. In einer Schlabberhose und einer verknautschten Jacke, wie ein Kind, das sich zum erstenmal selber anziehen darf. Und mit diesem Schnurrbart, in dem sich jeder Vogel gerne sein Nest bauen würde.

Jetzt lese ich zum erstenmal ein Buch nicht über Sie, sondern von Ihnen: *Mein Weltbild,* von dem ich in einem Antiquariat am Vlasmarkt die englische Ausgabe fand. Kein Glückstreffer, denn Seite 26 und 27 kleben fest aneinander: ein Stück Käse ist mit dem Papier verschmolzen, und es ist mir nicht gelungen, die Seiten voneinander zu lösen, auch nicht, indem ich sie über den Dampf meines Wasserkessels hielt. In diesem gratinierten Buch behaupten Sie, im Kosmos sei nichts dem Zufall überlassen. Gott, schreiben Sie, würfelt nicht.

Erst dachte ich, Sie sprächen im übertragenen Sinn, doch Sie scheinen mit Gott wirklich Gott zu meinen. Das hatte ich nicht von Ihnen erwartet. Sie machen eine grundlegende Entdeckung und lassen Gott den Ruhm. Haben Sie einkalkuliert, daß Gott vielleicht genausowenig von der Periheldrehung des Merkur begreifen könnte wie ich? Es ist doch nicht undenkbar, daß Gott in Physik von Herrn Brongers ein dickes Ungenügend bekäme. Darüber würde ich mich gerne einmal mit Ihnen unterhalten.

Herr Apfelschnitt, ein Freund meines Vaters, meint, der Atheismus habe uns nichts als Elend eingebrockt. Etwas so Schreckliches wie Auschwitz wäre nur möglich gewesen, weil die Menschen Gott und die ganze Bibel wie eine heiße Kartoffel fallen ließen. Aber in der Bibel wird auch ganz schön drauf losgehauen. Das Problem, glaube ich, besteht eben darin, daß die Menschen Gott nie wirklich fallengelassen, sondern einen Stellvertreter für Ihn gesucht haben, der Stalins oder Hitlers Gesichtszüge trug. Und Ihr Weltbild eines organisierten Kosmos mit einem unfehlbaren höchsten Wesen, das auf die Knöpfe drückt, gibt Ihnen recht. Ich frage mich, ob Gott in der theoretischen Physik nicht genauso fehl am Platze ist wie ein Stück Käse in einem Buch.«

In diesem Augenblick wurde das Papier von ein paar hohen Wellen naß gespritzt. Ein schwerbeladenes Schiff mit dem Namen »Utopia« brummte vorbei. Eine Frau mit rotgebrannten Armen lederte die Scheiben der Kajüte. Ich schaute ihr nach, bis sie mit dem Schiff und das Schiff mit dem Wasser eins wurde. Dann legte ich das durchweichte Heft ins Gras und streckte mich der Länge nach aus. Von der strahlenden Leere des Himmels geblendet, schloß ich die Augen.

Am späten Nachmittag erwachte ich aus einem tiefen Schlaf. Die Luft war heiß und trocken. Meine Wangen brannten. Als ich die Bushaltestelle im Dorf endlich erreicht hatte, lehnte ich mich benommen an die glühende Backsteinfassade des nächstliegenden Hauses.

Die Fahrt nach Antwerpen schien Stunden zu dauern. Irgendwann kamen wir in einer Kurve an einem Feld vorbei, auf dem mindestens hundert Kinder standen. Jedes von ihnen hielt einen billigen, mit knallgrüner Plastikschnur bespannten Federballschläger in der Hand. Doch mit ihrem Spiel stimmte irgend etwas nicht. Eigentlich spielten sie gar nicht. Keins von ihnen hatte einen Ball, und sie hatten auch keinen Kontakt miteinander. Kreuz und quer standen sie im Gras herum und schlenkerten mit trägen Gebärden ihre Schläger hin und her. Ihre großen bleichen Köpfe schwangen mit.

»Mongoloide«, flüsterte eine Mitreisende vor mir ihrer Nachbarin zu.

Kilometer weiter sah ich die Kinder immer noch. Sie standen auf dem verdorrten Feld in der brütenden Hitze. Obwohl sie so viele waren, waren sie allein auf der Welt. Mit ihren grünbesaiteten Schlägern schaufelten sie Luft und warfen sie über die Schultern. Ob sie wußten, weshalb sie das taten? Wahrscheinlich nicht. Ihre Bewegungen waren an sich sinnlos. Was ihnen Sinn verlieh, war die Hingabe, mit der sie sich bewegten, eine Hingabe, die mich mit einem tiefen Glücksgefühl erfüllte, als sei ich durch diese Kinder in ein wichtiges Geheimnis des Lebens eingeweiht worden.

Herr Apfelschnitt bekam eine hartnäckige Grippe, von der er sich nur langsam erholte. Ich brachte ihm einen Strauß Anemonen. Mir zu Ehren war er aufgestanden. In seinem anthrazitgrauen Morgenrock sah er genauso stämmig aus wie in den dunklen Anzügen, die er sonst meistens trug. Doch sein Hals ragte mager aus dem Kragen, und seine Wangen waren eingefallen.

Er legte den Blumenstrauß unwillig beiseite.

»Mit Blumen machst du mir keine Freude. Sobald man sie abschneidet, verkümmern sie. Ich habe nie begriffen, wieso zivilisierte Menschen so gerne faulende Blumen in einer Vase betrachten. Mir reicht mein eigener Verfall.«

Er mußte fürchterlich husten. Im Zimmer war es stickig; Fenster und Balkontüren waren fest verschlossen. Ich fragte, ob ich sie öffnen solle, doch er winkte ab. »Der Straßenlärm stört mich nur. Vielleicht, weil ich daran nicht teilhabe.«

Er versank tiefer in seinem Sessel und schloß seufzend die Augen. Er sagte, daß es lieb von mir sei, einem alten Mann Blumen zu bringen, daß es aber gegen das jüdische Gesetz verstoße. Ob ich nicht wisse, daß wir Pflanzen nicht vernichten dürfen, wenn wir damit einem Tier, und sei es noch so unansehnlich, schaden? Und ob Blumen etwa keine Nahrungsquelle für Bienen, Hummeln und andere Insekten seien? Herr Apfelschnitt empfand eine heilige Ehrfurcht vor allem, was lebt. Da der Talmud lehrt, daß man Tieren keinen unnötigen Schmerz zufügen darf, rührte er weder Fleisch noch Fett an. Milch trank er schon, aber nie, ohne vorher zu sagen: »Möge die Kuh, die diese Milch gegeben hat, lange leben.«

Schweigend betrachtete ich die Figuren auf dem Teppich. Ich kannte das Muster auswendig. Danach wanderte mein Blick zum Schreibtisch, auf dem ein Globus stand, den ich seit Jahren bei jedem Besuch um seine Achse hatte rotieren lassen. Dadurch war er abgenutzt. Die Kontinente und Ozeane waren verblaßt. Aus der Entfernung suchte ich den Wendekreis des Krebses und den des Steinbocks. Die punktierten Seewege fand ich mühelos. New York–Bremerhaven. Southampton–Kapstadt. Früher hatten diese Namen mich bezaubert. Ich mußte daran denken, wie einmal eine Spinne aus meinem Haar gefallen und in Xiangfan in China gelandet war. Blitzschnell war sie nach Grönland gelaufen und dann in alle Himmelsrichtungen. Herr Apfelschnitt hatte in die Hände geklatscht. »Der Marco Polo unter den Spinnen!« hatte er ausgerufen. Auch wir waren damals viel herumgekommen. Manchmal hatten wir den Äquator an einem Nachmittag wohl zwanzigmal überquert, und jedesmal waren wir gekielholt worden. Das waren noch Zeiten gewesen.

Jetzt saßen wir übelgelaunt beieinander. »Reiß doch mal die Luken auf«, keuchte er, während er sich die Stirn mit einem Taschentuch betupfte. Die Balkontüren quietschten. Eine Mischung aus heißer Luft und Abgasen schlug mir entgegen. »Das ist auch nicht viel besser«, sagte ich, »Sie sollten sich einen Ventilator anschaffen.«

Er nickte. »Wenn der Maschiach kommt.« Das

sagte er immer, wenn er etwas auf die lange Bank schieben wollte.

Ich drehte mich um. »Glauben Sie wirklich, daß der Messias kommt?«

Er nickte und zitierte ein bekanntes Gebet.

»Und wenn er auch säumt, so harre ich trotzdem täglich seiner Ankunft.«

»Er könnte also jeden Moment vor der Tür stehen? Dann hätten Sie sich ruhig mal rasieren dürfen!«

»Vorerst wird er noch aufgehalten.«

»Und trotzdem erwarten Sie ihn?«

»Ich erwarte ihn wider besseres Wissen. Es ist nicht so wichtig, ob und wann er kommt, es geht nur darum, daß wir sehnsüchtig Ausschau nach ihm halten.« Er lachte leise vor sich hin. »Kennst du den Witz von den armen Juden in Warschau, die eine elende Behausung gegen eine andere eintauschen? Den ganzen Tag rackern sie sich mit ihren klapprigen Möbeln auf einem Handkarren ab. Abends sitzen sie endlich mit ihren Siebensachen in der x-ten lecken Dachstube. Ihre neun Kinder liegen auf Strohsäcken kreuz und quer zwischen dem Gerümpel. Die Mutter kann sich kaum mehr auf den Beinen halten vor Erschöpfung. Da rennt unten ein Mann die Straße entlang und jauchzt: Der Messias ist gekommen, der Messias ist gekommen! Die Frau gibt einen Stoßseufzer von sich: auch das noch!«

Herr Apfelschnitt war ein Anhänger von Isaak Luria, einem Kabbalisten, der im sechzehnten Jahrhundert in Safed gelebt hatte. Am Anfang, so lehrte Luria, war alles erfüllt von der göttlichen Unendlichkeit. Um die Welt zu schaffen, mußte Gott Seine Unendlichkeit aufheben. Er zog Sich auf Sich Selbst zurück und schuf Raum für den Stoff. So entstanden der Kosmos, die Erde, der Mensch. Und so entstand auch das Böse. Aus Seiner Verbannung ließ Gott Sein Licht scheinen, doch es brach der verhängnisvolle Augenblick an, wo die gewaltige Kraft dieses Lichtes alle Sphären sprengte. Das Licht verstreute sich im Raum. Mit der Verstreuung des göttlichen Lichtes fing auch die Diaspora der Juden an, deren Aufgabe es fortan war, die verirrten Funken zu sammeln, um so den Kosmos in seiner ursprünglichen Vollendung wiederherzustellen. Dies konnte Luria zufolge durch das Studium der Thora und die Befolgung der göttlichen Gebote beschleunigt werden.

Lurias neue Deutung hatte das Leben der Juden in der ganzen Welt verändert. Nicht länger brauchten sie untätig auf den Messias zu warten. Jeder einzelne Jude konnte die Erlösung vorantreiben, indem er betete, fastete und seinen Nächsten liebte wie sich selbst. Früher hatten Juden ihre Verstreuung über die Erde als eine von Gott gesandte Prüfung gesehen, die sie tatenlos über sich ergehen lassen mußten. Unter Lurias Einfluß wurde die Diaspora zur positiven Kraft, sowohl Bedingung wie Vorbereitung der Olam Haba, der Kommenden Welt. Der Messias als Person verlor an Bedeutung. Worauf es ankam, war, daß man ihm den Weg bereitete. Das tat Herr Apfelschnitt so gut er konnte. Außer ihm kannte ich niemanden, der Gottesfurcht und Menschenliebe so harmonisch miteinander zu vereinen wußte. Wahrscheinlich entsprang diese milde Haltung nicht nur seinem Charakter, sondern auch seiner Gewohnheit, von früh bis spät Wodka zu trinken. Sein Frühstück bestand aus zwei mit Butter bestrichenen und mit

Salz bestreuten Scheiben Roggenbrot, die er mit zwei Gläsern Stolitschnaja hinunterspülte. Das rege die Magensäfte an, behauptete er. Abends war die Flasche dann dreiviertel leer. Betrunken war er nie, doch ich hatte den Eindruck, daß der Schnaps weniger seiner Verdauung zugute kam, als daß er sein Urteil über die Welt milderte.

Auch durch die Grippe ließ er sich nicht vom Trinken abhalten. Mein Angebot, ihm Zitronen auszupressen, lehnte er entrüstet ab. Als er sich das soundsovielte Glas Wodka hinter die Binde gegossen hatte, lief ihm der Schweiß von der Stirn.

»Was für eine Hitze!« seufzte er. »Das letzte Mal, daß ich so eine Hitze erlebt habe, war 1946. Oder war es 1947? Ich wartete in Deutschland in einem Lager für Displaced persons auf ein Visum.«

»Wie lang sind Sie da geblieben?«

»Gut drei Jahre. Das Lager stand unter britischer Aufsicht. Bei den Amerikanern war es besser. Wir mußten Zwangsarbeit verrichten, Schutt räumen, mithelfen beim Wiederaufbau. Von Herzen ging das nicht. Wir arbeiteten mit deutschen Bürgern und mit aus der Tschechoslowakei und Ungarn vertriebenen Volksdeutschen zusammen, die ebenfalls im Lager untergebracht worden waren. Eines Abends kam britische Militärpolizei und jagte Hunderte von uns aus unseren Häusern, um für diese Volksdeutschen Platz zu machen. Wir wurden in übervolle Baracken auf der anderen Seite des Geländes umquartiert. Das verstieß gegen die Regeln, denn die Vereinten Nationen hatten Juden und anderen während des Krieges Verfolgten einen Sonderstatus zuerkannt: Weil wir so schlecht dran waren, sollten wir eine Extraportion

Essen und die bestmögliche Unterkunft bekommen. Statt dessen mußten wir unser Bett Leuten überlassen, die nicht nur mit dem Dritten Reich kollaboriert, sondern von denen die meisten auch fleißig Juden abgeschlachtet hatten.«

»Erniedrigend.«

»Nicht nur das. Die Volksdeutschen waren schrecklich verbittert. In ihren Augen war es ein Skandal, daß sie jetzt aus ihrer Heimat, die sie doch verraten hatten, vertrieben worden waren, wobei sie ihren gesamten Besitz verloren hatten. Ihrer Meinung nach waren die Juden daran schuld, die hätten Europa wissentlich in einen Weltkrieg gestürzt. Wir mußten daher nicht nur hilflos zusehen, wie sie unsere Unterkünfte übernahmen, wir mußten auch ihren glühenden Haß ertragen.«

»Taten die Engländer denn nichts dagegen?«

»Die Engländer ließen sich nicht gerade freundlich über Juden aus. General Morgan, der Leiter der Flüchtlingslager in Deutschland, erklärte Journalisten gegenüber, die Juden sähen überhaupt nicht wie Verfolgte aus. Im Gegenteil, sie erfreuten sich bester Gesundheit, und es bestehe vielmehr die Gefahr, daß sie sich zu einer Weltmacht entwickelten. So etwas verkündete Herr Morgan eine Woche, bevor meine Frau an Erschöpfung und Unterernährung starb.«

Er blinzelte mit den Augen. »Eine Weltmacht!« sagte er heiser. »Der Artikel erschien in der *New York Times*. Die Überschrift sprach von einer jüdischen Verschwörung. Einer von uns hatte sich ein Exemplar beschafft. Die Zeitung ging von Hand zu Hand. Wir trauten unseren Augen nicht! Es war Januar 1946, ein knappes Jahr, nachdem die Nachricht vom

Mord an Millionen Juden den Westen erschüttert hatte. Sehr lang hat diese Erschütterung nicht angehalten.«

Er trank noch ein Glas Wodka. »Nicht in Auschwitz, sondern da in dem Flüchtlingslager drang die Wahrheit zu mir durch. In Auschwitz hatte ich mir gar keine Hoffnungen gemacht, einfach weil die Nazis uns keine Hoffnung ließen. Doch von der sogenannten zivilisierten Welt hatte ich zumindest etwas Anstand erwartet.« Er erhob die Stimme. »Nicht viel Anstand«, sagte er mit Nachdruck, »ich hatte nämlich gelernt, mit wenig zufrieden zu sein. Einen Paß wollte ich. Und die Freiheit, irgendwo zu wohnen. Ein Zimmer für mich allein, mit einer Tür, die ich zumachen, und einem Fenster, durch das ich den Himmel sehen könnte. Aber das war zuviel verlangt. Jahrelang haben sie uns da sitzenlassen. Sie hatten keine Zeit, einen Paß aus der Schublade zu ziehen. Sie konnten sich, genauso wie vor dem Krieg, nicht darüber einigen, welches Land wieviel Juden aufnehmen müsse. Belgien hat schließlich achttausend aufgenommen. Das ist eine ganze Menge, wenn man bedenkt, daß ein so großes Land wie Kanada nur sechstausend und Frankreich nicht mehr als zweitausend zuließ.«

»Sollte so ein Mann wie Morgan das wirklich geglaubt haben, das von der jüdischen Verschwörung?« fragte ich.

»Warum nicht? Früher waren die Menschen davon überzeugt, daß wir die Sonne verdunkeln und ihre Ernte durch Hagel vernichten könnten. Die verrücktesten Dinge glaubte man. Daß Juden Hörner hätten und einen Schwanz. Daß jüdische Männer menstruierten. Heutzutage, wo Astronauten auf dem

Mond herumlaufen, braucht man mit solchem Geschwätz natürlich nicht mehr zu kommen. Niemand glaubt mehr, daß wir an Ostern Hostien schänden oder Christenkinder schlachten. Der alte Judenhaß ist mit dem Zeitgeist gegangen. Jetzt vergiften wir nicht mehr den Brunnen auf dem Marktplatz, sondern die ganze Welt. Hinter den Kulissen schmieden wir Komplotte gegen die Menschheit. Wer hat die Französische Revolution angezettelt? Die Juden, Sire. Wer hat dafür gesorgt, daß Deutschland den Ersten Weltkrieg verlor und den Zweiten anfangen mußte? Die Juden, Herr Reichskanzler. Der Haß ist der gleiche geblieben, nur die Begründung dafür hat sich den modernen Bedürfnissen angepaßt. Im Grunde genommen ist jeder Antisemit ein mittelalterlicher Mensch.«

Er nieste ein paarmal und putzte sich umständlich die Nase.

»Früher war ich wie du«, sagte er, »Leute wie General Morgan haben einen Juden aus mir gemacht. Im Ghetto von Krakau gehörte ich nicht dazu, sogar in Auschwitz empfand ich mich noch als Außenseiter. Doch je länger ein Blinder lebt, um so mehr sieht er. Als ich nach Antwerpen kam, schaffte ich mir einen Gebetsschal und Tefillin an. Ich schlug eine Mesusa an meinen Türpfosten und ging in die Schul.«

»Von heute auf morgen?«

Er nickte. »Und vielleicht sogar vom Regen in die Traufe. Es ist mir gleichgültig.« Er bekam wieder einen Hustenanfall und schnappte nach Luft, während er sich in seinem Sessel vornüber beugte. Ich klopfte ihm auf den Rücken, als sei er ein Hund, ein alter kranker Hund. Als er wieder zu Atem gekommen war, brachte ich ihn in sein Schlafzimmer, wo er sich mit den Pantoffeln aufs Bett fallen ließ. Bevor er einschlief, legte er mir ans Herz, doch die Anemonen mitzunehmen. »Bei jeder Blume, die gepflückt wird, geht ein Zittern durch die Erde«, murmelte er.

Die Kalman-Kinder besassen nichts, was den Namen Spielzeug verdient hätte. Im Schlafzimmer, das Avrom und Dov mit Simcha teilten, stand ein aus zwei Brettern und einem Vorhang bestehendes Regal. Darin lagen ein Puzzle von Moses, der mit den steinernen Gesetzestafeln den Berg herabsteigt, ein Dreidel und mehrere einfache Gebetbücher, außerdem ein paar Holzratschen, mit denen Kinder, wenn an Purim in der Schul das Buch Esther vorgelesen wird, bei der Erwähnung des Judenhassers Haman einen Höllenlärm machen. In der ganzen Wohnung gab es weder ein Dominospiel noch einen Ball und noch nicht mal Farbkreide.

Ab und zu las Avrom seinen Brüdern aus einem schmuddeligen Lehrbuch für die Jugend vor, in dem die jüdischen Vorschriften in einer nicht gerade kindgerechten Sprache behandelt wurden.

»Das Feiern des Sabbats besteht nicht nur aus dem Vermeiden unerlaubter Arbeit«, las er gewichtig vor, »nein, die gesamte Art und Weise, wie wir diesen heiligen Tag verbringen, muß mit seiner hohen Bedeutung übereinstimmen. Beim Gehen hat unser Schritt leise und bedächtig zu sein. Keinerlei Erinnerung an Alltagssorgen darf unser Sprechen und Denken überschatten. Auch dürfen wir uns nicht außerhalb des Gebietes, in dem unser Wohnsitz liegt, begeben, und zwar nach allen vier Seiten nicht weiter als zweitausend jüdische Ellen.«

»Was sind jüdische Ellen?« wollte Dov wissen. Avrom hob den Arm.

»Von hier«, sagte er und zeigte auf seinen Ellenbogen, »bis zur Spitze des Zeigefingers. Und das zweitausend Mal. So weit darfst du von zu Hause weggehen.«

»Wie kann man das denn messen, wenn man am Sabbat nicht arbeiten darf?« fragte Dov.

»Man mißt es einfach an einem anderen Tag«, erwiderte Avrom.

Dov ließ sich auf den Boden fallen und kroch auf den Knien herum, indem er einen Arm vor den anderen legte.

»Muß man dann so übers Trottoir kriechen? Und wenn man die Straße überqueren muß? Oder wenn man sich verzählt?«

»Man verzählt sich nicht«, sagte Avrom beleidigt. »Außerdem braucht man nur ein einziges Mal zu zählen. Man zählt zum Beispiel die Ellen zwischen unserem Haus und dem Bahnhof. Wenn es zweitausend sind, weiß man, daß man nie weiter als bis zum Bahnhof gehen darf.«

»Und wenn man in die andere Richtung will?«

Seufzend zuckte Avrom mit den Achseln und blätterte weiter im Buch.

»Steht auch was drin über Enten?« fragte Simcha neugierig.

»Nein«, sagte Avrom, »aber es steht wohl drin, daß Kinder nicht in die Hosen machen dürfen, nicht am Sabbat und auch nicht an anderen Tagen. Kinder, die in die Hosen machen, werden von den bösen Geistern nach Gehinnom mitgenommen.«

Als ich am folgenden Nachmittag mit Simcha allein war, nahm ich das Buch aus dem Regal. Simcha sah es und duckte sich ängstlich hinter das Fußende seines Bettes. Ich blätterte heftig im Buch.

»Hm«, sagte ich, »hier steht nichts über Kinder, die in die Hosen machen, auch nichts über böse Geister, überhaupt nichts, aber wohl etwas über Enten.«

Über dem Bettrand tauchte sein tränennasses Gesicht auf. Er rieb sich die Augen. »Ich wußte es doch«, sagte er mit zittrigem Stimmchen und setzte sich neben mich.

»Was die Enten betrifft«, sprach ich feierlich, während ich mit dem Zeigefinger die Zeilen entlang fuhr. »Am ersten Tag schuf Gott das Licht und die Finsternis. Am zweiten, dritten und vierten Tag machte Er den Himmel, das Wasser, das Land und andere schwierige Dinge. Da brach der fünfte Tag an. Uff, sagte Gott, und jetzt möchte ich auch mal etwas Lustiges machen. Enten zum Beispiel. Er fing sofort damit an, aber es war nicht so einfach, wie Er gedacht hatte. Die erste Ente wurde keine Ente, sondern ein Elefant. Die nächste wurde ein Krokodil. Die sind ja ganz hübsch, meinte Gott, aber Enten sind es nicht, das sieht man doch gleich. Er machte Kaninchen und Känguruhs und scheckige Katzen. Aber dann fand er in seiner Hosentasche eine Handvoll bunter Federn. Moment mal, sagte er, wenn ich mich nicht irre, muß ich irgendwo noch ein paar Schnäbel haben. Und er machte eine ganze Menge Enten und stellte sie auf gelbe Füße. Die sind mir aber gut gelungen! rief er aus. Und wie nett sie quaken. Schade, daß schon so viele Engel bei mir im Himmel herumfliegen, sonst würde ich Enten nehmen!«

»Und weiter?« fragte Simcha.

Ich blätterte um und runzelte die Stirn.

»Da wurde es Abend, und es wurde Morgen, und der sechste Tag brach an. An diesem Tag schuf Gott die Menschen. Er segnete sie und sagte: Seid fruchtbar, mehret euch, stolpert nicht über die Tiere, die auf der Erde herumkriechen, lebt lang und glücklich. Und wenn ihr ein Stückchen Brot übrig habt, gebt es den Enten, denn von allem, was unter der Sonne lebt, sind mir die Enten am liebsten.«

»Mir auch«, sagte Simcha und begann zufrieden an seinem Daumen zu lutschen.

Vom Geld, das ich in dieser Woche verdient hatte, kaufte ich in einem Spielzeugladen eine hölzerne Ente auf Rädern. Sie war gelb und hatte einen knallroten Schnabel, und man konnte sie an einem Stock vorwärtsschieben.

»Dafür ist er doch viel zu groß!« meinte Frau Kalman kopfschüttelnd, als Simcha sein Geschenk ausgepackt hatte. Aber sie sagte nichts, als er mit der Ente durch alle Zimmer, den Flur und die Küche kurvte. Er nannte das Tier Zuzik, was auf jiddisch soviel wie »Grünschnabel« bedeutet. Zuziks einziges Manko war, daß er nicht schnattern konnte. Damit er sich an den Enten im Teich ein Beispiel nähme, mußte er täglich mit in den Park. Anfangs geschah es noch ab und zu, daß Zuzik sich zwischen den Rädern des Kinderwagens verhedderte, aber schon bald lenkte Simcha seine fahrende Ente mit großem Geschick.

Nur Herr Kalman meldete – zum Glück nicht allzu starrköpfig – Bedenken an gegen Zuziks Anwesenheit im Haus.

»Davon lernt der Junge doch nichts!« beschwerte er sich bei seiner Frau, und zwar so laut, daß ich es hören mußte. Er irrte sich. Von dem Augenblick an, als Zuzik im Hause Kalman erschien, machte Simcha nicht mehr in die Hosen.

An der Universität wurden Arbeitsgruppen eingerichtet, in denen nicht nur das dringend erwünschte Mitbestimmungsrecht der Studenten an der Universitätspolitik flammend diskutiert wurde, sondern auch Themen wie die Unterdrückung der Antwerpener Hafenarbeiter, der amerikanische Imperialismus in Vietnam, die Militärdiktatur in Griechenland, das Franco-Regime in Spanien, die Gewalttätigkeit der Portugiesen in den afrikanischen Kolonien und die Übel des Kapitalismus im allgemeinen. Auf alle diese komplizierten Fragen gab es eine einzige schlichte Antwort: Revolution. Das wurde uns an einem Film über die Zuckerrübenproduktion auf Kuba demonstriert, in dem die Leute seit dem Abgang des Diktators Batista und der Machtübernahme von Fidel Castro singend zur Arbeit zogen.

Ein paarmal besuchte ich abends solche Veranstaltungen. Ich wollte gern glauben, daß Gleichheit zwischen Menschen möglich sei. Doch ein kommunistischer Heilsstaat nach Marx schien mir genauso unerreichbar wie das von Jesaja prophezeite messianische Reich. Ich konnte mir noch eher vorstellen, daß der Wolf sich zum Schaf und der Panther sich zum Böckchen legt, als daß jemals der Tag kommen würde, an dem die Menschen einander nicht mehr nach dem Leben trachteten. Die Kommunisten gaben sich auch keine große Mühe, um mich von ihren guten Absichten zu überzeugen. Es war noch nicht so lange her, daß russische Panzer den Prager Frühling mit Gewalt in einen sibirischen Winter verwandelt hatten. Davon ließen sich meine revolutionären Kommilitonen jedoch nicht um den Schlaf bringen. Wenn man sie darauf ansprach, waren einige zwar widerstrebend bereit zuzugeben, daß die Sowjetunion einen eher unglücklichen Kurs eingeschlagen hatte, aber sie taten die Angelegenheit als Denkfehler Stalins ab. An Marx' Ideen, so versicherten sie mir, habe es jedenfalls nicht gelegen. Sie nannten mich albern und behaupteten, ich könne nicht mitreden, solange ich mich nicht ins Gedankengut des Sozialismus vertieft hätte.

Ich fing also bei der Quelle an und las Artikel über Buonarroti und Fourier. Zu meinem Schrecken entdeckte ich, daß viele französische Sozialisten des neunzehnten Jahrhunderts die Juden als die schlimmsten Übeltäter beschimpften. Proudhon sah in ihnen die größten Feinde der Menschheit. Juden mußten seiner Meinung nach entweder ausgerottet oder in die Ebenen Asiens zurückgeschickt werden. Sorel, ein anderer tonangebender Sozialist, plädierte für den bewaffneten Kampf der Arbeiterklasse gegen das jüdische Großkapital.

Doch die tiefste Enttäuschung bereitete mir Marx, der offenbar mit der Mode seiner Zeit gegangen war. Ich begriff nicht, wie der Enkel eines Rabbiners derart dreiste Lügen über Juden zu Papier hatte bringen können. Er bezeichnete sie als selbstsüchtige Ausbeuter, die keinen anderen Gott kannten als den Mammon. Dem Beispiel der französischen Sozialisten folgend, sprach er von »dem Juden«, als ob es nur einen einzigen gäbe: ein gerissenes und unzuverlässiges Geschöpf, das die unangenehmen Eigenschaften aller in sich vereinte, die es mit ihrem tödlichen Haß verfolgten.

Ich las wie besessen, aß wenig und verlangte mir das äußerste ab. Zwar ging ich pflichtgemäß – wenn auch spät nach Mitternacht – zu Bett, aber ich schlief selten länger als drei Stunden und nie ohne Unterbrechung. Schweißgebadet schreckte ich aus Alpträumen auf, in denen Feuer und Schwefel vom Himmel fielen. Manchmal fürchtete ich mich so sehr, daß ich aus dem Bett schoß und mich an die Wand drückte, dann setzte sich der Traum im Halbschlaf fort. Einmal sah ich, wie das Museum brannte. Aus den Fenstern leckten Flammen, die jeden Augenblick auf meine Dachwohnung hätten übergreifen können. Jammernd zog ich mir die Jacke über, packte einen Stapel Bücher vom Tisch und ergriff die Flucht. Erst als ich die Tür zum Speicher hinter mir zugezogen hatte, kam ich zu mir. Verstört betrachtete ich die Bücher in meinem Arm und blickte durch die Bodenluke in die Tiefe. Das machte mich schwindlig. Beschämt ging ich wieder in mein Zimmer zurück und traute mich die ganze Nacht nicht mehr, ein Auge zuzutun.

Wochenlang quälten mich die verschiedensten Angstträume, in denen Feuer eine Rolle spielte. Es war, als suche mein Unterbewußtsein fortwährend nach einem noch wirksameren Mittel, um mir im Schlaf kalte Schauder den Rücken hinunterzujagen. Dieses Mittel lag auf der Hand; meine schwache Stelle war leicht zu finden. Simcha fing an zu erscheinen, in einem Traum, der sich jede Nacht wiederholte. Das Szenario war einfach. Wir saßen nebeneinander auf unserer Parkbank. Ohne sichtbare Ursache begann er plötzlich zu brennen. Eigentlich war es eher ein Schwelen an der Oberfläche, das aber von Funken so tief in seinem Inneren verursacht wurde, daß ich sie nicht löschen konnte. Ich versuchte es zwar, aber es war, als fache ein unsichtbarer Atem das Feuer immer wieder an. Simcha schrie nicht. Er geriet nicht in Panik. Traurig quakend ließ er sich von dem Feuer verzehren. War der Traum zu Ende, hörte ich noch lange sein Quaken. Wie versteinert lag ich auf dem Rücken im Bett, während mein Gesicht in Tränen schwamm.

Im Blumenladen glitten mir die Nelken aus den Fingern. Das Tageslicht tat mir in den Augen weh. Über einem Trauerband mit den Worten *Ruhe sanft, lieber Toter* nickte ich im Stehen ein. Aber meistens gelang es mir wach zu bleiben, indem ich mit aller Macht an meine Mutter dachte und an den Karren, den sie durch Auschwitz gezogen hatte. Ich stellte mir vor, direkt hinter mir stünde ein SS-Mann, der mir beim geringsten Zögern in den Rücken schießen würde. Dann begann ich fieberhaft zu arbeiten.

Herr Apfelschnitt war wieder auf den Beinen, doch die Krankheit hatte Spuren hinterlassen. Er sah erschöpft aus. Die Hose war ihm zu weit geworden und wurde nun von Hosenträgern gehalten, die ihm etwas von seiner Würde nahmen. Er hörte sich die Geschichte meines regelmäßig wiederkehrenden Alptraums an und runzelte dabei die Stirn zu einer Falte, die immer tiefer wurde. »Wer vor dem Feuer wegläuft, fällt ins Wasser«, meinte er schließlich.

»Ich brauche keine Erklärung«, sagte ich kurzangebunden, »Träume sind ein Sammelsurium von Eindrücken und Erinnerungen. Man kann sie deuten, wie man will.«

Er schüttelte heftig den Kopf. »Nach den alten Kabbalisten gibt es keine Träume ohne Bedeutung. Im Schlaf verläßt die Seele den Körper und schwingt sich zu großer Höhe auf. Dort flüstert der Engel Gabriel, der über das Traumreich herrscht, jeder Seele eine Botschaft zu. Solche Botschaften offenbaren sich dem Menschen in der Form von Träumen. Rabbi Simeon hat sogar behauptet, daß auf Erden nichts geschieht, was sich nicht zuvor in einem Traum ankündigt.«

»Und Sie erwarten, daß ich diesen primitiven Unsinn glaube?«

»Du glaubst doch auch ans Radio und ans Fernsehen? Wenn sich elektromagnetische Wellen mit einer Geschwindigkeit von dreihunderttausend Kilometern pro Sekunde durch den Raum fortbewegen können, warum sollte das der Seele nicht gelingen?«

»Gott als Sender und die Seele als Antenne«, sagte ich spöttisch.

»So ungefähr. Aber nicht alle Seelen sind auf die richtige Frequenz abgestimmt. In einem solchen Fall ist der Empfang gestört, und die Botschaft wird falsch verstanden.«

Ärgerlich zuckte ich die Achseln.

»In der Thora wimmelt es von Träumen«, fuhr Herr Apfelschnitt fort. »Wie erregte Joseph den Zorn seiner Brüder und wie geriet er in ägyptische Gefangenschaft? Durch Träume! Wem verdankte er seine Befreiung? Träumen! Unsere Ahnen haben ganz schön viel geträumt, und sie nahmen ihre Träume ernst, die guten wie die bösen. Bis vor kurzem war es üblich, nach einem Alptraum einen Tag lang zu fasten. Wenn ich mich nicht irre, gibt es sogar ein besonderes Gebet, das man nach einem bösen Traum sprechen muß.«

Er ging zum Bücherregal, um für mich nachzuschlagen, aber ich sagte ihm, er solle sich keine Mühe machen, ich könne doch nichts damit anfangen.

Herr Kalman ignorierte mich auch weiterhin. Er duldete meine Anwesenheit nur, weil seine Frau mich angestellt hatte und weil er natürlich wußte, daß Kindermädchen nicht auf Bäumen wachsen. Meine unabhängige Erscheinung brachte Unruhe in seine fromme Familie. Alles, was ich tat oder sagte, war von vornherein fragwürdig. Der Segen des Allmächtigen konnte unmöglich darauf ruhen, da ich Ihn nicht um Seinen Segen bat. Ich war so unrein wie eine Aussätzige, ja schlimmer noch: Während eine Aussätzige das unschuldige Opfer einer Krankheit ist, schlug ich mutwillig die himmlische Gnade aus.

Meine Zuneigung zu Simcha erregte denn auch Vater Kalmans Unwillen. Es stimmte ihn mißmutig, als könne er es nicht ertragen, daß ausgerechnet ich, die ich alle Sünden verkörperte, vor denen er seine Kinder behüten wollte, die Gefühle für seinen jüngsten Sohn mit ihm teilte. Hatte man mich etwa gebeten, Simcha zu lieben? Ich wurde für das Wechseln der Windeln und das Schieben des Kinderwagens durch den Park bezahlt. Mehr wurde von mir nicht verlangt.

Mit Frau Kalman war es anders. Wenn sie den unorthodoxen Geschichten zuhörte, die ich Simcha erzählte, konnte sie ein Lächeln oft nicht unterdrücken. Und wenn ich mit ihm auf dem Rücken laut wiehernd durch die Wohnung stob, während sie am Küchentisch stand und Brotteig knetete, ertappte ich sie dabei, wie ein Leuchten ihre schwarzen Augen erhellte. Amüsierten unsere Spiele sie? Schmeichelte es ihr, daß ich Simcha ihren anderen Kindern, die soviel hübscher und liebenswerter waren, vorzog? Vielleicht war es für sie eine Erleichterung, Simcha mit seinem ernsten Altmännerkopf so unbeschwert lachen zu hören. Vielleicht verstärkte meine Zuneigung zu dem Jungen auch ihre eigenen Gefühle für ihn. Jedenfalls ließ sie mir still und distanziert, doch darum nicht weniger großzügig, die Freiheit, ihn zu lieben, und das Recht, dies auf meine Art zu tun, auch wenn sie mir darin nicht offen zustimmen konnte. So wuchs zwischen uns nach und nach wie beiläufig ein gewisses Einvernehmen.

»Chaja«, fragte sie eines Tages, »könntest du nächsten Donnerstagabend auf die Kinder aufpassen? Mein Mann und ich müssen zusammen wohin. Wir sind gegen elf Uhr wieder da. Du kannst nach der Arbeit mit uns essen, dann brauchst du zwischendurch nicht nach Hause gehen.«

Obwohl ich einer Mahlzeit in Gesellschaft ihres grimmigen Ehegatten mit Schrecken entgegensah, lockte mich die Aussicht, länger als sonst bei Simcha bleiben zu können. Am Donnerstagabend, nachdem wir Tzivja und Esja ins Bett gebracht hatten, setzten wir uns gemeinsam zu Tisch. Das Herz schlug mir bis zum Hals. Unter Herrn Kalmans frostigen Blicken war ich mir jeder meiner Bewegungen bewußt.

Es gab Zwiebelsuppe. Aus den Gärten drang sommerliches Stimmengewirr durch das offene Küchenfenster zu uns herauf. Sonst war nur das Klappern der Löffel zu hören. Avrom kicherte.

»Was hast du heute in der Schule gelernt?« fragte sein Vater.

»Wir haben Psalm 121 gelesen«, antwortete er. »Siehe, der Hüter Israels schläft nicht, noch schlummert er.«

»Schön«, sagte Herr Kalman zufrieden nickend.

»Das schon«, meinte Avrom, »aber wenn es wahr ist, daß der Ewige nie schläft, warum steht dann geschrieben, daß Er am siebten Tag ruhte?«

»Das hebräische Verb ruhen bedeutet auch abbrechen oder aufhören. Am siebten Tag brach Er also die Schöpfungsarbeit ab.«

»Und was tat er, als er die Arbeit abgebrochen hatte?« fragte Avrom, während seine Mutter eine große Schüssel Heringssalat auf den Tisch stellte und Brot zu schneiden begann.

»Sofern die Thora davon berichtet und sofern man es überhaupt wissen kann, tat Er nichts.«

»Dann ruhte Er doch?«

»Wahrscheinlich, doch man kann auch ruhen, ohne zu schlafen«, erklärte Herr Kalman. »Ich ruhe jetzt auch, und doch bin ich hellwach.«

»Du ruhst nicht«, sagte Avrom, »du ißt.«

»In der Tat«, sagte sein Vater ungeduldig, »und ich rate dir, das gleiche zu tun.«

Der Salat aus Heringsstückchen, Kartoffeln und roter Bete schmeckte so wie der, den meine Mutter zubereitete. Ich zwinkerte Simcha zu, der mir schräg gegenübersaß. Herr Kalman streckte die Hand gleichzeitig mit mir nach dem Brot aus. Rasch zog ich meine zurück.

»Und du, Dov? Was hast du heute getan?«

»Wir haben einer Geschichte zugehört. Herr Saidel hat erzählt, wie Rabbi Juda Löw den Golem machte und wie der die Prager Juden gegen den Haß der Gojim schützte. Ich würde auch gern einen Golem machen, man braucht nur Sand und Wasser dazu.«

»Das hast du dir so gedacht!« sagte sein Vater. »Mit Wasser und Sand geht es jedenfalls nicht. Dann kriegst du nur Schlamm auf die Kleider, und deine Mutter hat schon genug zu waschen.«

»Aber wenn ich es ganz vorsichtig mache?«

Herr Kalman lachte. »Kein Mensch kann einen Golem schaffen. Vielleicht war das früher einmal möglich, aber dieses Wissen ist verlorengegangen.« Er nahm ruhig ein paar Bissen Heringssalat und fuhr dann fort: »Nach der Legende bestand der Golem von Rabbi Löw aus dem allerreinsten Berglehm. Da war kein Kieselstein und kein Strohhalm drin. Aus diesem Lehm knetete er im strömenden Wasser der Moldau die Gestalt eines Menschen. Die trocknete er im Feuer, bis der Lehm hart geworden war. Dann begrub er den Golem in der Erde.«

»Warum?« wollte Dov wissen.

»Warum, warum?« Herr Kalman hatte sein Besteck hingelegt und öffnete die Hände wie jemand, der spüren will, ob es regnet. »Das darfst du mich nicht fragen, ich habe nie einen Golem gemacht! Die Legende berichtet, daß es so geschah.«

»Und dann?«

»Dann ging er im Kreis um die Stelle herum, wo der Golem in der Erde lag, nicht einmal, sondern hundertmal, während er immer die gleichen Worte sprach.«

»Was für Worte?«

»Das tut nichts zur Sache. Es ist verboten, sich auf solche Dinge einzulassen, das ist Zauberei.«

»Aber Rabbi Chanina hat es doch auch getan?« sagte Avrom mit vor Aufregung leicht gerötetem Gesicht. »Mit einem anderen Rabbi zusammen hat er nachts heimlich ein Kälbchen gezaubert. Einfach so, aus dem Nichts. Es war dreimal so klein wie ein gewöhnliches Kalb. Ich habe es selber gelesen.«

»Habe ich dir nicht gerade gesagt, du sollst essen?« sagte sein Vater scharf. »Iß also, mein Kind, iß! Und vergiß vor allem nicht zu kauen, gründlich, mit geschlossenem Mund.«

Er wandte sich Dov wieder zu. »Die Geschichte vom Golem, der die Juden vor Unrecht behütet, ist schön, aber es bleibt eine Geschichte. Nur der Ewige, heilig ist Sein Großer Name, kann uns schützen.«

»Das weiß ich schon«, meinte Dov, »ich will auch gar keinen Golem, der uns schützt, sondern einen Roboter, der meine Rechenaufgaben macht und für mich Thora lernt.«

Herr Kalman wischte sich den Mund ab. »Rechenaufgaben kann ein Golem vielleicht machen, aber Thora lernen? Dazu muß man eine Seele haben, und ein Golem hat keine Seele, es sei denn eine aus Lehm.«

Damit war das Gespräch für ihn beendet. Er saß in Gedanken versunken da, bis nach dem Essen gebenscht wurde.

Mit hellen Stimmen trugen die Kinder das hebräische Danklied vor. Es begann mit einem munteren Staccato:

Als der Herr wandte
Zions Geschick,
da waren wir wie Träumende,
da war voll Lachens unser Mund,
da jauchzten unsre Zungen.

Gegen Ende wurde die Melodie hinreißend wehmütig. Während wir sangen, klang wie ein Echo aus einem der Gärten das gleiche Lied herauf:

Vertraue dem Allmächtigen,
Die den Herrn suchen, haben keinen Mangel.
Ich bin jung gewesen, jetzt bin ich alt
und habe noch nie gesehen den Gerechten verlassen,
noch seine Kinder betteln um Brot.

Als die Eltern gegangen waren, rannten die Jungen ausgelassen herum. Avrom wollte nie mehr schlafen, wie der Ewige, und Dov, der seinem großen Bruder alles nachmachte, war ebenfalls fest entschlossen wach zu bleiben.

»Okay«, sagte ich, »ihr dürft wach bleiben, aber nur im Bett.«

Sie schleppten sämtliche in der Wohnung vorrätigen Kissen herbei.

»Die legen wir uns in den Rücken. Dann können wir geradesitzen«, verdeutlichte Avrom.

Als ich später im Wohnzimmer auf dem Sofa saß und las, tauchte Simcha auf. Das rote Haar klebte ihm an der Stirn und seine Wangen waren naßgeweint.

»Ich will die Augen ja offenhalten«, klagte er, »aber sie gehen immer zu. Avrom sagt, daß ich nicht mitspielen darf und daß der Golem kommt und mich holt. Er hat mir mein Kissen weggenommen.«

Ich legte das Buch beiseite und streckte mich der Länge nach aus.

»Komm«, sagte ich und zog ihn an mich, »wir sind ganz normale Menschen und brauchen nicht wach zu bleiben.«

Er kuschelte sich an mich.

Mit kurzen, hastigen Atemzügen, als ob er schluchzte, schlief er in meinem Arm ein. Unser Zustand hatte etwas Armseliges, dessen ich mich schämte. Es war, als ob ich aus großer Höhe auf uns herabblickte, wie wir da auf diesem häßlichen Sofa lagen, in diesem schäbigen Zimmer, unter diesem grellen Licht. Wie war ich hierher gekommen? Und was hatte dieses fremde Kind in meinen Armen zu suchen? Ich beugte mich über ihn. Seine Nasenflügel bebten, sonst bewegte sich nichts in seinem Gesicht. Ich betrachtete die glatten Lider mit dem feinen roten Rand.

Simcha Kalman. Ein dreijähriger Knirps mit Schläfenlocken und einem Bart. Der Bart war noch nicht sichtbar, aber es war, als könne er jeden Moment durch die zarte Kinderhaut hindurch zum Vorschein kommen. Simcha war, wie sein Vater, sein Großvater und seine Vorväter seit vielen Generationen, mit einem Bart zur Welt gekommen.

Simcha Kalman. Wie gerne hätte ich ihn meine Welt entdecken lassen, eine Welt, die soviel weiter war als die enge Wohnung, der Park und das Stückchen Straße dazwischen. Bevor seine Augen sich an der Thora, dem Talmud und den Gebetbüchern halb blind gestarrt haben würden, hätte ich ihm gerne beigebracht, wie man den Schiffen auf der Schelde nachwinkt. Ich hätte ihn gern zum Meir mitgenommen und dort warme Waffeln mit ihm gegessen, dem Puppenspiel im Poesjenellen-Keller zugeschaut und abends auf dem Groenplaats mit ihm dem Glockenspiel gelauscht. Doch ich wußte, daß ich das Unmögliche wünschte. Er war in einem Leben gefangen, dessen Aktionsradius nicht größer war als die zweitausend biblischen Ellen, von denen Avrom gesprochen hatte. Innerhalb dieser Grenzen mußte ich ihn lieben, so wie er war.

In der Wohnung meiner Eltern stand in einem der Zimmer ein großer hölzerner Webstuhl, den meine Mutter vor Jahren über ein Versandhaus in Schweden bestellt hatte und dessen Montage nicht einfach gewesen war. Zwar war eine Kiste mit Einzelteilen angekommen, doch die Gebrauchsanweisung fehlte. Abend für Abend hatte mein Vater vergeblich versucht, das Gerät zusammenzusetzen.

»Hast du nicht noch so was für mich!« hatte er vorwurfsvoll zu meiner Mutter gesagt.

»Du hast auch gar kein Geschick in diesen Dingen«, hatte sie erwidert, während sie das Resultat seiner Bemühungen mißbilligend betrachtet hatte. »Es sieht aus wie ein mittelalterliches Folterwerkzeug.«

»Vielleicht ist es das auch! Bist du sicher, daß du einen Webstuhl bestellt hast?«

Nach einer Woche hatte er den Mut verloren.

»Kennst du die Geschichte von dem Arbeiter im Dritten Reich?« hatte er mich gefragt. »Der arbeitete in einer Fabrik, die Kinderwagen herstellte. Als seine Frau schwanger wurde, beschloß er, nach und nach heimlich Teile mitgehen zu lassen, denn er verdiente nicht genug, um sich einen eigenen Kinderwagen zu kaufen. Als er endlich alles beisammen hatte, stieg er auf den Dachboden, um den Wagen zusammenzusetzen. Stunden später kommt er niedergeschlagen herunter. Ich kapier's nicht, sagt er zu seiner Frau, was ich auch mache, immer wird ein Maschinengewehr daraus!« Mein Vater hatte auf den mißlungenen Webstuhl gezeigt und geseufzt: »Jetzt verstehe ich, wie der Mann sich gefühlt haben muß.«

Kurz darauf wurde eine zweite Kiste aus Schweden geliefert, die beim Zoll hängengeblieben war und die sowohl die fehlenden Teile wie die Anleitung enthielt.

Als der Webstuhl meiner Mutter endlich zur Verfügung stand, benutzte sie ihn ausgiebig. Täglich webte sie mindestens drei Stunden. Sie entwickelte eine Vorliebe für Beduinenmotive, in denen Schwarz und Rot überwogen. Mit diesem Stoff wurden alle Stühle und Sessel bezogen. Die Wohnung wurde mit grellbunten Teppichen, Wandteppichen und Bettdecken vollgestopft. Trotzdem webte sie weiter. Sie hatte es gern, wenn man ihr dabei zuschaute, doch wir zeigten wenig Interesse an ihrer Arbeit. Nur gelegentlich, wenn ich sie dringend etwas fragen mußte, ging ich ins Webzimmer. Anfangs wunderte ich mich über die Häßlichkeit des Stoffes mit seinen stoppeligen Fadenenden. Erst wenn sie den fertigen Teppich mit der Schere aus seinem dünnen Gerüst befreite, kam das Muster zum Vorschein. Im Wohnzimmer knüpfte sie dann vor Zufriedenheit strahlend die Kettfäden paarweise zu Fransen.

»Habt ihr die Farben gesehen?« rief sie aus. »Was für Farben!«

Als ich eines Sonntagmorgens im Juni zu Besuch kam, traf ich nur meine Mutter zu Hause an. Nachdem ich auf dem Sofa Platz genommen hatte, legte sie mir ein Buch in den Schoß, das *Die Geschichte der Navajo-Webkunst* hieß. Es enthielt zum größten Teil Abbildungen traditioneller Navajostoffe.

»Sieh dir das charakteristische Sägezahnmuster an«, sagte sie, während sie mit dem Zeigefinger ehrfürchtig an den gezackten Linien entlangfuhr, »und das Diamantmotiv.« Sie hatte sich hinter mich gestellt und blätterte schnell von einer Abbildung zur nächsten. Ich hielt ihre Hand fest, um das Foto eines Webstuhls aus dem neunzehnten Jahrhundert genauer betrachten zu können, der aus zwei Baumstämmen bestand, zwischen denen die Kettfäden gespannt waren. Der Anfang eines Teppichs war sichtbar; eine knieende Navajofrau führte den Webkamm. Um sie herum tummelten sich Schafe.

»1864 schaffte Kit Carson das Navajoproblem endgültig aus der Welt«, las ich vor. »Unter seiner Leitung wurden mit der Taktik der verbrannten Erde Speicher, Vieh und Obstgärten des Navajovolkes zerstört. Die achttausend Indianer, die sich ergaben, gingen als Kriegsgefangene zu Fuß nach Fort Sumner im Osten von New Mexico, wo man ihnen Nummernschildchen umhängte. Schließlich landeten sie in Bosque Redondo, einem verdorrten, verlassenen Reservat, das Hunderte von Kilometern von ihrer Heimat entfernt war.«

Meine Mutter blätterte rasch um. »Früher webten die Navajo-Indianer ihre Decken so fest«, sagte sie nervös, »daß sie völlig wasserdicht waren. Das will ich auch versuchen.«

»Wieso«, fragte ich, »hier regnet es doch nicht rein?«

Sie ging in die Küche. »Man kann nie wissen«, sagte sie über die Schulter.

Was konnte man nie wissen? Wir tranken Kaffee. Meine Mutter seufzte. »Gut, daß du da bist. Dein Vater ist wieder unterwegs, und nachher kommen die Goldblums.«

Ich sagte ihr, ich müsse arbeiten.

»Seit wann arbeitest du sonntags im Blumenladen?«

»Nicht im Blumenladen, bei Familie Kalman.«

»Gehst du da so hin, in diesen alten Jeans und der verwaschenen Bluse? Da werden sich die Leute aber freuen! Und den Rock, den ich vor kurzem für dich gekauft habe, trägst du den nie?«

Ich schüttelte den Kopf.

»Früher hast du so nett ausgesehen. Jetzt bist du wie eine Wilde. Du glaubst doch nicht, daß das auf Männer wirkt?«

»Männer interessieren mich nicht«, erwiderte ich, »aber sie nehmen auch nicht schreiend Reißaus, wenn sie mich sehen. Neulich liefen mir zwei chinesische Matrosen nach und letzte Woche ein polnischer Tourist, der sich nach dem Weg erkundigte: Er wollte mit mir ins Kino und in die Oper und mich heiraten.«

»Alles an einem Tag?«

»Um ihn loszuwerden, mußte ich ein Taxi nehmen. Als es losfuhr, brachte er mir ein Ständchen.«

»Er brachte dir ein Ständchen? Ein Pole?« Ein Schauder überlief sie.

»Ja, er führte mitten auf der Straße einen Tanz auf und sang dazu. Er war eigentlich ganz nett.«

»Und solche Elemente fühlen sich zu dir hingezogen? Wie primitiv! Chinesische Matrosen. Singende Polen. Das passierte mir zu meiner Zeit nie.«

»Nein, zu deiner Zeit wimmelte es auf der Straße von singenden Deutschen.«

Sie stellte ihre Tasse hin und schlug das Buch über die Webkunst auf.

»Du kannst nie einfach mal gemütlich sein«, sagte sie, ohne mich anzuschauen. »Das hast du bestimmt von deinem Vater. Der geht auf Kofferjagd, wenn er Lust dazu hat. Und wenn er zu Hause ist, macht er den Mund kaum auf.«

»Kein Wunder. Diese Koffer beschäftigen ihn eben sehr, aber sobald er mit dir darüber redet, machst du ihm alle seine Illusionen zunichte!«

»Soll ich das Spiel etwa mitspielen? Du weißt genausogut wie ich, daß er die Koffer nie findet. Ich mache mir Sorgen um ihn, und ich will ihm die Enttäuschung ersparen.«

»Die einzige, um die du dir Sorgen machst, bist du selber. Alles muß immer beim alten bleiben, einfach, gemütlich. Einfach gemütlich sein, das ist in diesem Haus Pflicht. Wenn es mal ungemütlich zu werden droht, backst du Kuchen oder webst wasserdichte Decken.«

»Was hast du gegen Gemütlichkeit? Weshalb geht es in anderen Familien gemütlich zu, nur bei uns nicht?«

»Das bildest du dir doch bloß ein. Es gibt gar keine gemütlichen Familien.«

Zum Glück kam mein Vater in diesem Augenblick nach Hause. Er küßte erst meine Mutter und dann mich. Ich wagte nicht, mich nach den Koffern zu erkundigen, denn er sah nicht so aus, als hätte er Fortschritte gemacht.

»Wie geht's?« fragte ich.

Er seufzte. *»Ich bin ein Berliner.«*

Dieser Satz, den John F. Kennedy bei seinem legendären Berlinbesuch geprägt hatte, führte seitdem in unserem Haus ein eigenes Leben. Damals, als Kennedy damit in die Nachrichten kam, war mein Vater in Lachen ausgebrochen. Sehr zum Ärger meiner Mutter, die nicht verstanden hatte, was daran so komisch war. »Es heißt: *Ich bin Berliner*«, hatte mein Vater lachend erklärt, *»ich bin ein Berliner,* bedeutet: Ich bin ein Pfannkuchen!« Beim Gedanken an den Präsidenten als einen mit Zuckerguß überzogenen Pfannkuchen hatten auch meine Mutter und ich lachen müssen. Der Ausdruck hatte sich erhalten, zuerst als Witz, doch allmählich in der Bedeutung: Kümmere dich nicht um mich, ich bin schlechter Laune, oder: ich will meine Ruhe haben!

Mein Vater ließ sich in einen Sessel sinken. Er mußte lange gelaufen sein, denn er schwitzte und hatte sogar den obersten Knopf seines Hemds aufgemacht, was er eigentlich verabscheute und bei anderen »proletenhaft« fand. Ich hatte Mitleid mit ihm und wünschte mir plötzlich genauso wie meine Mutter, daß er seine Suchaktion aufgeben würde.

»In einer Stunde kommen die Goldblums«, sagte sie.

Er strich sich übers Gesicht. »Das hat gerade noch gefehlt!« sagte er aus tiefstem Herzen. Er konnte vor allem die stark parfümierte Frau Goldblum nicht leiden, die sich oft darüber beschwerte, daß ihre Ehe kinderlos geblieben war, und in ihrem gebrochenen Niederländisch hinzufügte: *»Majn man, majn man, haj kent dat koenstje niet!«*

Während er sich frisch machte, verabschiedete ich mich von meiner Mutter und machte mich auf den Weg zu den Kalmans.

In der Hitze des Nachmittags setzten Avrom und Dov einander auf der Straße nach. Simcha lehnte an der Mauer. Das Hemd hing ihm aus der Hose; in Gedanken versunken spielte er mit der weißen Franse seines Arba Kanfot. Erst als mein Schatten über sein Gesicht fiel, blickte er auf. Ich beugte mich über ihn und küßte ihn auf die Stirn.

»Noch amol«, sagte er lächelnd. Kaum hatte ich mich ein zweites Mal gebückt, da stürzte der Hausmeister auf uns zu. Ohne ein Wort zu sagen, packte er Simcha am Arm und zerrte ihn mit sich ins Haus. Erschrocken rannte ich hinter ihnen her, doch als ich aus dem grellen Licht ins Halbdunkel der Diele trat, tanzten mir Sonnenflecken vor den Augen. Blind lief ich bis ans Ende des Flurs, wo sich die Silhouette des Mannes abzeichnete.

»Jetzt will ich dir ein für allemal zeigen, wie man die Aufzugstür zumacht«, rief er außer sich. Er öffnete das gußeiserne Faltgitter, drückte Simchas Hand an den Türpfosten des Aufzugs und stieß das Gitter mit einem Ruck zu.

Ich stellte blitzschnell den Fuß dazwischen, doch er versetzte mir einen Stoß mit dem Ellbogen, so daß ich das Gleichgewicht verlor. Im Fallen klammerte ich mich an den Kragen seines Kittels und hängte mich mit meinem ganzen Gewicht daran. Mit einem scharfen Ton riß zuerst der Kragen wie unter dem Rasiermesser und dann das ganze Rückenstück mittendurch. Der Hausmeister schrie auf und ließ Simchas Handgelenk los. Wie ein Esel schlug er nach hinten aus.

»Renn die Treppe rauf!« rief ich Simcha zu, doch der schien nichts zu hören. Erstaunt beobachtete er unseren Zweikampf. Ich schlüpfte unter dem Arm des Hausmeisters hindurch, faßte Simcha um die Taille und brachte ihn und mich auf der Treppe in Sicherheit.

»Mein Kittel ist zerrissen!« brüllte der Mann uns nach. »Ein Kittel für fünfzehnhundert Franken!«

Auf der obersten Stufe drehte ich mich um. Das Blut hämmerte mir in den Schläfen.

»Was bilden die sich bloß ein?« schnaubte der Hausmeister Attila an, der ganz in der Nähe saß und gähnte. »Jeden Tag muß ich diese Scheißtreppe hinauf, um den Aufzug herunterzuholen. Ich hab es nicht nötig, mich von ein paar Juden schikanieren zu lassen. Dafür werde ich nicht bezahlt!« In ohnmächtiger Wut riß er das Aufzugsgitter ein paarmal auf und zu. »Das gehört nicht zu meiner Arbeit!« schrie er, »das gehört verdammt noch mal nicht zu meiner Arbeit!«

»Haben Sie andere Ambitionen?« rief ich mit schriller Stimme. »Wollen Sie sich etwa aufs Zerquetschen von Kinderhänden verlegen?« In der Tiefe ging ein derbes Schimpfen los. Ich nahm Simcha auf den Arm. Er war federleicht. Mit Volldampf trug ich ihn die restlichen fünf Treppen hinauf.

»Kein Grund zur Aufregung«, meinte Frau Kalman, nachdem ich ihr Bericht erstattet hatte. »Wir wollen mit niemand Krach und bestimmt nicht mit dem Hausmeister. Wir können nicht rein ins Haus und nicht raus, ohne an dem Mann vorbei zu müssen.«

»Aber um ein Haar hätte er Simchas Hand zerquetscht!«

Sie ging in die Hocke und untersuchte Simchas Hände. Es war keine Schramme an ihnen zu sehen. »Komm«, seufzte sie, »ich schenke uns Tee ein.«

»Der Mann ist lebensgefährlich«, beharrte ich, »er beschimpft uns als Saujuden. Und jetzt, wo ich seinen Kittel zerrissen habe, haßt er uns erst recht wie die Pest.«

Achselzuckend erwiderte sie: »So ist es nun einmal. Es ist nie anders gewesen.«

»Wenn Sie sich so leicht damit abfinden, wird es wohl auch immer so bleiben!« gab ich bissig zurück.

Mit bebenden Lippen trank ich den Tee. Meine Zähne schlugen an den Rand des Glases.

»Ist sein Kittel wirklich kaputt?« fragte sie.

Ich nickte. »Ja, aber ich denke nicht daran, den Schaden zu ersetzen, wenn Sie das meinen. Lieber sterbe ich!«

Sie lachte. »Es steht geschrieben, daß wir uns nicht über den Fall unseres Feindes freuen dürfen; aber nirgends steht, daß wir ihm aufhelfen müssen.«

Der Streit mit dem Hausmeister hatte Simcha doch stärker mitgenommen, als ich dachte. Zum erstenmal seit Wochen hatte er in die Hosen gepinkelt. Als ich ihn frisch machte, kam Avrom ins Bad und rief aufgeregt, sein Bruder müsse unbedingt die Segenssprüche lernen, die jüdische Männer beim Ankleiden sprechen.

»Wenn du dir die Hose anziehst, mußt du sagen: Gepriesen seist du, König der Welt, der mich nicht als Frau erschaffen hat.«

Simcha brach in Tränen aus.

Als Avrom mit dem Segensspruch für den Gürtel begann, kam seine Mutter herein und jagte ihn aus dem Raum. Aber noch aus der Ferne rief er: »Gepriesen seist du, König der Welt, der Israel mit Kraft umgürtet.«

Als ich gegen sechs nach Hause kam, hatte die Temperatur in meinem Mansardenzimmer so ungefähr den Siedepunkt erreicht. Um zu verhindern, daß meine Möbel sich verflüssigten, riß ich alle Fenster auf. Dann zog ich mich aus und steckte in der Küche den Kopf unter den Wasserhahn. Lauwarmes, nach Rost riechendes Wasser strömte durch mein Haar und lief mir in Rinnsalen den Rücken herunter, als ich mich wieder aufrichtete. Es brachte keine Abkühlung. Durch die Fenster wehte kein Lüftchen; die Hitze blieb wie eine Säule im Zimmer stehen.

Mir dröhnte der Kopf. Ich regte mich über den Hausmeister auf. Und ich regte mich über die Tatsache auf, daß ich mich über jemand aufregte, der die Aufregung nicht wert war, mit dem Ergebnis, daß ich immer wütender wurde. So wütend, daß mir schlecht wurde und ich mich auf dem Bett ausstrecken mußte. Ich rollte mich auf die Seite und zog die Knie an. Nach einer Weile konnte ich wieder ruhiger atmen, die Augen fielen mir zu. Das letzte, was ich sah, war das Buch, in dem ich in der Nacht zuvor gelesen hatte. Aufgeschlagen lag es auf dem Tisch, als ob es sehnsüchtig auf mich warte.

Ich schlief ein und träumte von einer großen Synagoge. Die Wände mit blauem Mosaik wurden von Kerzen erleuchtet. Hunderte von Chassidim in schwarzen Kaftanen und Pelzmützen standen in langen Reihen hintereinander. Ich dachte, sie würden beten. Doch als ich genauer hinsah, merkte ich, daß sie gar nicht beteten, sondern sich an ihren Gebetbüchern vergriffen. Mit wollüstigen Gebärden blätterten sie die Seiten um. Schamlos streichelten sie das Papier oder führten es an die Lippen. Während sie hebräische Laute ausstießen, schaukelten sie immer wilder auf und ab, bis ihre Bücher vor Genuß gurrten und stöhnten. Durch das Gebäude ging ein langgezogener Seufzer, der die Flammen der Kerzen erzittern ließ.

Die Tauben in der Dachrinne weckten mich. Es dämmerte. Ich kleidete mich an und spazierte zur Schelde. Sogar dort war es windstill, doch die Nähe des Flusses verschaffte einem wenigstens die Illusion einer gewissen Kühle. An eine eiserne Duckdalbe gelehnt saß ich am Ufer. Ich rief mir die Worte ins Gedächtnis, die Avrom gesagt hatte. Gepriesen seist du, König der Welt, der Israel mit Kraft umgürtet. Worin bestand Israels Kraft? Für Familie Kalman jedenfalls nicht darin, daß sie sich gegen Anfeindungen wehrte, sondern darin, daß sie sie erduldete. Und wer war mit Israel gemeint? Die Kalmans, in ihrer an Feindseligkeit grenzenden Abgeschiedenheit? Mein Vater, mit seinem Plädoyer für die Anpassung? Meine Mutter, für die Judentum gleich Schmerz war? Herr Apfelschnitt, für den es Erlösung bedeutete? Oder sie allesamt?

Nach der Thora hatte Gott den Juden aufgetragen, ein Licht zu sein unter den Völkern. Aber die Thora hinkte hinter den Tatsachen her. Selbst die Papuas und die Lappländer besaßen heutzutage Glühlampen. Auserwählung, Ausrottung. Zwischen diesen beiden Wörtern erstreckte sich das jahrhundertealte Unvermögen der Juden, sich selbst, und das der Welt, die Juden zu begreifen. Es waren fatale Wörter, deren

Bedeutung ich nie am eigenen Leibe erfahren hatte. Aber ich war mit den Folgen, die sie für die Menschen in meiner Umgebung hatten, vertraut. Auserwählung und Ausrottung waren die einander ergänzenden Pole eines jüdischen Identitätskonflikts, mit dem ich nichts zu schaffen haben wollte.

Und Gott? Irgendwo hatte ich gelesen, daß ein Eskimo, der allein über die Polarebene zieht, in bestimmten Abständen ein Inokok errichtet, einen Steinhaufen, der aus der Ferne einer menschlichen Gestalt ähnelt. Nach dieser Gestalt aus Stein schaut er sich, während er weiterzieht, mehrmals um. Vielleicht winkt er dem Ding auch zu, vielleicht murmelt er etwas, vielleicht singt er ihm aus voller Kehle Lieder. Und vielleicht sieht er nach einer gewissen Zeit, wie sein steinernes Alter ego sogar zurückwinkt? Diese ferne, dunkle Gestalt soll ihn jedenfalls davor schützen, in der Leere der verschneiten Landschaft vor Einsamkeit wahnsinnig zu werden.

Für Herrn Apfelschnitt, die Kalmans und Millionen andere ersetzte Gott den Inokok des Eskimos. Auf ihn richteten sie ihren Blick, zu ihm sprachen sie und ihm zu Ehren sangen sie. Sie taten dies mit so viel Überzeugung und schon seit so langer Zeit, daß sie darüber vergaßen, daß sie selber es waren, die ihn geschaffen und beseelt hatten wie Rabbi Löw den Golem.

Ich war davon überzeugt, daß der Hausmeister sich rächen würde. Nach seiner primitiven Auffassung von Ursache und Wirkung hatte ich nicht nur seinen zerrissenen Kittel auf dem Gewissen, sondern nebenbei auch, und das kam ihm wie gerufen, sein ganzes zerrissenes Leben.

Am Abend nach dem Vorfall war es mir gelungen, das Haus der Kalmans unbemerkt zu verlassen, aber so viel Glück würde ich gewiß kein zweites Mal haben. Ich rechnete damit, daß er tags darauf gleich an der Haustür auf mich losgehen würde.

Er enttäuschte mich nicht. Kaum stand ich unten an der Treppe, da stürmte er schon auf mich zu.

»Der kaputte Kittel muß bezahlt werden«, zischte er, »das kostet dich fünfzehnhundert Franken!«

»Ganz so dringend scheint es nicht zu sein«, gab ich ruhig zurück. »Ich sehe, Sie tragen einen anderen.«

»Natürlich trage ich einen anderen! Ich habe zwei, und jede Woche gebe ich einen in die Wäsche. Das muß ich auch, bei diesem Dreck hier!«

»Ich habe nicht die Absicht, Ihnen fünfzehnhundert Franken zu geben.«

Er knirschte vor Wut mit den Zähnen. »Dann beschwere ich mich beim Hausbesitzer in Brüssel.«

»Tun Sie, was Sie nicht lassen können«, sagte ich und stellte den Fuß auf die unterste Stufe. »Und sagen Sie dann auch gleich dazu, daß der fragliche Kittel entzwei ging, als Sie einen Bewohner dieses Hauses belästigten.«

Ich lief die Treppe hinauf, ohne auf sein ohnmächtiges Gebrüll zu achten.

Er sprach mich noch ein paarmal an. Als ich mit den Kindern in den Park gehen wollte, tänzelte er wie ein Boxer um mich herum. »Wenn ich recht verstehe, hast du also nicht vor, mir meinen Kittel zu ersetzen?« fragte er drohend, worauf ich bestätigend nickte und er tänzelnd aus dem Blickfeld verschwand.

Als wir zurückkamen, schlug er einen anderen Ton an. »Sie meinen vielleicht«, sprach er untertänig, während ich mit Esja zum Aufzug ging, »daß der Hausbesitzer mir meine Kittel zahlt. Da irren Sie sich aber. Ich muß alles von meinem Lohn kaufen, bis hin zu den Seifenflocken und dem Bohnerwachs. Jeden Nagel, den ich hier in die Wand schlage, zahle ich aus der eigenen Tasche.«

»Und jeden Riß in der Decke verputzen Sie mit ihrem eigenen Blut«, gab ich zurück. »Tja, das Leben ist nicht leicht.«

»Sie machen sich darüber lustig, aber ich brauche einen Kittel zur Ausübung meines Berufes! Wie sollen die Leute mich sonst erkennen? Ein Kittel ist doch wirklich das mindeste! Wissen Sie, daß Haushüter früher eine Uniform anhatten?«

»Mit oder ohne Orden?« fragte ich und wiegte das Baby ungeduldig auf dem Arm.

Einen Augenblick lang war er verwirrt. Dann stiefelte er beleidigt weg, so schnell, daß Attila kaum mit ihm Schritt halten konnte.

Damit war die Sache erledigt. Das dachte ich wenigstens, während ich Tzivja und Esja mit Obstbrei fütterte. Auch der Hausmeister schien wieder zur Tagesordnung übergegangen zu sein. Als ich nach unten kam, um den Kinderwagen zu holen, schleppte er sich gerade mit einem großen Tisch ab. Ich empfand es als Erleichterung, daß er wieder wie sonst vor sich hin schimpfte. »Weg da, Attila, weg da! Steh mir nicht im Weg, es ist schon schwer genug, und mir strömt das Blut schon wieder in die Füße. Nicht so schwer arbeiten, sagt der Doktor. Was versteht ein Doktor schon von Arbeit, Attila? Der braucht keine Tische zu schleppen, dafür hat er seine Leute.«

Als ich jedoch nach der Arbeit aus dem Aufzug trat, war der Gang inzwischen so vollgestopft mit Möbeln, daß ich kaum mehr durchkam. An einem altmodischen Kleiderschrank, der im rechten Winkel an die Wand geschoben war, konnte ich mich gerade noch vorbeidrücken. Als ich versuchte, mich seitlich durch die Öffnung zu zwängen, merkte ich, daß auch sie versperrt war. War das nicht der Tisch, den ich den Hausmeister eine Stunde zuvor hatte herumschieben sehen? Hochkant gestellt, die Tischplatte nach vorn, so verschloß er das Loch bis zur Augenhöhe. Der Hausmeister, einen halben Kopf größer als ich, konnte gerade noch darübergucken.

»Wenn du mir brav die fünfzehnhundert Franken gibst«, sagte er triumphierend, »dann habe ich vielleicht die Freundlichkeit, dich durchzulassen!«

Mein Blick wanderte vom Schrank zum Tisch. Sie hatten mir gleich den Eindruck einer Barrikade gemacht, aber es dauerte eine Weile, bis mir klar wurde, daß das Absicht war. Was sollte ich tun? Mich dagegenstemmen? Darüberklettern? Diese Genugtuung gönnte ich dem Herrn Haushüter nicht. Gab es keinen anderen Weg nach draußen? Auf Zehenspitzen schlich ich durch den Gang und drückte lautlos die Klinken, aber die Türen waren alle verschlossen.

Ich dachte an die Erzählung des Baal Schem Tow vom Palast mit seinen imaginären Mauern. War es möglich, Mauern durch bloße Denkkraft einzureißen? In den erhabenen Regionen des Geistes vielleicht. In der Welt der Materie, wo Idioten das Szepter schwangen, schienen die Mauern nur allzu echt zu sein, übrigens genau wie die Idioten selbst. Nachdem ich mir das Gekicher des Hausmeisters, der sich auf der anderen Seite des Schranks ins Fäustchen lachte, eine Weile angehört hatte, drehte ich mich um und stieg wieder in den Aufzug.

Frau Kalman war nicht im geringsten erstaunt oder verärgert. Sie hatte Angst vor dem Zorn des Hausmeisters und schlug vor, den zerrissenen Kittel nachträglich zu erstatten. Sie nahm fünfzehnhundert Franken aus dem Schrank, aber ich weigerte mich, das Geld anzunehmen.

»Dann gebe ich es ihm selbst«, sagte sie.

»Wenn Sie das tun, arbeite ich hier ab heute nicht mehr.«

Sie seufzte. »Wenn nur mein Mann da wäre, der könnte wenigstens mit ihm reden. Aber er ist auf Geschäftsreise in der Schweiz.«

»Reden ist sinnlos. Der Hausmeister spricht eine andere Sprache.«

»Das ist wahr, er spricht kein Jiddisch, aber mein Mann kann Flämisch.«

»Nein, so meine ich es nicht. Mit dem Hausmeister ist kein Gespräch möglich, in keiner Sprache. Er ist ein Mensch von anderer Wesensart.«

»Er ist ein Goi.«

»Nicht alle Gojim sind so wie der Hausmeister, Frau Kalman! Ich weiß zwar, daß in dieser Stadt eine ganze Menge Gojim herumlaufen, die nichts für Juden übrig haben, aber deshalb gehen sie noch lange nicht auf jüdische Kinder los, und sie errichten auch keine Barrikaden. Beim Hausmeister ist eine Schraube locker.«

»Das mag schon sein«, antwortete sie, »aber es muß doch auch an dir liegen. Wir wohnen jetzt schon fünf Jahre hier und haben noch nie Schwierigkeiten mit ihm gehabt.«

»Er beschimpft Sie als jüdisches Schwein, er mißhandelt Ihre Kinder und schikaniert Ihr Personal, und Sie haben nie Schwierigkeiten mit ihm?«

»In all den Jahren ist nichts wirklich Schlimmes passiert, jedenfalls nichts, wofür sich eine schlaflose Nacht gelohnt hätte.«

»Und was wäre für Sie wirklich schlimm? Totschlag? Vorsätzlicher Mord?«

»Ich will nichts mehr davon hören«, sagte sie. »Du übernachtest heute bei uns und morgen sehen wir weiter. Wir dürfen die Sache nicht auf die Spitze treiben.«

»Die Sache ist längst auf die Spitze getrieben, und zwar vom Hausmeister. Ich denke nicht daran, bei Ihnen zu übernachten! Außerdem ist es keine Lösung. Morgen früh stehen die Möbel nämlich immer noch im Gang. Und was dann? Dann soll ich ihn wohl auf den Knien anflehen, daß er mich vorbeiläßt? Ich will jetzt nach Hause und nicht erst dann, wenn es dem Hausmeister paßt. Ich lasse mich nicht einsperren!«

Vor Wut zitternd lief ich erst ins Schlafzimmer der Jungen und dann in die Küche, die beide auf der Rückseite des Hauses lagen. Frau Kalman büßte etwas von ihrer eisigen Gelassenheit ein.

»Du willst doch nicht etwa aus dem Fenster klettern? Das ist viel zu gefährlich! Außerdem ist Maschendraht davor.«

»Den Draht kriege ich schon los.«

»Und die Kinder? Willst du den Kindern ein schlechtes Beispiel geben?«

»Vielleicht ist es gerade ein sehr gutes Beispiel.«

»Aus dem dritten Stock fallen und sich den Hals brechen?«

»Nein, ihnen zeigen, daß ich mir vom Hausmeister nicht auf der Nase herumtanzen lasse!«

»Gerade das tust du aber, viel mehr als wir. Wir lassen uns nicht provozieren, du aber zerreißt ihm den Kittel und bringst damit nicht nur dich selber, sondern auch uns in Schwierigkeiten.«

Sie jagte Avrom und Dov, die in der Küchentür standen und mit gespitzten Ohren zuhörten, ins Wohnzimmer und sagte: »Jeden Tag präge ich den Jungen ein, sie sollen von den Fenstern wegbleiben. Wenn du da hinauskletterst, nehmen sie mich nie mehr ernst!«

»Dann sagen Sie ihnen halt, für mich sei es nicht gefährlich, weil ich eine Hexe bin. Ich habe in diesem Haus sowieso schon einen schlechten Ruf. Wie nennen Sie mich doch gleich? Gomer?«

Ihr traten Tränen in die Augen. »Das ist nicht fair. So etwas hast du mich noch nie sagen hören. Meinen Mann vielleicht, aber der meint es nicht so. Es macht ihn unglücklich, daß du so eigensinnig bist und Dinge tust, die jüdische Frauen nicht tun dürfen.«

»In der Heiligen Schrift wimmelt es von eigensinnigen Frauen«, sagte ich. »Ohne Rebekkas Hilfe hätte Jakob seinem Bruder nie das Erstgeburtsrecht stehlen können, Esther rettete das jüdische Volk vorm Untergang, Debora saß zwischen Rama und Bethel zu Gericht. Und ich, Frau Kalman, klettere jetzt aus Ihrem Küchenfenster, ob es Ihnen paßt oder nicht!«

Sie murmelte etwas vom Beistand des Allmächtigen und verließ händeringend die Küche. Ich riß den Maschendraht, der Dreiviertel des Fensters bedeckte, auf einer Seite los. An dieser Stelle verlief ein Regenrohr. Wenn ich mich ein Stockwerk hinunterließ, konnte ich das flache Dach der Nachbarn erreichen. Ich blickte über die Schulter.

Die Antwerpener Innenhöfe sind von einer fast ländlichen Anarchie. Wohnungen, die auf der Vorderseite des Hauses ganz gleich aussehen, haben auf der Rückseite nichts miteinander gemein. Es ist ein unordentliches Sammelsurium von Balkonen, vorspringenden Zwischengeschossen, eckigen und runden Erkern, Glaskuppeln und allerlei Nebengebäuden, die einander hartnäckig den Rang ablaufen. In einem Labyrinth von Bretterzäunen sieht man hier einen schlecht gepflasterten Hof, dort einen üppigen Gemüsegarten voller Hühner.

Als ich das eine Bein um das Regenrohr geschwungen hatte und mit dem andern noch auf der Fensterbank stand, erschien Simcha. Die Franse seines Arba Kanfot lugte schmuddelig unter seinem Hemdchen hervor.

»Gehst du weg?« fragte er leise.

»Ja, ich kann nicht dableiben.«

»Weil du zu den Enten gehen mußt?«

»Nein, weil ich keine Zahnbürste bei mir habe.«

»Kletterst du aufs Dach?«

Ich schüttelte den Kopf und zeigte nach unten.

Er quakte und streichelte meinen Fuß auf der Fensterbank mit der Spitze seines Zeigefingers.

»Ave Cäsar«, sprach ich und blickte in die Tiefe, »morituri te salutant.«

»Was sagst du?«

»Das ist ein Zauberspruch, damit ich nicht falle. Aber geh du jetzt vom Fenster weg.«

Er blieb stehen. Während ich mich nach unten gleiten ließ, verschwand sein bleiches Gesicht mit dem feuerroten Haar langsam unter dem Fensterrahmen, wie eine Sonne, die hinter den Horizont sinkt. Ich riß mir die Haut an den eckigen kleinen Bolzen auf, mit denen die einzelnen Teile des Regenrohrs aneinander befestigt waren. Mit blutenden Knöcheln sprang ich auf das flache Dach. Ich war kein besonders geschickter Kletterer, aber die Notwendigkeit meiner Flucht und der Sieg über den Hausmeister spornten mich zu großen Taten an. Ohne einen Augenblick zu zögern, kletterte ich über hohe Zäune und baufällige Schuppen. Als ich schmutzig und mit einem Dreiangel in den Jeans die Straße erreichte, tat es mir leid, daß meine Eskapade schon zu Ende war.

Am nächsten Mittag wartete Frau Kalman an der Ecke zur Simonsstraat auf mich. Sie hatte Simcha an der Hand und machte einen nervösen Eindruck. Sie meinte, es sei besser, wenn ich eine Woche lang nicht zur Arbeit käme. Bei meiner Rückkehr, so sagte sie, hätte sich die Wut des Hausmeisters bestimmt gelegt. Ich protestierte, aber ihr Entschluß stand fest. Sie würde solange selbst für Simcha und die Zwillinge sorgen. Ich würde mein Geld weiterhin bekommen und bräuchte also nicht unzufrieden sein. Das war ich aber dennoch. Was sie lächelnd Waffenstillstand nannte, hatte für mich den bitteren Geschmack einer Kapitulation.

Die Nachmittage ohne Simcha krochen dahin. Ich schlenderte an der Schelde entlang und hing lustlos im Museum voor Schone Kunsten herum. Viele Stunden verbrachte ich vor den Bildern von James Ensor. Ich saß auf einer Bank und starrte auf den *Einzug Christi in Brüssel*, ein großes Gemälde, auf dem Christus selbst kaum sichtbar ist, so sehr wird er umschwärmt von einer aufgeregten Menschenmenge. Unter dem Gesindel erkannte ich mehrmals das Gesicht des verhaßten Hausmeisters. Bei näherem Hinsehen bestand die ganze Volksmasse aus diesem widerlichen Menschenschlag.

An einem dieser trostlosen Tage ging ich zu Herrn Apfelschnitt und schüttete ihm mein Herz aus. Ich kam in dem Augenblick, als er sich gerade anschickte, sein Morgengebet zu sprechen. Vom Sofa am Fenster aus beobachtete ich ihn, wie er seine Gebetsriemen hervorholte. Er rollte den linken Ärmel seines Hemdes hoch und legte eine der Gebetskapseln so auf seinen Oberarm, daß sie zum Herzen zeigte. Als nächstes sprach er den Segen und begann, sich den langen schwarzen Riemen um den Arm zu wickeln. Schweigend schaute ich zu, wie er sich die zweite Kapsel auf die Stirn band und sie segnete. Danach bewegte er den Oberkörper abwechselnd vor und zurück, während er zum Schma Jißroel, das »Höre Israel« anhob: »Er unser Gott, Er ist Einer.« In *The Scientific American* hatte ich gelesen, ein Kardiologe könnte an der wiegenden Bewegung betender Juden den Rhythmus ihres Herzschlags ablesen. Mich aber machte Herrn Apfelschnitts Schaukeln so schläfrig, daß mir fast die Augen zufielen.

Erst später, als er sich mir gegenüber setzte, schüttelte ich dieses dumpfe Gefühl wieder ab. Ich berichtete ihm vom Hausmeister, seinem Geschimpfe, seinem Gestümper mit dem Kinderwagen und seiner Attacke gegen Simcha. Allmählich begann ich mich aufzuregen. Ich sagte, daß ich für Frau Kalmans Reaktion kein Verständnis aufbringen könne.

»Sie läßt den Kerl ungestraft machen, was er will. Ich habe weder sie noch ihren Mann jemals protestieren sehen. Wo steht geschrieben, daß sie gelassen zusehen müssen, wie ihre Kinder mißhandelt werden?«

»Nirgends«, antwortete Herr Apfelschnitt. »Die alten Rabbiner waren keine Befürworter von Gewalt, doch sie erkannten, daß man sie manchmal nicht vermeiden kann. Wenn einer sich also anschickt, einen anderen zu überfallen, zu töten oder ihm körperlichen Schaden zuzufügen, dann hat ein Dritter nicht nur das Recht, sondern sogar die Pflicht, ihn daran zu hindern, notfalls mit Gewalt. Der Hausmeister kann von Glück sagen, daß er mit heiler Haut davongekommen ist.« Er stand auf, um sich ein Glas Wodka einzuschenken. »Im Talmud ist sehr wohl die Rede davon, daß Selbstverteidigung notwendig sein kann«, sagte er und kippte den Wodka hinunter. »Daß so viele Juden sich von Eichmann in die Gaskammer haben treiben lassen, ist keineswegs eine logische Folge unserer Religion, sondern unserer Geschichte. Zweitausend Jahre lang haben wir die Gewalt der Christen überlebt, von der Verfolgung der Byzantiner bis zu den Massakern der Kreuzfahrer, von der spanischen Inquisition bis zum russischen Zarentum. Schlag für Schlag haben wir einkassiert und uns jedesmal wieder hochgerappelt. Dadurch hat sich die Idee festgesetzt, wir seien unverletzbar, nicht als Individuen, sondern als Volk. Das jüdische Volk, so hieß es, sei nicht unterzukriegen.« Er schenkte sich nochmals ein. »Und wie haben wir überlebt? Nicht indem wir draufschlugen, sondern indem wir uns so klein wie möglich machten. Wir, die David verehrten, weil er den Riesen Goliath besiegt hat, warfen uns dem Großfürsten zu Füßen und flehten ihn um sein Wohlwollen an. Wir, die unseren Kindern stolz erzählten, wie Simson tausend Philister getötet hat, krochen vor dem Bürgermeister und seinen mickrigsten Federfuchsern im Staub. Keine Steuer war uns zu hoch, keine Erniedrigung zu tief. Wir behaupteten uns, indem wir uns beugten. War ein Heer von Kreuzfahrern im Anzug, um uns abzuschlachten? Kein Grund zur Besorgnis! Die jüdische Dienstbarkeit ging so weit, daß wir uns in unsere Häuser zurückzogen und sie höchstpersönlich in Brand steckten. Flehen und Lavieren war uns zur zweiten Natur geworden. Woher sollten wir wissen, daß mit den Himmlers und den Eichmännern nicht zu lavieren war? Natürlich, Widerstand gab es schon, in den Ghettos und sogar in den Lagern, aber er kam viel zu spät, und mehr als ein paar hundert tote Deutsche hat es dabei nicht gegeben.«

Er seufzte und griff nach seinem Glas. »Wußtest du«, sagte er, »daß ich früher mit einem Glas Wodka auf dem Kopf die Hora tanzen konnte? Ohne auch nur einen Tropfen zu verschütten? Das brauche ich jetzt erst gar nicht mehr zu probieren. Ich danke Gott, daß ich meine Schnürsenkel zubinden kann, ohne das Gleichgewicht zu verlieren.« Er lachte, aber ich lachte nicht mit.

»Was ist los?« fragte er. »Wurmt dich die Sache mit dem Hausmeister immer noch?«

Erst zuckte ich mit den Schultern, doch dann nickte ich. »Manchmal denke ich, daß es an mir liegt«, sagte ich trübsinnig.

»Daß was an dir liegt?«

»Daß ich überall auf Leute mit Vorurteilen gegen Juden stoße. Manchmal sind sie nur dumm, manchmal schlichtweg bösartig, aber alle kreuzen sie zufällig meinen Weg. Ich begegne ihnen unter den Studenten, auf der Straße, wenn ich in die Kneipe gehe. Als ob ich sie wie ein Magnet anzöge.«

»Unsinn. Du stolperst über Antisemiten, weil sie diese Stadt bevölkern und du in dieser Stadt herumläufst. Sie sind so zahlreich wie die Spatzen. Wie oft siehst du einen Spatz?«

»Jeden Tag. Mehrere.«

»Folgerst du daraus, daß du eine geheimnisvolle Anziehungskraft auf Spatzen ausübst?«

Ich schüttelte den Kopf.

»Und doch gibt es auch gute Menschen«, sagte Herr Apfelschnitt, »wie könnten wir sonst hier leben? Wir haben das, was man ein richtiges Judenviertel nennt.«

»Als ob das in Amsterdam oder sogar in Berlin nicht möglich wäre!«

»Ich weiß nicht, ob es dort möglich ist, ich bin mir da gar nicht so sicher. Jedenfalls ist es in Antwerpen möglich. Vielleicht sind wir hier nicht gerade beliebt, aber wir werden doch mit all unseren Eigenheiten mehr oder weniger geduldet.«

»Sind wir denn so eigenartig? Dann haben die Antisemiten also doch recht!«

Er kicherte.

»Die Chassidim benehmen sich jedenfalls von uns allen am eigenartigsten«, sagte ich ernst. »Mit ihren Kaftanen und Bärten ist es kein Wunder, daß man auf der Straße mit dem Finger auf sie zeigt.«

»Vielleicht«, antwortete Herr Apfelschnitt, »aber beklagen sie sich darüber? Du sagst selber, daß die Kalmans nichts gegen diesen kriminellen Hausmeister unternehmen. Sie ertragen alles: Spott, Haß, Ekel. Das ist der Preis, den sie dafür zahlen, daß sie so bleiben können, wie sie sind.«

»Vater findet die Chassidim rückständig. Seiner Meinung nach erhalten sie nicht das Judentum, sondern das Ghetto. Er behauptet, das Judentum verdanke sein Fortbestehen gerade seiner Flexibilität und seiner Anpassungsfähigkeit.«

»Ich denke, daß das Judentum noch besteht und auch weiterhin bestehen wird, weil es die einzige Religion ist, die im Tausch gegen kritisches Denken Erlösung verspricht. Bei uns steht der Glaube immer in einem gespannten Verhältnis zum logischen Denken. Wir bekämpfen diese Spannung nicht, sondern fördern sie. In anderen Religionen ist das, um es vornehm auszudrücken, weniger gebräuchlich. Aber Flexibilität und Anpassungsfähigkeit? Die haben bestimmt nicht zum Überleben des Judentums und der Juden beigetragen. Seit der Aufklärung haben Juden alles darangesetzt, um sich zu assimilieren. Wir ließen uns taufen und änderten unsere Namen. Systematisch haben wir unsere eigene Art unterdrückt und verleugnet, zumindest der Außenwelt gegenüber, denn in den eigenen vier Wänden blieben die meisten von uns ja so jüdisch wie Hühnerbrühe mit Matzeklößchen. Wir litten an krankhafter Entschlußlosigkeit. Wer oder was waren wir nun eigentlich? Im Spiegel, den die Welt uns vorhielt, sahen wir uns als Schurken, in unserem eigenen als halbe Propheten und Heilige. Wir wollten das Bild des Schurken auslöschen, aber den Anspruch auf Heiligkeit konnten wir nicht fallenlassen. Und während wir noch von einem Fuß auf den anderen traten, kam Adolf Hitler und entschied unser Schicksal. Und tat genau das Umgekehrte: Er bauschte unseren schlechten Ruf so unmäßig auf, daß Beelzebub daneben wie ein Waisenknabe wirkte, und er jagte den letzten Rest Heiligkeit, an dem wir uns noch festhielten, durch den Schornstein. Höhepunkt der Assimilation: Wir lösten uns in Luft auf.« Er schüttelte den Kopf. »Nein«, sagte er, »nein, kein anderes Volk hat je so große Zugeständnisse gemacht, nur um ja bitte von der Menschheit akzeptiert zu werden und dazugehören zu dürfen. Es ist uns nicht gelungen.«

»Aber wie kann jemals Gleichheit zwischen Menschen herrschen, wenn wir uns nicht anpassen?«

»Gleichheit, Gleichheit!« rief er ungeduldig aus. »Das klingt sehr schön, doch Gott bewahre, daß wir alle gleich werden. Willst du etwa so sein wie der Hausmeister, dem du an die Gurgel gesprungen bist?« Er starrte in seinen Wodka. »Noah bekam nicht umsonst den Auftrag, Exemplare aller lebendigen Wesen in seine Arche zu laden, von den Vögeln nach ihrer Art, von dem Vieh nach seiner Art. Denn jede Art hat ihre eigene Aufgabe auf Erden. Wenn eine fehlt, ist die Schöpfung nicht mehr vollständig. So ist es auch mit den Menschen. Wir haben alle unsere eigene Bestimmung, doch wir sitzen zusammen in der Arche. Es ist keine Kunst, seinen Nächsten zu lieben, wenn er einem in jeder Hinsicht täuschend ähnelt. Es geht darum, daß wir einander in all unserer Verschiedenheit die Hand reichen. Nur so können wir das Blatt wenden.«

»Wird uns das jemals gelingen?« fragte ich.

Er kniff die Augen zu Schlitzen zusammen.

»Niemals«, sagte er grimmig.

Es war mir immer peinlich, daß ich nach einem Besuch bei Herrn Apfelschnitt an der Wohnungstür meiner Eltern in der darunterliegenden Etage vorbei mußte. Meist schlich ich die Treppe auf Zehenspitzen hinunter und redete mir ein, ich hätte zuviel zu tun, um an einem Tag zwei Besuche abzustatten. Diesmal aber blieb ich stehen und klingelte. Meine Mutter machte auf.

»Warum benutzt du nicht deinen Schlüssel, um reinzukommen?« fragte sie.

»Ich möchte euch nicht in einem ungünstigen Augenblick überraschen.«

Sie lachte spöttisch: »Da kannst du besser gleich wieder gehen, denn alle Augenblicke sind hier gleich ungünstig, seit dein Vater diese Koffer zu finden versucht.«

»Wieso?« fragte ich und folgte ihr ins Wohnzimmer.

Sie drehte sich wütend um. »Wieso? Als ob dir das etwas ausmacht! Du lebst doch nur für dich selber! In Abständen von sechs, sieben Wochen kommst du vorbei. Wieso eigentlich? Um nachzusehen, ob wir noch hier wohnen? Die Mühe kannst du dir sparen. Wenn wir umziehen, schicken wir dir ein Kärtchen!«

»Ihr besucht mich doch auch nicht!«

»Du hast uns nie eingeladen.«

»Hab ich schon.«

»Aber damals hast du im selben Atem hinzugefügt, daß du Mäuse hast.«

»Die halten sich im Nachbarhaus auf und gucken höchstens ab und zu mal um die Ecke.«

»Ich mag keine Mäuse, auch nicht, wenn sie nur um die Ecke gucken.«

Mit Tränen in den Augen machte sie sich im Zimmer zu schaffen. Sie schüttelte eins ihrer handgewebten Kissen, hob einen Fussel vom Fußboden auf und schob den Aschenbecher auf dem Tisch ein Stückchen beiseite. Als sie anfing, verdorrte Blätter von einer Hängepflanze zu zupfen, sagte ich:

»Was ist nun eigentlich mit den Koffern?«

Ich ließ mich aufs Sofa fallen. Sie blieb mit den Blättern in der Hand stehen.

»Er sagt, daß das Graben begonnen hat, wo, weiß ich nicht. Ich weiß nicht einmal, ob er graben läßt oder ob er es selber macht. Ich weiß überhaupt nichts, und ich frage auch nicht mehr danach.«

»Worüber regst du dich dann nur so auf? Ob er sie nun findet oder nicht, er kann nicht ewig weitergraben. Demnächst sitzt er wieder wie immer bei Berkowitz und spielt Schach.«

»Nein«, sagte sie nachdenklich, »nein. Er ist so anders geworden, so verbissen. Er muß und er wird diese Koffer finden. Aber je mehr er sich anstrengt, desto geringer wird die Chance, daß er sie je ausgräbt.«

»Es kommt mir gar nicht so unmöglich vor.«

»Weil du genauso bist wie er. Wenn ihr euch etwas in den Kopf setzt, verliert ihr alle Maßstäbe.« Sie machte eine Bewegung in Richtung des Tisches, als säße er dort. »Die Sucherei auf den Stadtplänen, all das Gerechne! Und schließlich zieht er mit einem Stück Papier los, das wie eine primitive Schatzkarte aus einem Kinderbuch aussieht!« Sie schaute durch die Balkontür auf die Straße hinunter. »Selbst, wenn er sie findet, wird nicht alles wieder gut. Denn es geht ihm eigentlich gar nicht um die Geige oder die alten Fotos. Er glaubt, die Koffer könnten ihm zurückgeben, was der Krieg zerstört hat. Berlin, seine Jugend, seinen Vater, seine Mutter, alles, was er damals hatte und war. Nicht seine Koffer sind weg, er selbst ist in diesem Scheißkrieg verlorengegangen. Und eigentlich wir alle. Wir sind alle verschollen.« Sie weinte. »O Gott«, sagte sie, »bei einer Hitze von dreißig Grad gräbt er nach sich selbst!«

Sie stand mit dem Rücken zu mir und schluchzte. Zum erstenmal hatte sie etwas über den Krieg zu mir gesagt. Doch sie hatte nicht wirklich gesprochen, sie hatte sich versprochen. Ich blickte auf ihre zuckenden Schultern. Sie schien weiter entfernt als die vietnamesische Frau, die ich einmal im Fernsehen gesehen und die so herzzerreißend um das tote Kind in ihren Armen gejammert hatte, daß ich mich fragte, warum nicht Sonne, Mond und alle Sterne vor ihrem Geschrei die Flucht ergriffen. Diese anonyme Frau am anderen Ende der Welt war mir näher gewesen, als es meine Mutter jemals sein würde.

Mein Gott, jetzt nahm sie einen Vorhang in die Hand und fummelte an den Falten herum. In weitem Bogen ging sie an mir vorbei in die Küche, aus der sie kurz danach schon wieder vergnügt mit Tee und Mohnplätzchen zurückkam.

Wir redeten über alles und nichts. Ob ich etwa nicht mehr bei dieser chassidischen Familie arbeiten würde? Ob ich mit dem Studium vorankäme? Ob ich auch fände, daß Jakov Apfelschnitt so mager geworden sei?

»Habe ich dir schon erzählt, daß die Goldblums sich getrennt haben?«

»In ihrem Alter?«

Sie nickte. »Du weißt doch, daß er Briefmarken sammelt?«

Natürlich wußte ich das. Er tat es schon fünfundzwanzig Jahre lang, und meines Wissens redete er auch schon fünfundzwanzig Jahre lang von nichts anderem.

»Sie hatten sich gestritten, ich weiß nicht worüber«, fuhr meine Mutter fort, »und als er abends nach Hause kam, war sie verschwunden. Doch erst hatte sie noch seine ganze Briefmarkensammlung an die Wände geklebt. Alle seine Briefmarken, Stück für Stück!«

»In ihrem Wohnzimmer mit dieser scheußlichen Tapete? Das kann ja nur ein Fortschritt sein.«

»Stell dir doch bloß vor! Sie war bestimmt den ganzen Tag damit beschäftigt. Lecken und kleben, lecken und kleben.«

»Majn man, majn man, haj kent dat koenstje niet!« riefen wir beide gleichzeitig aus.

Während wir uns vor Lachen schüttelten, stand mein Vater plötzlich in der Tür. Seine Hemdsärmel waren hochgekrempelt. Sein Hemd war voll Sand und hing ihm vorne offen aus der Hose. Auf seiner rotgebrannten Brust, die vor Schweiß glänzte, zeichneten sich seine Narben wie weiße Hieroglyphen ab. Er zeigte über die Schulter: »Ich bin in Begleitung.«

Hinter ihm tauchten zwei höflich lächelnde Polizisten auf. »Guten Tag«, sagte der eine. Er faßte meinen Vater beim Ellenbogen und führte ihn zu einem Stuhl.

»Der Herr hatte keinen Personalausweis bei sich«, sagte der andere entschuldigend zu meiner Mutter.

»Er steckt in der Innentasche meiner Jacke«, keuchte mein Vater, ohne sie anzuschauen.

Erschrocken verließ sie das Zimmer und kam nicht nur mit dem Personalausweis, sondern auch mit dem Jackett zurück, wie um zu beweisen, daß sich der Ausweis tatsächlich in der bewußten Tasche befunden hatte. Die Polizisten achteten kaum darauf.

»Wir wurden heute mittag gerufen, weil Ihr Mann dabei war, auf einem Privatgrundstück ein Loch zu graben«, erklärte der Ältere der beiden und warf meiner Mutter einen fragenden Blick zu. »Der Verwalter hatte ihn aufgefordert, das Terrain zu verlassen, aber Ihr Mann weigerte sich. Er sagte, er sei auf der Suche nach zwei Koffern. Da hat man uns gerufen, und wir haben mit ihm geredet.«

Er wandte sich meinem Vater zu und legte ihm die Hand auf die Schulter: »Koffer aus dem Krieg, nicht wahr, Meneer?« sagte er so laut, als spräche er zu einem Tauben.

»Das stimmt«, beeilte sich meine Mutter zu entgegnen, »1943 wurden sie dort vergraben, als noch Häuser dastanden. Mein Mann war dort untergetaucht.«

Der Polizist nickte. »Der Herr war vielleicht beim Widerstand?« Er klopfte meinem Vater nochmals ungeschickt auf die Schulter. »Oder Jude?«

»Beides«, sagte meine Mutter, »später haben sie ihn verhaftet und deportiert.«

»Ja, ja«, meinte der Polizist voller Mitgefühl, »aber in siebenundzwanzig Jahren hat sich die Stadt ziemlich verändert. Wenn Ihre Koffer dort wären, hätten Sie sie längst gefunden. Sie haben genug Erde umgegraben. Ohne Genehmigung.«

Auch seinem Kollegen war das Ganze peinlich. »Wir finden schon eine Lösung«, versicherte er. »Der Schaden ist nicht groß. Sie kriegen die Rechnung zugeschickt, und damit ist die Sache erledigt. Doch wenn Sie morgen oder nächste Woche wieder zu graben anfangen, dann machen Sie es uns allerdings sehr schwer. Dann müssen wir andere Maßnahmen ergreifen, ob wir wollen oder nicht. Verstehen Sie?«

Mein Vater nickte.

»Antwerpen ist schließlich kein Sandkasten. Wenn jeder nach Herzenslust hier herumbuddelt, ist die Stadt bald im Eimer. Deshalb beschlagnahmen wir Ihren Spaten.«

Sie nahmen freundlich, fast zärtlich Abschied von ihm. Meine Mutter ließ sie hinaus. Als sie zurückkam, strich sie meinem Vater über das verschwitzte Haar.

Er schaute glasig vor sich hin. »Ich weiß nicht, was ich tun soll«, sagte er.

»Ein Bad nehmen, dich umziehen, einen Kaffee trinken«, antwortete sie ruhig.

»Nein, danach!« Es klang verzweifelt. »Ich weiß nicht, was ich danach tun soll!«

»Danach? Essen, schlafen, ein Buch lesen, Schach spielen.«

»Aber das tue ich doch schon jahrelang!«

»Richtig. Und das wirst du noch jahrelang tun.« Sie wollte ihn küssen, doch er wich ihr aus. Da verlor sie die Geduld.

»Jetzt hör mir mal zu, auch wenn du die Koffer tatsächlich gefunden hättest, würde dann nicht trotzdem ein neuer Tag kommen, und noch einer, und noch einer? Dann müßtest du doch auch essen und schlafen?«

»Ja, aber es wäre anders.«

»Unsinn! Auch hundert Koffer würden daran nichts ändern. Wir ändern uns nicht mehr, unser Leben ändert sich nicht mehr. Morgen gehst du wieder Schach spielen, und ich webe weiter.«

Er stieß einen Seufzer aus und sagte: »Deutschland, wir weben dein Leichentuch, Wir weben hinein den dreifachen Fluch – Wir weben, wir weben!«

Während meine Mutter ins Bad ging, um die Wanne vollaufen zu lassen, saß er mir schweigend gegenüber. Er genierte sich.

»Du hältst mich bestimmt für einen Trottel, was?«

Ich schüttelte den Kopf.

»Früher, in der Schule«, erzählte ich, »gaben die Kinder immer mit ihrem Vater an. Mein Vater ist auf Safari gewesen und hat einen Tiger gefangen! Mein Vater ist Meister im Boxen! Alles gelogen. Der einzige, der einen interessanten Vater hatte, war Jan Selie, weil der ein Süßwarengeschäft besaß. Und ich, ich hatte dich. Du hattest in einem echten Film getanzt, aber ich konnte es keinem erzählen, denn sie hätten es mir doch nicht geglaubt. Ihre Väter würden allein beim Gedanken an das, was du alles getan hast, vor Angst in die Hosen scheißen. Fliehen ohne einen Pfennig in der Tasche. In einem anderen Land neu anfangen, unter Fremden, in einer fremden Sprache. Und später in einer *SS*-Uniform die Deutschen übers Ohr hauen, in großem Stil Papiere fälschen, Menschen retten, während du selbst in Gefahr warst. Solche Sachen. Untertauchen, rein ins Lager, raus aus dem Lager. Einen Tiger fangen wäre erheblich einfacher gewesen.«

Ob er mir überhaupt zuhörte? Sein Blick war nach innen gerichtet.

»Ich glaube, du bist dein ganzes Leben lang ein Tänzer geblieben. Du hast eigentlich alles vielmehr getanzt als getan. Und das mit den Koffern ist einfach ein Versehen gewesen. Ein Tänzer darf doch Fehler machen?«

»Nicht in meinem Alter«, sagte er und rieb sich mit beiden Händen das Gesicht. »Ich habe ausgetanzt.«

Meine Mutter begleitete ihn ins Bad. Mich schickte sie zum Bäcker, um Sachertorte zu holen, und während sie mir fünfhundert Franken zusteckte, flüsterte sie: »Das wird ihm guttun.«

Die Woche verging quälend langsam. Wie oft hatte ich mich nicht, während ich im Restaurant oder im Blumenladen schuftete, danach gesehnt, Reißaus zu nehmen und einfach ein bißchen durch die Stadt zu schlendern, von einem Buchladen zum andern, oder auf einer Bank im stillen Garten hinter dem Rubenshaus eine Rosinenschnecke zu essen? Jetzt, da ich endlich Zeit dazu hatte, ließ ich sie aus einer gewissen Halsstarrigkeit heraus ungenutzt verstreichen. Denn Freiheit ist zwar schön, doch sie darf einem nicht aufgezwungen werden.

Ich sehnte mich nach Simchas Gesellschaft. Ohne ihn fühlte ich mich wie Robinson, von Freitag im Stich gelassen und wieder allein auf meiner Insel. Die Tage krochen dahin. Sogar lesen machte mir keinen Spaß mehr. Schließlich lag ich fast nur noch auf dem Bett, mal schlafend, mal wachend, und verwünschte die anhaltende Hitze. Wann erwartete Frau Kalman mich eigentlich wieder? Sie hatte nichts gesagt, doch ich ging davon aus, daß ich Sonntag wieder arbeiten würde.

Samstagabend beschloß ich, mich für das Wiedersehen mit Simcha schön zu machen, und räumte zu diesem Zweck meinen Kleiderschrank aus. Was versprach ich mir davon? Von dem wenigen, was ich besaß, trug ich das meiste mit Widerwillen. Als hoffte ich, meine Kleider hätten sich im Dunkel des Schrankes gepaart und etwas anderes als verschlissene Jeans und T-Shirts in die Welt gesetzt, begann ich zu suchen. Mein Blick fiel auf ein weißes Seidenjäckchen, das meine Mutter irgendwann ausrangiert und das ich nie getragen hatte.

Am Sonntagmorgen konnte ich vor Aufregung nichts essen. In dem Jäckchen meiner Mutter und mit geflochtenem Haar saß ich am Tisch, als es klingelte. Ich lehnte mich aus dem Fenster und sah Herrn Apfelschnitt vor der Tür stehen. Schnell stopfte ich den Hausschlüssel in einen Strumpf und warf ihn hinunter. Während Herr Apfelschnitt die acht Treppen zum Dachboden heraufstieg, machte ich mein Bett und hob einen gebrauchten Waschlappen und einen Schuh vom Fußboden auf.

Keuchend erschien er in der Bodenluke. Erst nachdem er ein Glas Wasser getrunken hatte, kam er zu Atem. Etwas unbehaglich saß er auf einem meiner harten Holzstühle. Er schaute mich hilflos an, so als würde ihm plötzlich bewußt, daß er sich sowohl in der Straße wie in der Hausnummer geirrt habe und nun einer wildfremden Person gegenübersitze.

»Einer meiner Onkel hat mir beigebracht, daß man nie jemandem eine schlechte Nachricht bringen darf, ohne ihr eine gute vorauszuschicken. Ob das eine Frage des Erbarmens ist oder der Feigheit, will ich dahingestellt sein lassen. Jedenfalls habe ich mir das zur Gewohnheit gemacht.« Er zupfte nervös an seinen riesigen grauen Augenbrauen. »Also erst die gute Nachricht«, sagte er. »Dein Vater hat Freitag bei Berkowitz mit mir Schach gespielt. Vier Partien! Wenn du mich fragst, ist er wieder ganz der alte.«

Aus den Augenwinkeln warf ich einen Blick auf meinen Wecker. Es war beinahe Zeit zu gehen.

»Und jetzt die schlechte Nachricht.« Er holte tief Luft und sagte: »Simcha Kalman ist tot.«

Er sagte noch viel mehr, doch ich verstand nicht alles. Das Quietschen der Straßenbahn, die auf dem Platz unten hielt, hörte ich, und die Stimmen der Leute auf der Straße und das Ticken des Weckers an meinem Bett. Aber was Herr Apfelschnitt berichtete, drang nur bruchstückhaft zu mir durch. Feuer? Hatte er etwas von Feuer gesagt? Ich dachte an den hartnäckigen Traum, in dem Simcha langsam von einem nicht zu löschenden Feuer verzehrt wurde. Und inzwischen füllte das Zimmer sich mit Geräuschen. Es war, als hörte ich sogar den fernen Flügelschlag der Möwen über der Scheide.

Herr Apfelschnitt packte mich am Oberarm. »Wie oft muß ich es noch sagen? Simcha ist ertrunken! Freitag abend merkte seine Mutter, daß er verschwunden war. Gestern haben Taucher ihn aus dem Parkteich geholt.«

»Woher wissen Sie das?«

»Das weiß ich, weil ich wie jeden Samstagvormittag auf meiner Bank saß. Als die Feuerwehrmänner in ihren Taucheranzügen kamen und als mir klar wurde, um wen es ging, bin ich geblieben.«

»Warum haben Sie mich nicht geholt?«

»Dich? Wozu? Es standen schon genug Leute herum, die halbe Stadt war auf den Beinen. Fast alles Gojim, die haben eine Nase für das Unglück. Auch sein Vater stand den ganzen Vormittag da, mit ein paar anderen Belzer Chassidim. Und der Rabbi. Der Sabbatgottesdienst fand nicht statt.«

»Wie kann ein Kind ins Wasser fallen, ohne daß es jemand merkt? Und wie kann man dort ertrinken? So tief ist der Teich doch gar nicht?«

Er zuckte mit den Achseln.

»Wer zum Ertrinken verurteilt ist, der ertrinkt in einem Löffel Wasser.«

»Aber wenn niemand es gesehen hat, woher wußten die Taucher dann, daß sie ihn im Teich suchen mußten?«

»Weil seine Mutter Freitag abend sein Spielzeug am Ufer gefunden hatte. Eine Holzente auf Rädern. Sein Vater hielt sie vom Anfang bis zum Ende in den Händen, als könne er das Kind damit zurückbekommen.«

Während Herr Apfelschnitt meine Fragen beantwortete, lag Simcha schon unter der Erde oder wurde gerade begraben. Denn Juden begraben ihre Toten schnell. Man behauptet, sie täten das aus Ehrfurcht vor dem Verstorbenen, dessen Körper im Zeichen des Lebens und nicht in dem der Verwesung stehen solle. Doch ich glaube, daß sie, praktisch wie sie sind, aus der Not eine Tugend machen. Wer nur ab und zu einen geliebten Menschen verliert, kann es sich erlauben, ihn aufzubahren und tagelang schluchzend oder mit einem Strickzeug ausgestattet bei ihm zu sitzen. Die Kinder Israels dagegen, denen die Geschichte ihre Toten immer scharenweise aufhalste, haben gelernt, alles schnell, vor dem Ausbruch des nächsten Pogroms, aufzuräumen. Deshalb verschieben sie das Sitzen auf später, nach dem Begräbnis. Doch dann wird mit Hingabe gesessen. Die Trauernden verlassen ihr Haus nicht. Von Verwandten und Freunden verpflegt, sitzen sie sieben Tage lang so unbequem und so nah wie möglich am Boden.

Auch ich blieb, nachdem Herr Apfelschnitt gegangen war, noch lange unbeweglich sitzen, wenn auch nicht aus religiösen Erwägungen, sondern weil mir nichts anderes einfiel. Ich starrte einfach auf meine Hände, die auf der Tischplatte lagen. Erst gegen Ende des Nachmittags wurde mir klar, daß ich als Simchas Kindermädchen seinen Eltern mein Beileid aussprechen mußte. Auf morgen konnte ich es nicht verschieben, denn wenn ich jetzt nicht ging, würde ich nie mehr gehen.

Als ich dann am gleichen Abend noch die Kalmans aufsuchte, traf ich sie in der Tat beim Sitzen an: Herr Kalman auf dem Fußboden, seine Frau und die Jungen auf einer niedrigen Holzbank. Sie waren in Gesellschaft mir unbekannter Leute, von denen einige auf Kisten und andere ganz normal auf Stühlen saßen. Als ich hereinkam, verstummten alle. Da es Brauch ist, daß Besucher nicht reden, bevor nicht einer der Trauernden das Wort an sie gerichtet hat, wartete ich schweigend. Die Stille war erstickend. Ich hoffte auf einen Blick von Frau Kalman, auf ein Zeichen des Erkennens oder des Grußes, doch sie hielt die Augen gesenkt. Ich hatte auf dem Rand eines Sessels Platz genommen, demselben Sessel, in dem Simcha sich bei unserer ersten Begegnung versteckt hatte. Dov und Avrom schauten mich feindselig an, während Herr Kalman meine Bewegungen mit Argusaugen verfolgte. Ein paarmal stöhnte er. Als er endlich zu sprechen anhub, fragte er: »Warum sind Sie hergekommen? Haben Sie denn gar keinen Respekt, nicht einmal vor den Toten?«

Erschrocken sah ich ihn an.

»Es ist besser, wenn Sie wieder gehen«, flüsterte ein magerer Chassid, der neben mir saß. »Niemand will Sie beschuldigen, sicher nicht an einem Tag wie diesem. Aber von Herzen willkommen sind Sie nicht.«

»Beschuldigen?« fragte ich.

Herr Kalman konnte sich nicht länger beherrschen. »Stimmt es etwa nicht, daß Sie Simcha jeden Tag die Enten mit Brot füttern ließen? Und daß er dabei fast ins Wasser fiel?« rief er aus. »Ein Kind von kaum vier Jahren, das nicht schwimmen kann! Stimmt es oder nicht?«

Ich nickte.

»So ein Unfall löst die Zungen«, sagte er bitter. »Simcha spielte im Park nie mit den anderen Kindern. Sie hielten sich abseits, Sie saßen mit ihm auf einer Bank und redeten ihm weiß Gott was für schlimme Sachen ein. Er lief den halben Tag quakend herum, als hätten wir keinen Sohn, sondern eine Ente in die Welt gesetzt! Achte nicht darauf, sagte meine Frau, es ist nur ein Spiel. Meine Frau ist viel zu gut, sie hat Sie immer in Schutz genommen. Aber ich habe Ihnen von Anfang an mißtraut!«

Alle Blicke waren auf mich gerichtet. Nur Frau Kalman ließ den Kopf noch immer hängen.

»So darf ich nicht sprechen«, fuhr Herr Kalman fort. »Der Mensch muß sich mit dem Willen des Allmächtigen abfinden. Alles geschieht zu seiner Zeit und an seinem Ort, auch das Böse. Aber darum brauche ich das Böse noch lange nicht in mein Haus zu lassen und zuzuschauen, wie es sich in meinen besten Sessel setzt! Das kann kein vernünftiger Mensch von mir verlangen!«

Ich wollte etwas erwidern, aber er ließ mich nicht zu Wort kommen. Als ob es einen Zweifel daran geben könne, wen er meinte, stieß er seinen Zeigefinger wie einen Pfeil in meine Richtung: »Verschwinden Sie bitte! Und seien Sie so gut und benutzen Sie die Treppe statt des Regenrohrs!«

Mit vor Schamröte brennendem Gesicht stand ich auf und machte mich auf den langen Weg zur Tür. Doch auch Frau Kalman erhob sich. Mit zwei Schritten war sie bei mir. Schweigend ergriff sie den Saum meines Seidenjäckchens in der Höhe der Brust und machte einen Riß hinein zum Zeichen der Trauer, wie sie den allernächsten Verwandten des Toten vorbehalten ist. In ihren dunklen, rotumränderten Augen glomm ein süßer Triumph. Mit heiserer Stimme zitierte sie zwei Zeilen aus dem Lob der tüchtigen Frau.

»Viele Töchter Israels verhalten sich tapfer«, sagte sie, »doch du, du übertriffst sie alle.« Dann legte sie mir die Hände auf meine heiße Stirn und segnete mich.

Unten klopfte ich vergeblich an die Loge des Hausmeisters. Ich fand ihn schließlich im Heizungsraum mit einer Bürste in der Hand, Attila zu seinen Füßen.

»Nein«, sagte er und schüttelte den Kopf, als ich ihm fünfzehnhundert Franken geben wollte, »es ist nicht mehr nötig.«

»Sie müssen es annehmen. Ich komme nicht mehr hierher, und ich will nicht, daß Sie die Familie Kalman damit belästigen.«

»Es tut mir leid, das mit dem kleinen Jungen«, sagte er.

»Wieso? Sie haben ihn doch nicht ertränkt? Sie haben ihm nur einen Schrecken eingejagt.«

»Ich habe es nicht bös gemeint, ich wollte ihm nur eine Lektion erteilen. Es ging ums Prinzip.«

Forschend betrachtete er den Riß auf meiner Brust. Dann zog er mir mit einer raschen Bewegung das Geld aus den Fingern und ließ es in der Tasche seines Kittels verschwinden.

»Die Arbeit hier ist nicht leicht, wissen Sie. Die Leute gehen oben aus dem Aufzug und vergessen, die Tür hinter sich zuzumachen. Früher war es mir egal, aber neuerdings strömt mir das Blut in die Füße.«

War ich schuld an Simchas Tod? Diese Frage hat mich monatelang beschäftigt. Ein paarmal bin ich in den Stadtpark gegangen. Für mein Gefühl war es der einzige Ort, an dem ich die Antwort, egal welche, würde finden können. Aber ich fand nichts. Ich fing sogar an, an Simchas Existenz zu zweifeln, vielleicht weil er nirgendwo sonst in der Stadt so nachdrücklich abwesend war.

Ich betrachtete den Teich aus der Ferne, ich ging am Rand des Teichs entlang, ich bückte mich über den Teich und konnte nur eins folgern. Wenn ich schuldig war, dann unterschied sich meine Schuld nicht von der des Wassers, der Trauerweiden und der Enten im Teich, zwischen denen ich keine mit roten Schläfenlocken entdecken konnte. Sie waren, jedes nach seiner Art, mitschuldig: das Wasser, weil es nicht anders gekonnt hatte, als ihn zu umschließen, die Bäume, weil sie zum Zusehen verurteilt gewesen waren, die Enten, weil sie ihn mit ihrem Gequake angelockt hatten. Und ich? Auch ich war meiner Natur gefolgt und hatte getan, was ich nicht lassen konnte. Ich hatte Simcha Kalman geliebt.

Obschon ich meine Zwischenprüfungen bestanden hatte und zum zweiten Jahr zugelassen worden war, verkaufte ich meine Philosophiebücher und ließ mich in Physik einschreiben. Darüber freute sich mein Vater. Fortan zahlte er die Miete meiner Wohnung, so daß ich mich ganz dem Studium widmen konnte. Ich meine mich zu erinnern, daß der Sommer jenes Jahres bis weit in den Oktober hinein dauerte, aber sicher weiß ich es nicht mehr, denn es ist lange her. Sehr genau erinnere ich mich jedoch an den Vormittag, an dem ich mich zu meiner ersten Physikvorlesung aufmachte. Die Trottoirs waren gereinigt, die Luft war leuchtend blau. Himmel und Erde sahen so funkelnagelneu aus wie am ersten Tag. Den Himmel über mir und die Erde unter meinen Füßen ging ich los, nur in umgekehrter Richtung, zurück zur Genesis.

Glossar

Benschen: (lat. »benedicere«) Segensspruch nach der Mahlzeit sprechen

Blintzes: Gefüllte Pfannekuchen

Bulbenik: Kartoffelpuffer

Dreidel: Kreisel

Gefillte Fisch: Osteuropäisches Fischgericht

Gehinnom: Hölle

Gojim: Nichtjuden

Kreplach: Nudelklößchen mit Fleisch

Kugel: Art Soufflé mit Früchten

Masseltow: Gut Glück!

Matzeklößchen: Klöße aus ungesäuertem Brot

Mesusa: Handgeschriebene kleine Pergamentrolle mit Bibeltext in einer Metall- oder Holzhülse, die am rechten Türpfosten des Hauses angebracht wird. Schutzsymbol.

Peies: Schläfenlocken

Schul: Synagoge

Seder: (hebr. »Ordnung«) Die Ordnung für die mit einer Fülle von Zeremonien und symbolischen Speisen verbundene Familienfeier an den ersten beiden Pessachabenden, bei der u.a. die Erzählung vom Auszug aus Ägypten vorgelesen wird.

Tefillin: Gebetsriemen

CARL FRIEDMAN
Vater/Zwei Koffer

erscheint als fünfzehnter Band der
BRIGITTE-EDITION
ERLESEN VON ELKE HEIDENREICH

Lizenzausgabe für BRIGITTE-EDITION
CARL FRIEDMAN: *Vater*
Die Originalausgabe erschien 1991 unter dem Titel
Tralievader
bei Uitgeverij G. A. von Oorschot, Amsterdam

CARL FRIEDMAN: *Zwei Koffer*
Die Originalausgabe erschien 1993 unter dem Titel
Twee koffers vol
bei Uitgeverij G. A. von Oorschot, Amsterdam

Diese Ausgabe wurde vermittelt durch die
Aufbau Media GmbH, Berlin
© Autorenfoto: Jürgen Bauer
Ausstattung und Gestaltung von
Groothuis, Lohfert, Consorten, Hamburg
Herstellung:
G+J Druckzentrale, Hamburg
Prill Partners producing, Berlin
Satz: Dörlemann Satz, Lemförde
Druck und Bindung: GGP Media GmbH, Pößneck
Printed in Germany

ISBN 3-570-19522-8

DIE BRIGITTE-EDITION
IN 26 BÄNDEN
ERLESEN VON ELKE HEIDENREICH

1 | PER OLOV ENQUIST *Der Besuch des Leibarztes*

2 | PAULA FOX *Was am Ende bleibt*

3 | T.C. BOYLE *América*

4 | NIGEL HINTON *Im Herzen des Tals*

5 | RUTH KLÜGER *weiter leben*

6 | RICHARD FORD *Unabhängigkeitstag*

7 | JANE BOWLES *Zwei sehr ernsthafte Damen*

8 | ARNON GRÜNBERG *Phantomschmerz*

9 | JIM KNIPFEL *Blindfisch*

10 | DOROTHY PARKER *New Yorker Geschichten*

11 | DIETER FORTE *Das Muster*

12 | WISŁAWA SZYMBORSKA *Die Gedichte*

13 | HERMANN H. SCHMITZ *Das Buch der Katastrophen*

14 | HARUKI MURAKAMI *Gefährliche Geliebte*

15 | CARL FRIEDMAN *Vater/Zwei Koffer*

16 | BORA ĆOSIĆ *Die Rolle meiner Familie in der Weltrevolution*

17 | MARLEN HAUSHOFER *Die Wand*

18 | JOHN UPDIKE *Gertrude und Claudius*

19 | ANNE MICHAELS *Fluchtstücke*

20 | STEWART O'NAN *Das Glück der anderen*

21 | CHRISTA WOLF *Kein Ort. Nirgends*

22 | MAARTEN 'T HART *Gott fährt Fahrrad*

23 | ALESSANDRO BARICCO *Seide*

24 | ISABEL BOLTON *Wach ich oder schlaf ich*

25 | RADEK KNAPP *Herrn Kukas Empfehlungen*

26 | ANTONIO TABUCCHI *Erklärt Pereira*